學術論文集叢書

名古屋大學・屏東大學 文化交流學術會議論文集

第一輯

黃文車　主編

丸尾誠、田村加代子、林秀蓉、杉村泰、郝文文
陳志峰、勝川裕子、黃文車、簡光明、鐘文伶　等著

推薦序

　　本書は名古屋大學／屏東大學・文學交流暨論文發表會（第一屆2020年11月21日、第二屆2022年4月30日、第三屆2023年6月10日）での発表論文の中から精選した9編の論文を加筆修正して掲載したものです。本論文発表会は屏東大學の中国語文學系から名古屋大學に学術交流の提案が来て始まったもので、日中の言語、文学、文化、歴史、哲学、思想など人文学に関する多様な研究交流を目的としています。国や研究分野を超えた交流をすることにより、新たな研究テーマや研究方法のアイデアが湧いてきます。

　　筆者の現在の研究テーマは日本語学習者のための日本語文法研究ですが、学部時代は中国古典文学を専攻していました。現在、日本語の研究は、コンピュータを使って電子化されたコーパスから例文を取り出して分析する研究が主流です。しかし、例文を簡単に大量に取り出しても、文脈を読む力がなければ深い研究にはなりません。筆者は学部時代に工具書を使いながら中国古典を一ページ一ページ読んでいく練習をしました。目当ての例文を探し出すのに何日もかかることがありましたが、その時の経験が今の研究に役に立っていると思います。

　　本書には人文学に関する様々な研究分野の研究方法や研究成果が詰まっています。本書が読書の皆様の研究の一助になることを願っています。

　　本書是對名古屋大學／屏東大學・文學交流暨論文發表會（第一屆2020年11月21日、第二屆2022年4月30日、第三屆2023年6月10日）上呈現的論文進行精心篩選後的9篇佳作，並對其加以修訂編輯而成。本論文發表會始於屏東大學中文係向名古屋大學發起學術交流提案，目的在於促進中日在語言、文學、文化、歷史、哲學、思想等人文學科領域的多元化研究，在跨國界及跨學科的深度交流中探索新的研究課題與研究方法，開闢廣闊的思維領域，進而孕育出更豐富的靈感和可能性。

　　雖然筆者目前致力於為日語學習者提供日語文法研究相關內容，但是在大學本科課程專攻的是中國古典文學。現如今，日語研究的主流研究方法是從語料庫中提取例句並加以分析。然而，僅僅簡單抽取大量的例句並不足以深化研究，若不能洞悉語境之精髓，則難以觸及研究的深層內容。回憶大學時期，我曾一邊使用工具書，一邊沉浸在中國古籍的閱讀與研習之中，儘管那時尋找所需例句有時會耗費數日之久，但那段歷練依然對我現如今的研究大有裨益。

　　本書涵蓋人文學科眾多研究領域的研究方法與研究成果。誠摯期盼此書能為廣大讀者在學術探索的道路上提供幫助與啟發。

名古屋大學人文學研究科教授

（中文翻譯：郝文文，名古屋大學人文學研究科博士生）

主編序

　　名古屋大學／屏東大學・文學交流暨論文發表會業已舉辦過三屆。2021、2022年適逢世界疫情之際，雖是透過線上方式辦理，然而第一屆有22篇論文發表，第二屆亦有19篇論文，可見兩校系師生的交流參與相當踴躍。2023年進入後疫情時代，屏東大學鼓勵系所致力國際聯結與文化交流，因此中文系師生一行16人乃於6月10日前往日本名古屋大學人文學研究科拜訪，並參與合辦第三屆學術交流會議。該屆除發表21篇論文外，更在文化與研究上進行多方討論。

　　《名古屋大學・屏東大學文化交流學術會議論文集》第一輯共收錄9篇學術論文，主要涵蓋三類範疇：其一，中日語言學習與教學、詞類修辭研究，如：「大聲」詞類、否定詞的修辭、日語成對動詞、TPR 教學實驗及效果等；其二，跨文類文化與傳播研究，如晚明《茶酒爭奇》文學、《シャユンの鐘》電影歌曲、《娘惹回憶錄》女性自傳等；其三，中日文學與典籍，例如《詩經》、莊學、蘇軾文學、《日本詩話叢書》等。

　　本論文集能順利出版，得力於兩校系師生們的全力支援，誠摯感謝名古屋大學人文學研究科杉村泰教授及系上師長同學們的協力；屏東大學中文系將秉持深耕在地與拓展國際的雙軌發展理念，全力推動本系與名古屋大學人文學研究科的學術研討及文化交流，藉以累積學術成果，增進多元合作。

國立屏東大學中國語文學系主任序於2024年5月20日

目次

「大聲」的詞類辨析[*]

丸尾誠

名古屋大學大學院人文學研究科教授

摘要

　　漢語「大聲」的中間可以插入其他成分，比如「大點兒聲！」。顯然，這是一種離合詞的用法。據此，將「大聲」視為動詞似乎並無不可。然而，不少詞典卻認為「大聲」是形容詞，甚至還有些詞典認為它不是詞而是詞組。由此可見，各家對「大聲」的解釋並不一致。本文依據其句法功能，認為「大聲」是一種具有離合性的形容詞。

關鍵詞：「大聲」、詞、詞組、離合詞、詞類

---

[*] 本文原載《第三屆名古屋大學／屏東大學・文學交流暨論文發表會論文集》，收入本書時，對內容做了一些補充。

一 前言

漢語的「大聲」究竟是詞還是詞組？各家持有不同的看法。如果視為詞的話，那麼它到底是動詞還是形容詞？這一點日本的主流詞典也存在較大分歧。由於看不到任何具體的依據，這些詞典是如何做出判斷的我們不得而知。鑒於此，本文將基於句法特徵，對「大聲」的詞類進行考察。

二 「大聲點兒！」和「大點兒聲！」

當要求對方大聲說話時，漢語往往不單獨說「*大聲！」，而是會加上「點兒」這樣的成分，說成「大聲點兒！」或者「大點兒聲！」。這種句法上的特徵很容易讓我們聯想到離合動詞的用法。事實上，日本的一些代表性的詞典，比如『小學館　中日辭典』、『講談社　中日辭典』、『プログレッシブ中國語辭典』、『超級クラウン中日辭典』[1]等確實也都將「大聲」視為動詞，並大致描述如下：

大聲　dà//shēng　【動詞】聲を大きくする

其中，拼音裡的「//」一般表示中間可以插入其他成分。這裡我們可以順便看一下這些詞典是如何描述「大聲」的反義詞「小聲」的。在上述四部詞典中，『小學館　中日辭典』和『プログレッシブ中國語辭典』都將「小聲」視為動詞，而『超級クラウン中日辭典』將其視為副詞，至於『講談社　中日辭典』則並未收入。由此可見，這些詞典的看法或者立場並不完全一致。但需要指出的是這些都是日本較為

---

1 本文用『　』來表示在日本出版的書籍，而用《　》來表示在中國出版的書籍。

主流的詞典，對漢語學習者而言具有很高的參考價值。李臨定《現代漢語動詞》是一本專門討論漢語動詞的著作。在講到離合詞時，他列舉了一些離合詞的例子，如「退休、革命」等等，其中就包括「小聲」這個詞。

　　　　小聲：a.小聲點兒。　　b.小點兒聲。[2]

可見，將「大聲」視為動詞的依據還是中間可以插入其他成分這一句法操作，而這也正是離合詞的功能。這樣看來似乎並不存在詞類問題，但是實際上每本詞典、工具書的看法都不盡相同：有的認為「大聲」是詞組，有的則認為是詞。而且，即使都將「大聲」視為詞，它們的看法也各不相同：有的解釋為形容詞，而有的則解釋為動詞或名詞等等。以下分別詳述。

三　詞典、工具書中的解釋

　　我們先看一下把「大聲」解釋為形容詞的情況。

　　　【形容詞】
　　　　大聲〔形〕他大聲笑了起來
　　　提示：「大聲」不受「很」等副詞的修飾，不能說「很大聲」。
　　　在句中常作狀語，不單獨作謂語。祈使句中可以說「大聲點兒」、「大點兒聲」。[3]

2　李臨定：《現代漢語動詞》（北京：中國社會科學出版社，1990年），頁114。
3　施光亨、王紹新主編：《漢語教與學詞典》（北京：商務印書館，2011年），頁196。
　　下劃線為引用者所加。

雖然這裡說「『大聲』不受「很」等副詞的修飾，不能說『很大
聲』」，但是下面的例（一）和（二）卻是十分自然的表達。

（一）他說話<u>很大聲</u>。

（二）我已經<u>很大聲</u>了，你怎麼還聽不見？[4]

在語料庫裡也能看到很多類似的實例：

（三）牛肉湯這回真的哭了，不但哭，還哭得<u>很大聲</u>。[5]

（四）蓋和比吉斯的歌曲放得<u>很大聲</u>，聽不見她們談話的內
容，好像是小個子的女孩在惱怒著什麼，……[6]

（五）他<u>很大聲</u>地自言自語，揮動著手臂，也不把斧子從手裡
放下。[7]

（六）而若他真的灑了，我不是每次都會<u>很大聲</u>地斥責他嗎？[8]

不難發現，「很大聲」在例（一）和（二）裡作謂語，在例（三）和
（四）裡充當的是補語，而在例（五）和（六）裡充當的是狀語。其
中例（三）是臺灣作家古龍的例子，而例（三）和（四）則出自翻譯
作品，因此可能會和普通話的說法有些差異，但不可否認的是，它們
都是十分自然的漢語表達。更何況例（一）、（二）和（六）本身都是
很自然的表達。因此，我們認為根據「大聲」能受「很」等副詞的修

4　李曉琪等編：《漢語常用詞用法詞典》（北京：北京大學出版社，1997年），頁108。

5　古龍：《陸小鳳傳奇》，北京大學中國語言學研究中心：「CCL語料庫」，網址：http://ccl.pku.edu.cn:8080/ccl_corpus/index.jsp。

6　〔日〕村上春樹：《挪威的森林》CCL。

7　赫塔・米勒：《低地》CCL。

8　讀者（合訂本）CCL。

飾這一語言事實，將「大聲」解釋為形容詞是有道理的。不過，也有的詞典認為「大聲」是名詞，請看：

【名詞】
請大聲回答問題。[9]
不要對我大聲叫嚷。[10]

對於上面的例句，我們認為就名詞能否修飾動詞這一點還值得商榷。[11]以上是把「大聲」視為詞的情形。與此相對，也有些詞典將「大聲」視為詞組。

【詞組】
大聲 dà shēng[12]

《漢語水平詞彙與漢字等級大綱》是一本與 HSK（漢語水平考試）有關的書，其對「大聲」的拼音採取了分寫的方式，也就是說，這本

9　『中國語基本語3000』HSK〔漢語水平考試〕大綱準拠（東京：三省堂，1998年初版，2002年再刷），頁32。

10　惠宇主編：《新世紀漢英大詞典》（縮印本）（北京：外語教學與研究出版社，2004年初版，2006年第4次印刷），頁316。

11　「低聲」不能受副詞「很」修飾，也不能分開使用。

　　*很低聲　　*低點兒聲

　一些詞典認為是名詞，但他們所舉的例子是「低聲」作狀語的，如：
　　　低聲問道／低聲唱歌（『小學館　中日辭典』，頁345）
　　　他低聲說了一聲再見（『超級クラウン中日辭典』，頁229）
　此外，「低聲」後面也可以加「地」，如：低聲地說

12　國家漢語水平考試委員會辦公室考試中心制定：《漢語水平詞彙與漢字等級大綱》（修訂本）（北京：經濟科學出版社，2001年），頁35。

書將「大聲」視為詞組（因此未標註詞類）。因為與 HSK 有關，這本
書的看法也會對學習漢語的外國學生產生很大的影響。同樣，下面兩
本也認為「大聲」是詞組，並且認為是名詞性詞組。

【名詞性詞組】
「快步」、「大聲」之類名詞短語後多不用「地」。例如：……
④別大聲嚷嚷，安靜點兒！[13]

【大聲】dà shēng〔名短〕
她在電話裡大聲告訴我，她中獎了！[14]

那麼，在中國被認為最具權威性的《現代漢語詞典》採取的是怎樣的
立場呢？很遺憾，《現代漢語詞典》第7版並未收錄「大聲」。而且，
日本出版的『東方中國語辭典』也未收錄，甚至連一些離合詞詞典[15]
也未收錄。

　　讓我們再來看一下形容詞的用法。一般而言，漢語的形容詞後面
加上「（一）點兒」，才能構成祈使句，比如「慢點兒！」、「便宜點
兒！」、「安靜點兒！」等等。我們在古川『チャイニーズ・プライマ
ー　－New Edition－』中也發現了祈使句「大一點兒」後面附加上
「大點兒聲！／大聲點兒！」的例子：

13　劉月華等：《實用現代漢語語法》（第3版）（北京：商務印書館，2019年），頁514。
14　劉川平主編：《學漢語用例詞典》（北京：北京語言大學出版社，2005年），頁194。
15　比如《現代漢語離合詞用法詞典》（楊慶蕙主編，北京：北京師範大學出版社，1995
　　年）、《漢語常用離合詞用法詞典》（周上之主編，北京：北京語言大學出版社，2011
　　年）、《現代漢語離合詞學習詞典》（王海峰等編著，北京：北京大學出版社，2013
　　年）、『中國語離合詞500』（〔日〕中山時子監修，東京：東方書店，1990年）等。

大⇒大一點兒:「大點兒聲!(大聲點兒!)」[16]

不過,古川對形容詞「大」跟「大點兒聲、大聲點兒」的關係並未做出解釋。如果認為「大聲」的「大」是形容詞的話,那麼就會引發另一個問題,即形容詞帶賓語的問題(比如「紅著臉」的「紅」是形容詞還是動詞?);如果我們把「大聲點兒」的「聲」理解為賓語的話,那麼,其後「點兒」的結構又該如何分析,這又會成為一個棘手的問題。

四 「大聲說話」的結構

下面來看一下「大聲+動詞」的例子。不難發現,對於其中「大聲」的詞類的看法同樣存在分歧。

【動詞】請大聲朗讀課文[17]
【形容詞】有人在窗外大聲說話[18]
【名詞】不要大聲說話[19]

如果我們把這裡的「大聲」看做是動詞的話,那麼上面的例句就變成了連動句(V_1+V_2),其中 V_1 表示動作的方式。但是一般而言 V_1 不能單獨構成 V_1+V_2 形式。關於這一點,我們可以參考朱德熙的論述。

---

16 〔日〕古川裕:『チャイニーズ・プライマー —New Edition—』(東京:東方書店,2001年),頁194。
17 〔日〕松岡榮志等編:『超級クラウン中日辭典』(東京:三省堂,2008年),頁198。
18 施光亨、王紹新主編:《漢語教與學詞典》,頁196。
19 〔日〕相原茂編集:『講談社 中日辭典』(第3版)(東京:講談社,2010年),頁324。

　　最簡單的連謂結構是由兩個動詞組成的，前一個動詞往往帶後
綴「著」或「了」：走著瞧……。<u>能夠以原來的形式直接跟另
一個動詞組合的只有「來」「去」兩個動詞</u>。例如：來看｜去
買｜……[20]

雖然我們能在「大聲」的後面加上「地」，說成「大聲地說！」，但這
已經不是連動結構而是偏正結構了。那麼我們能不能把「大聲＋Ｖ」
看成狀中結構呢？

　　一般而言，光桿動詞不能自由地作狀語。如果要充當狀語，就需
要使用助詞「地」，只有少數動詞能直接修飾動詞，比如：

　　　　聯合開發、公開宣布、同情地說（作狀語）[21]

孫德金調查過2266個漢語的雙音節動詞，發現其中能當狀語的一共有
78個，比如「保守、步行、公開」等等，而這些只「占雙音節動詞總
數的3.4%」[22]。由此可見，能充當狀語的動詞數量並不多。陸儉明也
做過類似的表述：

　　　　有一部分雙音節動詞則可以修飾動詞「說」（只限於「說」），
　　　　這種修飾語是狀語，例如：諷刺說｜挖苦說｜警告說｜威脅
　　　　說｜誇獎說｜安慰說（這些詞組中間都可以加（de）而意思基

20 朱德熙：《語法講義》（北京：商務印書館，1982年初版，1997年第3次印刷），頁
　　161。下劃線為引用者所加。
21 邵敬敏主編：《現代漢語通論精編》（第2版）（上海：上海教育出版社，2021年），
　　頁222。
22 孫德金：〈現代漢語動詞做狀語考察〉，《語言教學與研究》第3期（1997年），頁
　　124。

本不變，可見是偏正詞組）。[23]

這樣看來，我們似乎可以將「大聲說」歸為陸儉明說的這一類。

基於以上事實可以得出如下結論：

（一）把「大聲」看做能作狀語的少數動詞之一。最有說服力的判斷依據是「大聲」可以分開使用這一點。

（二）把「大聲」看做形容詞最可靠的依據是能用程度副詞「很」來修飾[24]，因為作狀語是形容詞具有的一般功能。

認真（地）學漢語　　簡單（地）說幾句

那麼，到底有沒有像「大聲」這樣能分開使用的形容詞呢？我們首先想到的一個形容詞就是「著急」。

著急　zháo//jí　如：著什麼急　別著急

「著急」也有充當狀語的功能：

著急（地）說

將「著急」視為形容詞的詞典有『小學館　中日辭典』、『講談社　中日辭典』，還有《現代漢語詞典》等。但也有不同的看法，如『プログレッシブ中國語辭典』、『東方中國語辭典』、《漢語教與學詞典》，

---

23 陸儉明：〈關於定語和狀語的區分〉，《漢語學習》第2期（1983年），頁17

24 心理活動動詞能用「很」來修飾，比如「很想家、很喜歡他、很羨慕你」等。

這些詞典都認為「著急」是動詞。由於「著急」既能受「很」的修飾又能在中間插入其他成分，也就是說其兼有形容詞和動詞的功能。而且「著急」表示心理狀態，心理活動動詞可以受「很」的修飾（參看註釋24）。為此，《商務館學漢語詞典》還專門設定了「短語詞」[25]這一詞類。這似乎是為了解決對外漢語教學上離合詞用法的難點而增設的一類詞。書中對「短語詞」的相關表述如下：

> 短語詞的確定，是編者長期以來對對外漢語教學語法體系的思考的結果，從理論上認為這樣可以簡化歷來龐大的補語系統，有利於解決離合詞教學的難點，有利於與國外漢語教學接軌。[26]

《商務館學漢語詞典》認為「著急」是動賓關係的「短語詞」。根據這樣的編寫方針，該書對每個收入的詞語給予詞或詞組的標記，但卻並未對「大聲」做任何標記。請看：

【著急】zháojí　　　（短語詞：動—賓）心理緊張，不安[27]
【大聲】dàshēng　　說話的聲音響亮[28]

五　結語

漢語的動詞和形容詞往往很難區分，存在很多兼類的情況。比如

---

25 「短語詞」的說法亦見於呂叔湘：《漢語語法分析問題》（北京：商務印書館，1979年），頁25。

26 魯健驥、呂文華主編：《商務館學漢語詞典》（北京：商務印書館，2006年），說明頁10。

27 魯健驥、呂文華主編：《商務館學漢語詞典》，頁910。

28 魯健驥、呂文華主編：《商務館學漢語詞典》，頁129。

「小心、討厭、高興」，《現代漢語詞典》、『小學館　中日辭典』、『講談社　中日辭典』等主要詞典都認為它們是動詞和形容詞的兼類。但就「大聲」而言，目前尚未見到有詞典認為它是動詞和形容詞的兼類。通過考察本文發現「大聲」不僅具有與離合詞相同的用法，它還能受副詞「很」的修飾，而且「大聲」本身也可以修飾其後面的動詞。依據這些句法特徵，本文認為「大聲」是一種具有離合性的形容詞。

參考文獻

一　專著

李臨定：《現代漢語動詞》，北京：中國社會科學出版社，1990年。

劉月華等：《實用現代漢語語法》（第3版），北京：商務印書館，2019年。

陸儉明：〈關於定語和狀語的區分〉，《漢語學習》第2期，1983年，頁
　　　　12-28。

呂叔湘：《漢語語法分析問題》，北京：商務印書館，1979年。

邵敬敏主編：《現代漢語通論精編》（第2版），上海：上海教育出版
　　　　社，2021年。

孫德金：〈現代漢語動詞做狀語考察〉，《語言教學與研究》第3期，
　　　　1997年，頁116-129。

朱德熙：《語法講義》，北京：商務印書館，1982年（1997）。

〔日〕古川裕：『チャイニーズ‧プライマー　－New　Edition－』，東
　　　　京：東方書店，2001年。

二　辭典

日文版

〔日〕『中日辭典』（第3版），東京：小學館，2016年（文中標為『小
　　　　學館　中日辭典』）。

〔日〕相原茂編集：『講談社　中日辭典』（第3版），東京：講談社，
　　　　2010年。

〔日〕『プログレッシブ中國語辭典』（第2版），東京：小學館，2013年。

〔日〕相原茂等主編：『東方中國語辭典』，東京：東方書店，2004年。

〔日〕松岡榮志等編：『超級クラウン中日辭典』，東京：三省堂，
　　　2008年。

『中國語基本語3000』HSK〔漢語水平考試〕大綱準拠：東京：三省
　　　堂，1998年（2002年）。

中文版

李曉琪等編：《漢語常用詞用法詞典》，北京：北京大學出版社，1997年。

施光亨、王紹新主編：《漢語教與學詞典》，北京：商務印書館，2011年。

國家漢語水平考試委員會辦公室考試中心制定：《漢語水平詞彙與漢
　　　字等級大綱》（修訂本），北京：經濟科學出版社，2001年。

魯健驥、呂文華主編：《商務館學漢語詞典》，北京：商務印書館，
　　　2006年。

中國社會科學院語言研究所詞典編輯室編：《現代漢語詞典》（第7
　　　版），北京：商務印書館，2016年。

惠　宇主編：《新世紀漢英大詞典》（縮印本），北京：外語教學與研
　　　究出版社，2004年（2006年）。

劉川平主編：《學漢語用例詞典》，北京：北京語言大學出版社，2005年。

三　例句出處

北京大學中國語言學研究中心：「CCL 語料庫」，網址：http://ccl.pku.
　　　edu.cn:8080/ccl_corpus/index.jsp。

否定詞的修辭作用
——以《論衡·偶會篇》為例

田村加代子

名古屋大學大學院人文學研究科副教授

摘要

「虛詞」一般指沒有完整意義，而卻具有語法意義的一種詞類。但筆者認為，虛詞不僅有語法意義，還具有修辭意義。在某一篇文章裡，虛詞不僅可以構成其文體、節奏、文勢、邏輯結構等，還可以作為標識故事情節發展的線索。虛詞在文章裡的修辭效能尚待分析，其原因之一是語法分析的對象僅限於句子裡的語法，不涉及一個語段或一篇文章裡帶有總合性與有機性關係的修辭意義。本稿試通過對《論衡·偶會篇》裡的否定詞——「非」之用法的分析，闡明否定詞在〈偶會篇〉裡的修辭作用，並論及其文體特徵與全篇主題之關係。

關鍵詞：論衡、偶會篇、否定詞、修辭、文體

一　緒論

　　眾所周知,《論衡》是東漢王充的哲學著作。一般來說,《論衡》被看做思想哲學書,導致其文體特徵往往因此被忽略而未引起讀者的關注。哲學研究者認爲本書的成書背景與王充在政治上不遇的經歷有關。筆者並不否定歷史背景對王充思想所造成的影響,但作爲一名關注語言學現象的文學研究者,則更側重於考慮文章的修辭效果與文體特徵,故筆者將從構成文章的方法與修辭特徵著手,嘗試闡明語法成分與《論衡》的文體特點之間的密切關係,提出語法研究與文學研究並不是完全乖離的而是相互影響的。

　　本稿的主題不在於討論《論衡》的思想特徵而是著重討論其文體特徵。本稿以〈偶會篇〉爲分析對象,從否定詞「非」的使用頻度以及使用位置的角度出發,分析「非」在有關否定表現時的修辭效能。同時,通過與第一篇〈逢遇篇〉中否定詞「不」的用法進行比較,分別闡明〈逢遇篇〉與〈偶會篇〉在文體上的特點,並分析否定詞的運用與各篇主題的關聯。在此本論借用音樂術語「主題」與「變奏」的觀點,從文章內容與主題的角度概括〈偶會篇〉的結構、文體與否定詞的修辭作用。

　　若能清晰闡述〈逢遇篇〉與〈偶會篇〉中否定詞用法的差異,並指出這種差異與各篇主題的關聯,不僅能呈現否定詞在構成文體中起到的重要作用,更有助於探討其他虛詞。明確它們不僅具有語法上的意義,還具有修辭上的意義。這樣的分析方式有助於探索將語法成分與文學作品、哲學著作和歷史故事相結合的新研究方法。

　　本稿中所謂虛詞的修辭效能,除了構成文體特徵的作用外,也包括分段作用(筆者稱之爲「分節化」)。虛詞有能力充當分段的標誌,指明分段的對象可能是語段,或是數個句子的集合體。一個語段內的

幾個句子並不是獨立的，而是相互牽引、相互影響的，從而形成意義上的牽引性與邏輯上的關聯性。虛詞在文章中的作用相當複雜，值得進行仔細深入的分析。

本文將首先總覽《論衡》第十篇〈偶會篇〉的全文，同時確認否定詞「非」的出現頻率和位置，並總結每個分段的主要論點，以便把握反覆使用的「非」與關鍵詞語的作用。之後，則通過對比分段的方法揭示〈偶會篇〉與〈逢遇篇〉的結構，明示兩篇文章結構之不同，分析否定句在構成文體上的意義，考察全篇的文體特點。最後再加以檢討〈偶會篇〉的主題與文體之間的關係以及否定詞的效能。

二　〈偶會篇〉語段分析

除非總覽〈偶會篇〉全文，否則難以明確在一段文章中否定詞所起的修辭作用。故本節先引用〈偶會篇〉全文，同時聚焦於關鍵詞語，之後利用語段分析法觀察「非」字的出現頻率與位置。本稿使用的底本是黃輝校點的中華書局新編諸子集成本，筆者在確認黃注本的勘文相較原書更爲妥當之處，根據黃注本的校勘對原書正文加以修正。本稿在〈偶會篇〉全文之下引用〈逢遇篇〉，以便對比兩篇文章的文體與主題之差異。

〈偶會篇〉裡常見的否定詞是「非」，關鍵詞語是「命」、「自」、「自然」、「然」、「適」與「偶」（筆者以雙邊框畫標記），虛詞「非」與這些關鍵詞語反覆出現在本篇中，強調〈偶會篇〉的主題。作爲主題的一種變奏，通過引用歷史上具體的例子或使用具體的比喻，反覆提醒著讀者本篇的主題。

〈偶會篇〉的全篇如下。筆者以虛詞爲斷句、分段的標識，並在否定詞「非」字下畫線。僅次於關鍵詞語而有關主題的詞組與虛詞，

如「當」，「使／令」字則以單邊框畫標記。虛詞「非」與這些關鍵詞語反覆出現在本篇中，強調〈偶會篇〉的主題。虛詞「非」與這些關鍵詞語的反覆也是此篇之特徵之一。以下原文放左邊，右邊是筆者的解說。筆者用特殊的分段方式與文字安排，以便闡明原文的理論構成與修辭特徵。

第一語段

提示全文主題。

命，吉凶之主也，	關鍵詞語：「命」，「自然」，「適」，「偶」
自然之道，	
適偶之數，	
非有他氣旁物厭勝感動使之然也。	〈非～也〉：原命題之逆命題（後述）

第二語段　變奏1（舉例）

本段與第一語段「非有他氣旁物厭勝感動使之然也」相應。

世謂子胥伏劍，	伍子胥—宰嚭—吳王夫差
屈原自沉，	屈　原—子蘭—楚懷王
子蘭，宰嚭誣讒，	
吳，楚之君冤殺之也。	
偶二子命當絕，	關鍵詞語「偶」與「適」反覆出現。
子蘭，宰嚭適爲讒，	
而懷王，夫差適信姦也	

君 適 不明，
臣 適 爲讒，
二子之 命 ， 偶 自不長，
二偶三合，似若有之，
其實 自然 ， 非他爲 也。　　　　　〈非～也〉：原命題之逆
　　　　　　　　　　　　　　　　　　命題（後述）

第三語段　變奏2（舉例）

本段小主題是「相逢」，與第一篇〈逢遇篇〉之主題有關。

夏，殷之朝 適 窮，　　　　　　　　夏—桀王—關龍逢
桀，紂之惡 適 稔，　　　　　　　　殷—紂王—箕子，比干
商，周之數 適 起，　　　　　　　　商—湯王—伊尹
湯，武之德 適 豐。　　　　　　　　周—武王—呂望
關龍逢殺，　　　　　　　　　　　　關鍵詞語「適」反覆出現。
箕子，比干囚死，
當桀，紂惡盛之 時 ，亦二子 命　　　重要詞語「時」、「期」、
訖之 期 也。　　　　　　　　　　　「會」、「際」也再出現。
任伊尹之言，
納呂望之議，
湯，武且興之 會 ，　　亦二臣 當
用之 際 也。
人臣 命 有吉凶，賢不肖之主與　　　反覆第一語段「命，吉凶之主
之 相逢 。　　　　　　　　　　　　也」。
文王 時當 昌，呂望 命當 貴。　　　關鍵虛詞「當」字反覆出現。
高宗治 當 平，傳說德 當 遂。

非<u>文王</u>，<u>高宗</u>二臣生，　　　　　〈非～也〉：原命題之逆命題
　　　　　　　　　　　　　　　　　　（後述）

<u>呂望</u>，<u>傅説</u>爲兩君出也。　　　　<u>文王</u>和<u>高宗</u>相當於第一語段「他
　　　　　　　　　　　　　　　　　氣旁物」，<u>呂望</u>和<u>傅説</u>相當於第
　　　　　　　　　　　　　　　　　一語段「使之然」的「之」。

第四語段

總結第二語段與第三語段所舉的例子而將結論一般化。

君明臣賢，光曜相察，
上脩下治，度數相得。　　　　　　……………小結1

第五語段　變奏3（舉例）

本段小主題是「適相應」。

顏淵死，子曰，天喪予。
子路死，子曰，天祝予。
孔子自傷之辭，非實然之道也。　　　〈非～也〉：原命題之逆
　　　　　　　　　　　　　　　　　命題（後述）

孔子命不王，
二子壽不長也。
不王不長，所稟不同，度數並放，　　……小結2（←1）
適相應也。

第六語段　變奏4（舉例）

本段小主題「遭逢會遇」與第一篇〈逢遇篇〉之主題有關。

二龍之祆當效，周屬適閭槥。	二龍—周屬王
襃姒當喪周國。幽王稟性偶惡。	襃姒—周幽王
非二龍使屬王發孽，襃姒令幽王愚惑也。	關鍵虛詞「當」字反覆出現。
遭逢會遇，自相得也。	……小結3（←2←1）

第七語段　變奏5（比喻＋舉例）

第四語段至此語段的小主題是「度數」，都在〈非～也〉型式後面加以小結。

僮謠之語當驗，鬬雞之變適生。	關鍵虛詞「當」字反覆出現。
鸜鵒之占當應，魯昭之惡適成。	關鍵詞語「適」反覆出現。
非僮謠致鬬競，	〈非～也〉：原命題之逆命題（後述）
鸜鵒招君惡也。	
期數自至，人行偶合也。	……小結4（←3←2←1）

第八語段　變奏6（舉例）

本段小主題爲「相逢」。

堯命當禪舜，丹朱爲無道。	關鍵虛詞「當」字反覆出現。
虞統當傳夏，商均行不軌。	
非舜，禹當得天下，能使二子惡也。	〈非～也〉：原命題之逆命題（後述）
美惡是非適相逢也。	……小結5（←4←3←2←1）

第九語段　變奏7（比喻：火星↔昴星）

本段小主題爲「時」。

> 火星與昴星出入，
> 　　　昴星低時火星出，
> 　　　昴星見時火星伏，
> 非火之性厭服昴也。　　　　　　〈非～也〉：原命題之逆命題
> 　　　　　　　　　　　　　　　　（後述）
>
> 時偶不並，度轉乖也。　　　　……小結6（←5←4←3←2←1）

第十語段　變奏8（比喻：正月↔鬥魁）

本段同第五語段「適相應」與第九語段「度轉」相應。

> 正月建寅，　　　　　　　　　「建寅」之「建」與「破甲」之
> 　　　　　　　　　　　　　　　「破」是及物動詞。
> 鬥魁破申，　　　　　　　　　「寅建」之「建」與「申破」之
> 　　　　　　　　　　　　　　　「破」是不及物動詞。
> 非寅建使申破也。　　　　　　上述的條件下活用虛詞「使」字有
> 　　　　　　　　　　　　　　　相當的效果。
> 轉運之衡，偶自應也。　　　　……小結7（←6←5←4←3←2←1）

第十一語段　變奏9（比喻：父↔子，姑↔婦）

本段小主題爲「死」。

> 父歿而子嗣，
> 姑死而婦代。

非子婦代代使父姑終歿也。	〈非~也〉：原命題之逆命題（後述）
老少年次，自相承也。	……小結8（←7←6←5←4←3←2←1）

第十二語段　變奏10（比喻：穀草↔人）

本段初露出作者面貌。小主題爲「死」。

世謂秋氣擊殺穀草，穀草不任，凋傷而死。

此言失實。

夫物以春生夏長，秋而熟老，

適自枯死，陰氣適盛，與之會遇，何以驗之。

物有秋不死者，生性未極也。

人生百歲而終，

物生一歲而死。

死謂陰氣殺之，人終觸何氣而亡。

論者猶或謂鬼喪之。

夫人終鬼來，

物死寒至，

皆適遭也。

人終見鬼，或見鬼而不死。

物死觸寒，或觸寒而不枯。

第十三語段　變奏11（比喻：屋＋崖）

本段小主題爲「命」。

壞屋所壓，

崩崖所墜，

<u>非屋精崖氣殺此人也。</u>

屋老崖沮，$\boxed{命}$凶之人，遭屋$\boxed{適}$履。

第十四語段　變奏12（比喻：月＋螺＋風＋雲）

本段支撐主題「吉凶同時，偶適相遇」。

月毀於天，

螺消於淵。

風從虎，

雲從龍。

同類通氣，

性相感動。

若夫物事相遭，

　　吉凶同$\boxed{時}$，

$\boxed{偶適}$相遇，<u>非氣感也。</u>　　　〈非～也〉：原命題之逆命題（後述）

第十五語段　變奏13（比喻：囚＋聖王）

本段小主題也是「死」。

殺人者罪至大辟，

殺者罪$\boxed{當}$重，　　　　　　　　　　關鍵虛詞「當」字反覆出現。

死者$\boxed{命}$$\boxed{當}$盡也。

故害氣下降，囚$\boxed{命}$先中，

聖王德施，厚祿先逢。

是故德令降於殿堂，

$\boxed{命}$長之囚，出于牢中。

天<u>非</u>爲囚未當死，使聖王出德　　　　〈非～也〉：原命題之逆命題
令也。　　　　　　　　　　　　　　　　（後述）

聖王適下赦，拘囚適當免死。　　關鍵詞語「適」反覆出現。

第十六語段　變奏14（比喻：夜月＋晝日）

本段小主題「相應」、「相得」。

夜臥晝起矣，
夜月光盡，不可以作，人力亦倦，
欲壹休息。
晝日光明，　　　　　人臥亦覺，
力亦復足。
<u>非</u>天以日作之，以夜息之也。　　　　〈非～也〉：原命題之逆
　　　　　　　　　　　　　　　　　　　命題（後述）

作與日<u>相應</u>，　　　　　　　　　　＝小結②
息與夜<u>相得</u>也。　　　　　　　　　　＝小結③

第十七語段　變奏15（比喻：鴈鵠）

本段再次露出作者面貌，其糾彈虛妄之言。

鴈鵠集於會稽，去避碣石之寒，
　蹈履民田，喙食草糧。
　糧盡食索，春雨適作，
　避熱北去，復之碣石。
象耕靈陵，亦如此焉。
傳曰，舜葬蒼梧，象爲之耕。
　　禹葬會稽，鳥爲之佃。

失事之實，虛妄之言也。

第十八語段　變奏16（比喻：妻＋夫）

本段支撐主題「命自然也」。

丈夫有短壽之相，
娶必得早寡之妻。
早寡之妻，
嫁亦遇夭折之夫也。
世曰，男女早死者，夫賊妻，
　　　　　　　　妻害夫。
非相賊害，命自然也。　　　　〈非～也〉：原命題之逆命題（後
述）「相賊害」爲第十九語段張本。

第十九語段之一

（1）變奏17（比喻：火＋水）

本段支撐主題關鍵詞語「適」與「自」。

使火燃，以水沃之，可謂水賊火。
火適自滅，水適自覆，
兩名各自敗，不爲相賊。
今男女之早夭，非水沃火之比，
　　　　適自滅覆之類也。
　賊父之子，妨兄之弟，與此同召。
同宅而處，氣相加淩，羸瘠消單，至於死亡，何謂相賊。
或客死千里之外，兵燒厭溺，氣不相犯，相賊如何。

（2）變奏18（舉例）

本段概括主題「偶適然自相遭遇，時也」。

王莽姑姊正君，許嫁二夫，二夫死，

　　　　當 適 趙而王薨。

氣未相加，遙賊三家，何其痛也。

黃公取鄰巫之女，卜謂女相貴，

　　　　　　　　故次公位至丞相。

其實不然，次公 當 貴，行與女會。

　　　　女亦自尊，

　　　　故入次公門。

偶適然自 相遭遇，時 也。　　　　　　　⇒　結論1

第二十語段　變奏19（敘述）

本段小主題與〈命祿篇〉有關。

無祿之人，商而無盈，

　　　　　農而無播。

非其性賊貨而命妨榮也。

命 貧，居無利之貨，

祿惡，殖不滋之榮也。

第二十一語段　變奏20（舉例）

與主題「命凶」呼應。

世謂宅有吉凶，徙有歲月，　　　　關鍵詞語「時」「適」「當」反

覆出現。

實事則不然。

天道難知，假令有，命凶之人，當衰之家，

　　　　　治宅遭得不吉之地，

　　　　　移徙適觸歲月之忌。

一家犯忌，口以十數，坐而死者，必祿衰命泊之人也。

推此以論，仕宦進退遷徙，可復見也。

　　　　時適當退，君用讒口。

　　　　時適當起，賢人薦己。

故仕且得官也，君子輔善。

　　　且失位也，小人毀奇。

第二十二語段　變奏21（舉例）

準主題「知時命當自然」。第十九語段至此無「非」字。

公伯寮愬子路於季孫，孔子稱命。

魯人臧倉讒孟子於平公，孟子言天。

道未當行，與讒相遇。

天未與己，惡人用口。

故孔子稱命，不怨公伯寮。

　　孟子言天，不尤臧倉，

誠知時命當自然也。

推此以論，人君治道功化，可復言也。

　　　　命當貴，時適平，

　　　　期當亂，祿遭衰。

　　　　治亂成敗之時，與人興衰吉凶適相遭遇。　⇒　結論2

第二十三語段　變奏22

承前而引起餘論。

　　因此論聖賢迭起，猶此類也。
　　　　聖主龍興於倉卒，
　　　　良輔超拔於際會。

第二十四語段　變奏23（舉例）

「遭遇」與〈逢遇篇〉的主題有關。

　　世謂，韓信，張良輔助漢王，
　　　　故秦滅漢興，高祖得王。
　　夫高祖 命 當 自 王，
　　　信、良之輩， 時當 自 興，
　　　　兩相遭遇，若故相求。
　　是故高祖起於豐、沛，
　　　　　豐、沛子弟相多富貴，
　　　　　非天以子弟助高祖也。　　　〈非～也〉：原命題之逆
　　　　　　　　　　　　　　　　　　　命題（後述）
　　命相小大， 適 相應也。　　　　　＝小結2

第二十五語段　變奏24（舉例）

用「實謂不然」反駁「世謂」論法進行論述。

　　趙簡子廢太子伯魯，　　　　　關鍵詞語「命」字多次出現。
　　　　立庶子無恤，　　　　　　重要詞語「當」字多次出現。
　　無恤遭賢， 命 亦 當 君趙也。

世謂伯魯不肖，不如無恤。

實謂不然。

伯魯 命 當 賤，知慮多泯亂也。

韓生仕至太傅，

世謂賴倪寬，

實謂不然。

太傅 當 貴，遭與倪寬遇也。

趙武藏於袴中，終日不啼，

非或掩其口，關其聲也。

命 時 當 生，睡臥遭出也。

第二十六語段　變奏25（舉例）

〈偶會篇〉全文致此結束。

故軍功之侯，必斬兵死之頭

　富家之商，必奪貧室之財。

　削土免侯，罷退令相，罪法明日，祿秩適極。

故屬氣所中，必加 命 短之人。

　凶歲所著，必饑虛耗之家矣。

由此可見「非～也」格式的效能。承前概括主題或小主題的主張內容的同時，標識語段的分界。

　　下面舉〈逢遇篇〉全篇以便比較否定詞的出現頻度、頻出否定詞的種類、和否定詞的效能之異同。〈逢遇篇〉與〈偶會篇〉的否定詞

使用中最明顯的差別在於「不」與「非」在全篇結構中所擔任的修辭角色。〈逢遇篇〉全文以分段法剖析如下。（筆者在「不」、「未」、「無」、「非」字下畫線）

> 操行有常賢，仕宦無常遇。賢不賢，才也，遇不遇，時也。
> 才高行潔，不可保以必尊貴，能薄操濁，不可保以必卑賤。
> 或高才潔行，不遇，退在下流，
> 　薄能濁操，遇，進在眾上，各自有以取士，士亦各自得以進。
> 　進在遇，退在不遇。
> 處尊居顯，未必賢，遇也。位卑在下，未必愚，不遇也。
> 故遇，或抱洿行，尊於桀之朝，
> 　不遇，或持潔節，卑於堯之廷，
> 　所以遇不遇非一也。

以上明確指出本篇之主題。

> 或時賢而輔惡，或以大才從於小才，或俱大才，道有清濁，
> 　或無德，而以技合，或無技能，而以色幸。
> 　伍員、帛喜，俱事夫差，帛喜尊重，伍員誅死。
> 　此異操而同主也。
> 或時操同而主異，亦有遇不遇。伊尹、箕子，是也。
> 　伊尹、箕子，才俱也。伊尹爲相，箕子爲奴，
> 　伊尹遇成湯，箕子遇商紂也。

以上論及「異操同主」，「操同主異」與遇不遇之關係。

夫以賢事賢君，君欲爲治，臣以賢才輔之，趨舍偶合，其遇固宜。
　　賢事惡君，君<u>不</u>欲爲治，臣以忠行佐之，操志乖忤，<u>不</u>遇
　　固宜。
或以賢聖之臣，遭欲爲治之君，而終有<u>不</u>遇。孔子、孟軻，是也。
　　孔子絕糧陳、蔡，孟軻困於齊、梁，<u>非</u>時君主<u>不</u>用善也，
　　才下知淺，<u>不</u>能用大才也。
夫能御驥騄者，必王良也。能臣禹、稷、皋陶者，必堯、舜也。
　　御百里之手，而以調千里之足，必有摧衡折軛之患。
　　有接具臣之才，而以御大臣之知，必有閉心塞意之變。
故至言棄捐，聖賢距逆，<u>非</u>憎聖賢，<u>不</u>甘至言也，
　　聖賢務高，至言難行也。
夫以大才幹小才，小才<u>不</u>能受，<u>不</u>遇固宜。
　　以大才之臣，遇大才之主，乃有遇<u>不</u>遇。
　　虞舜、許由、太公、伯夷，是也。
　　虞舜、許由，俱聖人也。並生唐世，俱面於堯，
　　虞舜紹帝統，許由入山林。
　　太公、伯夷，俱賢也。並出周國，皆見武王。
　　太公受封，伯夷餓死。

以上論及遇不遇固定的原因，提起遇不遇不定的事例。

夫賢聖道同，志合趨齊，虞舜、太公行耦，許由、伯夷操違者，
　　生<u>非</u>其世，出<u>非</u>其時也。
　　道雖同，同中有異。志雖合，合中有離。
何則，道有精麤，志有清濁也。
　　　許由，皇者之輔也，生於帝者之時。

伯夷，帝者之佐也，出於王者之世。

並由道德，俱發仁義，

主行道德，<u>不</u>清<u>不</u>留。主爲仁義，<u>不</u>高<u>不</u>止。

此其所以<u>不</u>遇也。

堯洍，舜濁，武王誅殘，太公討暴，

同濁皆麤，舉措鈞齊。

此其所以爲遇者也。

故舜王天下，皋陶佐政，北人無擇深隱<u>不</u>見。

禹王天下，伯益輔治，伯成子高委位而耕。

<u>非</u>皋陶才愈無擇，伯益能出子高也。

然而皋陶、伯益進用，

無擇、子高退隱，

進用行耦，退隱操違也。

退隱勢異，身雖屈，<u>不</u>願進，人主<u>不</u>須其言，廢之，意亦<u>不</u>恨，是兩<u>不</u>相慕也。

以上論及「時」與遇不遇之關係

商鞅三說秦孝公，前二說<u>不</u>聽，後一說用者，

前二，帝王之論，後一，霸者之議也。

夫持帝王之論，說霸者之主，雖精見距，更調霸說，雖麤見受。

何則，精遇孝公所<u>不</u>得，麤遇孝公所欲行也。

故說者<u>不</u>在善，在所說者善之。才<u>不</u>待賢，在所事者賢之。

馬圄之說無方，而野人說之。子貢之說有義，野人<u>不</u>聽。

吹籟工爲善聲，因越王<u>不</u>善，更爲野聲，越王大說。

故爲善於<u>不</u>欲得善之主，雖善<u>不</u>見愛。

為<u>不</u>善於欲得<u>不</u>善之主，雖<u>不</u>善<u>不</u>見憎。

此以曲伎合，合則遇，<u>不</u>合則<u>不</u>遇。

或<u>無</u>伎，妄以姦巧合上志，亦有以遇者。

竊簪之臣，雞鳴之客，是也。

竊簪之臣，親於子反，雞鳴之客，幸於孟嘗，

子反好偷臣，孟嘗愛偽客也。

以有補於人君，人君賴之，其遇固宜。

或<u>無</u>補益，為上所好。籍孺、鄧通，是也。

籍孺幸於孝惠，鄧通愛於孝文，

<u>無</u>細簡之才，微薄之能，偶以形佳骨嫺，皮媚色稱。

夫好容，人所好也，其遇固宜。

或以醜面惡色，稱媚於上。嫫母、無鹽，是也。

嫫母進於黃帝，無鹽納於齊王。

故賢不肖可豫知，遇難先圖。

何則，人主好惡無常，人臣所進無豫，偶合為是，適可為上。

進者<u>未</u>必賢，退者<u>未</u>必愚。合幸得進，<u>不</u>幸失之。

以上論及「善」與「不善」之相對性和「遇」與「不遇」之不確定性。

世俗之議曰，賢人可遇，<u>不</u>遇，亦自其咎也。

<u>生不</u>希世准主，觀鑒治調能定說，審詞際會。

進能有益，納說有補，（贍主），何<u>不</u>遇之有。

今則<u>不</u>然，進<u>無</u>益之能，納<u>無</u>補之說，以夏進鑪，以冬奏扇，

為所<u>不</u>欲得之事，獻所<u>不</u>欲聞之語，

其<u>不</u>遇禍，幸矣。

何福祐之有乎。

進能有益，納說有補，人之所知也。

或以<u>不</u>補而得祐，或以有益而獲罪。且夏時鑪以炙濕，冬時扇
以翣火。

世可希，主<u>不</u>可准也。說可轉，能<u>不</u>可易也。

世主好文，己爲文則遇。主好武，己則<u>不</u>遇。

　主好辯，己有口則遇。主<u>不</u>好辯，己則<u>不</u>遇。

文主<u>不</u>好武，武主<u>不</u>好文。辯主<u>不</u>好行，行主<u>不</u>好辯。

文與言，尚可暴習。行與能，<u>不</u>可卒成。

學<u>不</u>宿習，<u>無</u>以明名。名<u>不</u>素著，<u>無</u>以遇主。

倉猝之業，須臾之名，日力<u>不</u>足。<u>不</u>預聞，

何以准主而納其說，進身而托其能哉。

以上反駁世俗之說法，主張賢不賢與遇不遇彼此無關。

昔周人有仕數不遇，年老白首，泣涕於塗者。

人或問之，何爲泣乎。

對曰，吾仕數<u>不</u>遇，自傷年老失時，是以泣也。

人曰，仕柰何<u>不</u>一遇也。

對曰，吾年少之時，學爲文，文德成就，始欲仕宦，

　　人君好用老。

　　用老主亡，後主又用武，吾更爲武，武節始就。

　　用武主又亡，少主始立，好用少年，吾年又老。

　　是以 未嘗一遇 。仕宦有時，<u>不</u>可求也。

以上利用寓話證明自說。

夫希世准主，尚<u>不</u>可爲，況節高志妙，<u>不</u>爲利動，

性定質成，<u>不</u>爲主顧者乎。

且夫遇也，能<u>不</u>預設，說<u>不</u>宿具，邂逅逢喜，遭觸上意，

故謂之遇。

如准推主調說，以取尊貴，是名爲揣，<u>不</u>名曰遇。

春種穀生，秋刈穀收，

求物得物，作事事成，<u>不</u>名爲遇。

<u>不</u>求自至，<u>不</u>作自成，是名爲遇。

猶拾遺於塗，摭棄於野，

若天授地生，鬼助神輔，

禽息之精陰慶，鮑叔之魂默舉，若是者，乃遇耳。

今俗人既<u>不</u>能定遇<u>不</u>遇之論，又就遇而譽之，因<u>不</u>遇而毀之，是據見效，案成事，<u>不</u>能量操審才能也。

以上定義何爲「遇」，論及「求之得之」與「不求自至」之區別。

　　通過上述分段方法抽出的〈偶會篇〉與〈逢遇篇〉兩篇文章的結構，可以發現兩篇的結構之不同非常明顯。〈偶會篇〉多用「非」來標識概括語段舉例或比喻的內容，以此作爲主題的變奏，支撐文章的主題，而〈逢遇篇〉多用「不」來強調全篇否定的語調，從而強化文章的主題。否定句在構成文體上的不同意義，顯著地影響了整篇文章的文體特點。〈偶會篇〉前半篇多用舉例「非～也」格式否定一般情理並總結語段，可見「非～也」帶有分界的效能。相對地，〈逢遇篇〉傾向於使用「不」構成對偶形式（包括對仗、對句），〈逢遇篇〉中最常見的對偶句型之一是由肯定形式和否定形式組成的，如「遇不遇」和「賢不賢」。

三　否定詞的修辭效能與〈偶會〉主題之關係

　　本節將檢討〈偶會篇〉的主題與文體之間的關係以及否定詞的修辭作用。除了否定詞「非」（「不」是通常的用法，「無」字很少見，「未」字不出現），〈偶會篇〉全篇中最重要的關鍵詞語包括「命」、「自」、「自然」、「然」、「適」與「偶」，次要的詞語有「當」、「相」、「時」、「遭」與「遇」。〈偶會篇〉中「非」的用法與〈逢遇篇〉截然不同，另一方面，「不」的用法在〈偶會篇〉與〈逢遇篇〉中也有顯著差異。總的來說，〈偶會篇〉中的「非」具有獨特的修辭意義，而〈逢遇篇〉中的「不」也有其獨特的修辭意義。〈偶會篇〉通過以否定詞構成原命題的逆命題，旨在揭穿世人的俗信，反駁缺乏根據的情理，這是一種背理法的應用。其效果是在每個語段的開頭，通過舉例或比喻，代辯一般情理，然後使用〈非～也〉格式的逆命題否定不合理的俗信情理，使讀者被迫懷疑情理。

　　以下引用命題的理論，以分析〈偶會篇〉中否定句的作用。下圖表示邏輯學中原命題與其他命題的真假關係。使用「非」來否定世人所信的原命題，將原命題轉化爲逆命題，讀者需要驗證逆命題的真假。需要注意的是，原命題的真假與逆命題的真假不必一致。相反，原命題的否定命題的真假與逆命題的真假必定一致。

　　〈偶會篇〉命題的對偶關係如下：

　　原命題是「命，有他氣旁物厭勝感動使之然也」，
　　逆命題是「命，非有他氣旁物厭勝感動使之然也」，
　　否命題是「非有他氣旁物厭勝感動使之然，命也」，
　　逆否命題是「非有他氣旁物厭勝感動使之然，非命也」。

逆命題的真假與否命題的真假必定一致。因此，可以證明否命題「非有他氣旁物厭勝感動使之然，命也」是真，這就可以得出結論，逆命題「命，非有他氣旁物厭勝感動使之然也」同樣爲真。〈偶會篇〉每個語段以舉例和比喻具體展示「非有他氣旁物厭勝感動使之然」者，然後運用〈非～也〉格式否定某某者，最後在語段末尾以關鍵詞語作結。

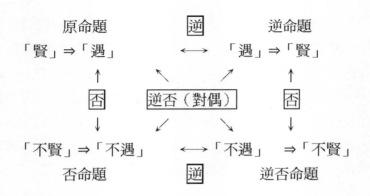

　　〈偶會篇〉的第一個文體特點是每個語段最後都採用「非～也」格式，也可以說每個語段最後都是以否命題結束。第二個文體特點是在議論文的語段中並不使用〈非～也〉格式，相反，常常使用反語的虛詞表達某種語氣（例如第十二語段、第十七語段、第十九語段、第二十一語段等）。

　第一語段：非 有他氣旁物厭勝感動 使 之然 也。
　　　　　　使役動詞。

　第二語段：其實自然，非 他 爲 也。

第三語段：非 文王、高宗二臣 生 ，呂望、傅說 爲 兩君 出 也。
〈B＋A＋不及物動詞〉對〈A＋爲＋B＋不及物動詞〉。

第四語段：君明臣賢，光曜相察，上脩下治， 度數 相得。
總結分段不用〈非～也〉格式。

第五語段：孔子自傷之辭， 非 實 然 之道 也 。
不王不長，所稟不同， 度數 並放， 適相應也 。……1

第六語段： 非 二龍 使 屬王發孽、褒姒 令 幽王愚惑 也 。
遭逢會遇，自相得也 。……2
使役動詞。

第七語段： 非 僮謠 致 鬬競，鸐鵒 招 君惡 也 。
期數 自 至， 人行偶合也 。……3
及物動詞。

第八語段： 非 舜、禹當得天下，能 使 二子惡 也 。
美惡是非 適相逢也 。……4
使役動詞。

第九語段： 非 火之性 厭 服 昂 也 。
時偶不並 ，度轉乖也 。……5
及物動詞。

第十語段： 非 寅建 使 申破 也 。
不及物動詞↔及物動詞，使役動詞。
轉運之衡， 偶自應也 。……6

第十一語段：非子婦代代使父姑終殁也。
　　　　　　老少年次，自相承也。……7
　　　　　　使役動詞。

第十二語段：世謂秋氣擊殺穀草，穀草不任，凋傷而死。
　　　　　　《論衡・偶會篇》文體特徵：議論文不用〈非～也〉
　　　　　　格式。二重下線標識議論文的常用語與表現反問的虛
　　　　　　詞。
　　　　　　此言失實。
　　　　　　夫物以春生夏長，～，何以驗之。
　　　　　　物有秋不死者，～，死謂陰氣殺之，人終觸何氣而亡。
　　　　　　論者猶或謂鬼喪之。
　　　　　　夫人終鬼來，物死寒至，皆適遭也。……8
　　　　　　人終見鬼，或見鬼而不死。
　　　　　　物死觸寒，或觸寒而不枯。

第十三語段：非屋精崖氣殺此人也。
　　　　　　屋老崖沮，命凶之人，遭屋適履。……9
　　　　　　及物動詞。

第十四語段：若夫物事相遭，吉凶同時，
　　　　　　偶適相遇，非氣感也。……10
　　　　　　及物動詞。

第十五語段：天非爲囚未當死，使聖王出德令也。
　　　　　　聖王適下赦，拘囚適當免死。
　　　　　　使役動詞。

第十六語段：非 天以日作之，以夜息之 也。

作與日 相應，息與夜 相得 也。⋯⋯11

第十七語段：失事之實，虛妄之言也。

如上所述，議論文不用〈非～也〉格式。

二重下線標識《論衡》議論文的常用語。

第十八語段：世曰，男女早死者，夫 賊 妻，妻 害 夫。

非 相賊害，命自然 也。⋯⋯12

《論衡·偶會篇》文體特徵：只反駁世論的半議論半
論說文裡也用〈非～也〉格式。

第十九語段：使 火燃，以水沃之，可謂水 賊 火。

使役動詞。

火適 自 滅，水適 自 覆，兩名各 自 敗， 不爲相賊 。

今男女之早夭，非水沃火之比，

「今」是議論文的標識。

適 自 滅覆之類也。⋯⋯13

同宅而處～至於死亡，何謂 相賊 。

議論文多用反語。

或客死千里之外，兵燒厭溺～ 相賊 如何。

議論文多用反語。

其實不然。

偶適然自相遭遇，時也 。⋯⋯14

議論文的常套句。

第二十語段：非其性賊貨而命妨槃也。

命貧，居無利之貨，

祿惡，殖不滋之槃也。

「命」和「祿」是第三篇〈命祿篇〉主題的關鍵詞語。

第二十一語段：世謂宅有吉凶，徙有歲月，

如上述，議論文不用〈非～也〉格式。二重下線標識《論衡》議論文的常用語。

實事則不然。（略）

必祿衰命泊之人也。

「命」和「祿」是第三篇〈命祿篇〉主題的關鍵詞語。

推此以論，仕宦進退遷徙，可復見也。

時適當退，君用讒口。

時適當起，賢人薦己。

故仕且得官也，君子輔善。

且失位，小人毀奇。

第二十二語段：公伯寮愬子路於季孫，孔子稱命。

魯人臧倉讒孟子於平公，孟子言天。

故孔子稱命，不怨公伯寮。

如上述，在〈偶會篇〉裡。

孟子言天，不尤臧倉，

議論文不用〈非～也〉格式。

誠知時命當自然也。……15

與第一語段上下呼應。

推此以論，人君治道功化，可復言也。

二重下線標識《論衡》議論文的常用語。

命當貴，時適平，

期當亂，祿遭衰。

治亂成敗之時，與人興衰吉凶適相遭遇。⋯16

此段借孔子與孟子之口說出關鍵詞語，

反覆「孔子稱命」與「孟子言天」。

此段概括上文，故不用〈非～也〉格式。

第二十三語段：因此論聖賢迭起，猶此類也。

第二十四語段：是故高祖起於豐，沛、

豐、沛子弟相多富貴，

非天以子弟助高祖也。

命相小大、適相應也。⋯⋯⋯17

及物動詞。

第二十五語段：世謂伯魯不肖，不如無恤。——實謂不然。

世謂賴倪寬、　　　　　　——實謂不然。

關鍵詞語「命」「時」「當」反覆出現，如「命亦當

君」、「命當踐」、「太傅當貴」、「命時當生」。

第二十六段：故軍功之侯、必斬兵死之頭。

此篇結束，無〈非～也〉格式。

富家之商、必奪貧室之財。

故屬氣所中、必加命短之人。

凶歲所著、必饑虛耗之家矣。

虛詞「矣」只出於此，標識篇尾。

現在概觀〈非～也〉格式中的詞組，可以發現幾乎每個例子都包括了關鍵詞語「適」、「自」、「偶」、「自然」、「命」以及次要的關鍵詞語「應」、「遭」、「逢」、「遇」、「時」。然而，頻繁出現的「當」字卻在〈非～也〉格式的句子中沒有出現。

　　〈非～也〉格式之後連接的句子都是〈偶會篇〉主題的變奏。每個語段中，舉例或比喻的部分會在語段末以〈非～也〉格式結尾，而之後使用以下這種句子來結束語段，這展示了〈偶會篇〉主題變奏的結構。

度數並放，適相應也。……………………………………………………… 1

遭逢會遇，自相得也。……………………………………………………… 2

期數自至，人行偶合也。…………………………………………………… 3

美惡是非，適相逢也。……………………………………………………… 4

時偶不並，度轉乖也。……………………………………………………… 5

轉運之衡，偶自應也。……………………………………………………… 6

老少年次，自相承也。……………………………………………………… 7

夫人終鬼來，物死寒至，皆適遭也。…………………………………… 8

屋老崖沮，命凶之人，遭屋適履。…………………………………………… 9

若夫物事相遭，吉凶同時，偶適相遇，非氣感也。…… 10

作與日相應，息與夜相得也。……………………………………………… 11

非相賊害，命自然也。……………………………………………………… 12

適自滅覆之類也。…………………………………………………………… 13

偶適然自相遭遇、時也。…………………………………………………… 14

誠知時命當自然也。………………………………………………………… 15

治亂成敗之時，與人興衰吉凶適相遭遇。………………………… 16

命相小大、適相應也。……………………………………………………… 17

與〈偶會篇〉相對，〈逢遇篇〉的第一個文體特點是組合肯定句與否定句，以證明原命題、逆命題、逆否命題都是假命題。從這篇的主題「遇不遇非一也」出發，解釋遇不遇的原因，提出「遇」的定義，反駁世俗觀點。〈逢遇篇〉的另一個文體特點是反覆使用否定詞、否定句形成對比偶爾的表現，以加強說服力。為了表明句式的結構，筆者採用比較特殊的文字安排，以便看出否定詞的作用。比如：

1　才高行潔，<u>不可</u>保以必尊貴，
　　能薄操濁，<u>不可</u>保以必卑賤。

2　進在　　遇，
　　退在<u>不</u>遇。

3　處尊居顯，<u>未必</u>賢，　遇也，
　　位卑在下，<u>未必</u>愚，<u>不</u>遇也。

4　故　　遇，或抱洿行，尊於桀之朝，
　　　　<u>不</u>遇，或持潔節，卑於堯之廷，所以遇不遇非一也。

5　<u>或無</u>道德，而以技合。
　　<u>或無</u>技能，而以色幸。

6　夫以賢事賢君，君欲爲治，臣以賢才輔之，趨舍偶合，
　　其<u>遇</u>固宜。
　　以賢事惡君，君<u>不</u>欲爲治，臣以忠行佐之，操志乖忤，
　　<u>不</u>遇固宜。

7　夫賢聖道同，志合趨齊，
　　虞舜、太公行耦，
　　許由、伯夷操違者，
　　生<u>非</u>其世，
　　出<u>非</u>其時也。

8　許由，皇者之輔也，生於帝者之時。

　　伯夷，帝者之佐也，出於王者之世。

　　　　並由道德，俱發仁義，

　　　　主行道德，不清不留。

　　　　主爲仁義，不高不止。此其所以不遇也。

9　故說者不在善，在所說者善之。

　　　　才不待賢，在所事者賢之。

10　故爲善於不欲得善之主，雖善不見愛。

　　　　爲不善於欲得不善之主，雖不善不見憎。

11　此以曲伎合，合則　　遇，

　　　　　　　　不合則不遇。

12　故賢不肖可豫知，遇難先圖。

　　　　何則，人主好惡無常，

　　　　　　人臣所進無豫。

13　進者未必賢，

　　退者未必愚。

　　合幸得進，

　　不幸失之。

14　今則不然，

　　　　作無益之能，

　　　　納無補之說，

　　　　以夏進鑪，

　　　　以冬奏扇，

　　　　爲所不欲得之事，

　　　　獻所不欲聞之語，其不遇禍，幸矣。

15　或以<u>不</u>補而得祐，

　　或以有益而獲罪。

16　世主<u>好</u>文，己爲文則<u>遇</u>。

　　　主<u>好</u>武，己爲分則<u>不遇</u>。

　　　主<u>好</u>辯，己有口則<u>遇</u>。

　　　主<u>不</u>好辯，己有口則<u>不遇</u>。

17　文主<u>不</u>好武，

　　武主<u>不</u>好文。

　　辯主<u>不</u>好行，

　　行主<u>不</u>好辯。

18　文與言，尚<u>可</u>暴習。

　　行與能，<u>不可</u>卒成。

19　學<u>不</u>宿習，<u>無以</u>明名。

　　名<u>不</u>素著，<u>無以</u>遇主。

20　且夫<u>遇</u>也，能<u>不</u>預設，

　　　　　　說<u>不</u>宿具，

　　　　　　邂逅逢喜，

　　　　　　遭觸上意，故謂之<u>遇</u>。

21　春種穀生，秋刈穀收，

　　　　求物物得，作事事成，<u>不</u>名爲遇。

　　　　<u>不</u>求自至，<u>不</u>作自成，<u>是</u>名爲遇。

22　今俗人既<u>不能</u>定遇不遇之論，

　　　　　又就<u>遇</u>而譽之，

　　　　　因<u>不遇</u>而毀之。

在短篇文章裡敢於重複這麼多的「不」字，卻不令人感到厭煩，是因爲其成功運用了「不」字的修辭效能。

四　結語

　　作爲小結，借用音樂術語「主題」與「變奏」的觀點，從文章內容與主題的角度概括〈偶會篇〉的文體與否定詞的修辭作用。主題即爲「命，吉凶之主也，自然之道，適偶之數，非有他氣旁物厭勝感動使之然也」。變奏即爲了證明逆命題「命非有他氣旁物厭勝感動使之然也」是真的（也可以說爲了證明原命題「命有他氣旁物厭勝感動使之然也」是假的），以舉例和比喻展示一般情理，之後用背理法反駁情理。作爲證明的材料，具體的例子和多樣的比喻以及反覆使用的關鍵字可以看作變奏，變奏都匯聚於一個方向。讀者通過區別變奏與每個語段的小結，清楚瞭解〈偶會篇〉的主題。這是因爲〈非～也〉格式標識著每個語段的小結，而且這個模式在全篇中反覆出現，使讀者容易理解〈偶會篇〉的主題。

　　此篇文章的核心是暴露一般認識、反駁俗人妄信，因此前半篇是論述性強的論說文體，論者的面貌沒有出現。後半篇不用〈非～也〉格式的語段則是說服性強的議論文體，否定詞「非」的效能涉及到文體與全篇的構成。若是春秋戰國時代的辯論家，其文章與其記錄裡，常見的語氣詞，可以看作議論文的文體上的特徵。〈偶會篇〉雖然是論說文，其基本文體不像議論文，比較整齊、端正，但因否定詞的使用，可謂擁有了議論文的因素。與〈逢遇篇〉相比，其否定詞的用法之修辭特徵非常明顯。本文闡明了「非」與「不」的修辭作用分別給予全篇文體的影響。由於本文篇幅有限，不能詳細展開文體進行分析，也不能論及其他虛詞。筆者認爲虛詞的主要功能有明示論理關係、調整鋪陳、構建文章的結構、提供文章的類型等。文章的類型要求特定的文體，其文體由恰當的虛詞組成框架，最後照射出文章的主題。筆者準備以後繼續探討《論衡》其他篇章的文體特徵與虛詞的關係。

參考文獻（以發表年排序）

〔日〕柳父章：『文体の論理——小林秀雄の思考の構造』，東京：法政大学出版局，1976年初版，2003年新装版第一刷。

〔英〕Katie Wales（豊田昌倫ほか訳）：『英語文体論辞典』（*A DICTIONARY of STYLISTICS*），東京：三省堂，2000年（原著は1989年）。

〔日〕中村明：『日本語の文体——文芸作品の表現をめぐって』，東京：岩波書店，1993年。

〔日〕柳沼重剛：『トゥキュディデスの文体の研究』，東京：岩波書店，2000年。

〔日〕大久保隆郎：『王充思想の諸相』，東京：汲古書院，平成二十二年（2010）年

〔日〕菊池繁夫、上利政彦編：『英語文学テクストの語学的研究法』，福岡：九州大学出版社，2016年。

〔日〕マーク・エヴァン・ボンズ（Mar‧Evan‧Bonds）著，土田英三郎譯：『ソナタ形式の修辞学——古典派の音楽形式論』（*Wordless Rhetoric*），東京：音楽之友社，2018年。

跨文化的女性自傳：

論張福英《娘惹回憶錄》中的自我詮釋

林秀蓉

國立屏東大學中國語文學系教授

摘要

　　「回憶錄」或「自傳」，就華文書寫領域而言，兩者應是同義詞。就作者性別而言，傳統的自傳書寫是男性特權，女性自傳並不多見，偶見的女性自傳也幾乎多由男性執筆，呈現男性視角下的女性生命史。《娘惹回憶錄》的作者張福英，是「南洋華僑第一偉人」張耀軒的長女，也是板橋林家林爾嘉的長媳，「臺灣第一詩家」林景仁的妻子。其回憶錄的獨特性，在於跳脫男性視角的觀點，不僅有助了解兩大家族的生活實錄、林景仁的生平與詩作，以及南洋華人拓墾的集體記憶，更重要的是藉此呈現女性自我詮釋的觀點。本論文以張福英的《娘惹回憶錄》為探討對象，首先就華文女性書寫自傳的脈絡，析論二十世紀初女性書寫自傳的可能性，以及張福英撰寫回憶錄的動機。其次就原鄉空間而言，輔以湯馬斯・摩爾對烏托邦的概念、加斯東・巴舍拉對家屋的論述，析論棉蘭家屋在作者生命中的符號意涵。再次就性別文化的視角，運用傅柯的身體觀點、西蘇的陰性書寫，探索作者走入婚姻的生命歷程，如何呈現傳統與現代過渡的軌轍，以及南洋和中國跨文化的衝突。最後就南洋華人移民史的面向，梳理張氏

家族在南洋的奮鬥過程、人際網絡與重要影響，彰顯其原始性史料的價值。期待藉此檢視作者如何在自我與歷史時空的互動中建構自我詮釋的觀點。

關鍵詞：張福英、娘惹回憶錄、女性自傳、跨文化、南洋書寫

一　前言

　　自傳被視為一種文學形式，往往以個人的生命史作為主要內容，因而重要人物的回憶錄、自傳、傳記、日記、口述歷史等，常被歷史學者視為重建過去史實的重要材料。就作者性別而言，在傳統以男性作為歷史主體的建構模式下，自傳書寫是男性特權，偶見的女性自傳也幾乎多由男性執筆，呈現男性視角下的女性生命史，由女性撰寫的自傳更是少見。然自1920年代以來，由於女性自我意識的覺醒與女權主義的興起，女性透過自傳找到自我詮釋的方式，以及個人和歷史的對應點，如陳衡哲（1890-1976）《陳衡哲早年自傳》（1935）、楊步偉（1889-1981）《一個女人的自傳》（1946）、蔣碧微（1898-1978）《蔣碧微回憶錄》（1966）、沈亦雲（1894-1971）《亦雲回憶》（1968）等，這些五四時期女性作家的自傳書寫，不僅突破自傳是男性專屬的框限，更有助女性主體的建構，並見證時代歷史的脈動。

　　印尼棉蘭華僑張福英（Queeny Chang, 1896-1986）[1]，她與五四時期女性作家同樣出生於十九世紀末年，1977年以英文撰寫《娘惹回憶錄（Memories of a Nonya）》[2]，可視為個人的生命史、家族史，甚至

1　依據現存日治時期史料對張福英名字的記載，或稱「馥瑛」、「馥英」、「福英」等。與丈夫林景仁在《林小眉三草》（臺北：龍文出版社，1992）中的唱和詩，則有「馥瑛」、「馥英」。又1931年正月3日張福英親筆寫給公公林爾嘉的家書，信末署名「福英」，參見陳支平主編：《台灣文獻匯刊》第7輯第2冊「林爾嘉家族信件」（北京：九州出版社、廈門：廈門大學出版社，2004年），頁10。再參回憶錄中敘述童年病癒參加新年宴，憶及伯父喜歡以發音象徵幸運、福氣來稱呼她，故臺灣中譯本《娘惹回憶錄》以「福英」稱之。

2　張福英《娘惹回憶錄》，1977年3月到7月在馬來西亞《The Star》以連載方式刊登第一章，1980年2月連載第二章。同年6月以〈棉蘭華裔張鴻南之女張福英女士回憶錄〉為題，由思維翻譯成中文，連載於《南洋商報》。1981年集結成書由The Star初版，1982年由新加坡Eastern Universities再版，2003年雅加達Taramedia Publisher出版印尼文譯本。以上資料參見蔡佳玲：〈記憶‧再現‧跨文化：張福英 *Memories of a*

是南洋華人奮鬥史的重要記錄。張福英出身不凡，父親是「南洋華僑第一偉人」張耀軒，母親是蘇門答臘的娘惹後裔林淑德，丈夫是板橋林家的林景仁（1893-1940）[3]，行跡遍及南洋、中國、臺灣、歐洲，最後病逝於棉蘭。《娘惹回憶錄》計分五部，時間敘述從1896至1921年，包含棉蘭的女兒記憶、家族事業，及廈門的婚姻生活，甚至偕丈夫林景仁回到棉蘭經營事業的興衰起伏。這部回憶錄引起臺灣學者的高度關注，如余美玲教授在中譯版〈推薦序〉中提出本書的重要性可以從三個面向觀察：一、「研究林景仁生平的第一手資料」，二、「與林景仁詩集內容的相互參照」，三、「板橋林家內渡廈門後的生活實錄」。余教授認為藉著《娘惹回憶錄》的問世，足以釐清林景仁《摩達山漫草》、《天池草》中有關南洋的生活足跡，補足研究林景仁生平及作品的參考史料，突破學術界的研究侷限，深具貢獻與意義。[4]而本論文認為若就女性自傳的書寫視角而言，這部回憶錄同樣具有特殊意義。值得關注的是，本書絕非從林景仁的視角來看張福英，而是張福英從自我主體出發的詮釋；作者以自我為核心，內容大多環繞棉蘭的原生家庭，對照之下，嫁作林景仁妻的生活實錄則篇幅有限，由此顯見書寫主軸的定位。

---

*Nonya*筆下的林景仁〉，收錄於《「移動‧跨界‧交混：十七到二十世紀臺灣與南洋」國際學術研討會論文集》（主辦：臺中逢甲大學中文系，時間：2017年10月20-21日），頁327。2017年臺灣余美玲教授促成中文版的授權，葉欣翻譯，書名定為《娘惹回憶錄》，由國立臺灣文學館出版。

3　林景仁，是板橋林家林爾嘉的長子，被稱為「臺灣第一詩家」。日治時期以詩文聞名於中、日、臺、印，尤以漢詩甚精，各體均佳。1915至1923年相續出版《摩達山漫草》、《天池草》、《東寧草》三本詩集，之後總輯為《林小眉三草》。《摩達山漫草》著重描寫在棉蘭的生活、摩達山附近土著Batak族的民情風俗，以及與菽莊詩友酬唱的思鄉情懷。《天池草》是在棉蘭、巴達維亞、新加坡南洋等地所寫作品。《東寧草》則是寫來臺灣旅遊時的所思所感。以上資料參見張福英著，葉欣譯：《娘惹回憶錄》（臺南：國立臺灣文學館，2017年），頁229，註10。

4　參見余美玲：〈推薦序〉，《娘惹回憶錄》，頁36-40。

　　李有成〈論自傳〉指出：「自傳應被視為詮釋的產物；而任何詮釋基本上都是指涉性的，尤其指涉詮釋者的歷史時空。」[5] 又由於作者無法針對過去生平鉅細靡遺的敘述，因此必經選材的過程，其中對敘述的時間、事件、角度之選擇視域，即是自我詮釋的指涉意向。再就時間立足點而言，自傳所描述的生平其實是「現在自我」（撰寫時的我）與「過去自我」（回憶中的我）互動的過程；就書寫視角而言，「我」，可能是發聲的主體，也可能是被敘述的主體，「我寫了它」、「它寫了我」。[6] 基於上述，本論文特別關注作者的選材視域與詮釋意向。

　　自傳或回憶錄乃介於「史學」與「文學」之間的文類，由於紀實特質較文學藝術更為鮮明，常被視為一種邊緣文類，因此相關研究較為有限；然近年來隨著婦女史、女性主義文學批評等研究領域逐漸受到重視，女性自傳研究卓然有成。如陳玉玲《尋找歷史中缺席的女人——女性自傳的主體性研究》[7] 廣泛搜羅現當代華文女性自傳性文本，試圖建立一套女性自傳的研究體系，開創女性自傳專論的格局；書中即以自傳作為自我詮釋的文本，分別從童年經驗、父權社會、身體和心靈等面向，探討女性對自我主體的定位和評價。[8] 本論文以張福英的《娘惹回憶錄》為探討對象，參佐李有成論自傳的特質、陳玉玲的研究思路，首先就中國女性書寫自傳的脈絡，析論二十世紀初女性書寫自傳的可能性，以及張福英撰寫回憶錄的動機。其次就原鄉空

5　李有成：〈論自傳〉（下），《當代》第56期（1990年12月），頁58。

6　參見李有成：〈論自傳〉（上），《當代》第55期（1990年11月），頁28。

7　陳玉玲：《尋找歷史中缺席的女人——女性自傳的主體性研究》（嘉義：南華管理學院，1998）。全書研究文本廣泛，時間從1934年《盧隱自傳》到1996年《余陳月瑛回憶錄》，空間包含臺灣、香港、中國大陸，至於文類則遍及自傳、回憶錄、自傳小說、口述史，以及帶有「自述」意涵的新詩、散文等，總計172部作品。

8　陳玉玲：〈自序〉，《尋找歷史中缺席的女人——女性自傳的主體性研究》，頁2。

間而言，輔以湯馬斯・摩爾（Thomas More, 1478-1535）「烏托邦」
（utopia）的概念、加斯東・巴舍拉（Gaston Bachelard, 1884-1962）
家屋的論述，闡析棉蘭家屋在作者生命中的符號意涵。再次就性別文
化的視角，運用傅柯（Michel Foucault, 1926-1984）的身體觀點、西
蘇（Helene Cixous, 1937-）的陰性書寫，探索作者走入婚姻的生命歷
程，如何呈現傳統與現代過渡的軌轍，以及南洋和中國跨文化的衝
突。最後就南洋華人移民史的面向，梳理張氏家族在南洋的奮鬥過
程、人際網絡與重要影響，彰顯其原始性史料的價值。期待藉此檢視
作者如何在自我與歷史時空的互動中建構自我詮釋的觀點。

二　張福英《娘惹回憶錄》的書寫動機

本節在探察張福英《娘惹回憶錄》的書寫動機之前，首先釐清
「回憶錄」（memoir）與「自傳」（autobiography）有何不同？依據法
國學者菲力浦・勒熱納（Philippe Lejeune）的說法，二者有所區別，
他認為「回憶錄」是以作者當代的事件、歷史為重心，作者如同一個
證人，以其特有的視角記述歷史或社會。而「自傳」則以作者個人為
重心，針對內心回憶加以組織，使之成為一部蘊含作者個性歷史的敘
事。[9]基於上述，「回憶錄」傾向集體性的歷史記載，「自傳」則偏重
個人性的生命敘事。然而，依此界定來判讀華文的「回憶錄」或「自
傳」，顯然未能吻合菲力浦・勒熱納的說法；就華文自傳書寫而言，
兩者應是同義詞，同樣是作者整理自己過去的記憶，這些記憶由自我
在家庭的成長經驗，延伸至社區、學校、社會、族群等群體互動，個

9　參見〔法〕菲力浦・勒熱納（Philippe Lejeune）著，楊國政譯：《自傳契約》（北京：
　　生活・讀書・新知三聯書局，2001年），頁1-12。

人性與集體性並重，反映出時代與個人密不可分的關係。

　　論及中國女性自傳書寫的源起，當可追溯自1920至1930年代，當時由於婦女運動打破女子閉鎖於閨閣的陳見，主流價值對於女性書寫的接受度較高。其次，興女學使婦女具備基本的讀寫能力，為女性自傳書寫帶來契機。再加上知識分子的提倡，也可說是催生女性自傳問世的重要推力，如梁啟超在〈人權與女權〉中，積極鼓吹興辦女學，甚至將女學興盛與否作為國家強弱盛衰的指標。[10]另外，胡適在〈女子教育之最上目的〉中，強調女子教育的最上目的，乃在追求自由獨立。[11]整個社會環境與思想背景的變遷，成為孕育近代女性自傳書寫的沃土。五四時期的教育變革為近代婦女提供相夫教子之外的選擇，進入學校有助新人生觀與新世界觀的養成，更重要的是培養自我生命書寫的能力。由陳衡哲、楊步偉、蔣碧微、沈亦雲的自傳書寫，明顯可見女性接受教育的影響。返觀印尼棉蘭的張福英，她與以上這些女作家年齡相近，父母也十分重視教育，他們顧及中國人若要與荷蘭人平起平坐，教育即是重要關鍵。張福英七歲時，父親向駐在官提出申請，進入只收荷蘭兒童的公立小學，並於課後上家教學英語，奠定外國語文教育的良好基礎。[12]除了荷語、英語，張福英也會法語，1926年當她與林景仁隨著公公林爾嘉到瑞士東部的山區名勝阿羅薩（Arosa）養病時，張福英是同行中唯一會講歐洲語言的人，擔任翻譯的工作自然非她莫屬。[13]

　　針對五四時期女性自傳的書寫背景，除了上述整體時代氛圍的推波助瀾，若再微觀個人書寫動機則各有不同，如楊步偉完成《一個女

---

10 參見陳學恂主編：《中國近代教育文選》（北京：人民教育出版社，1983年），頁146。

11 參見胡適：《胡適留學日記（三）》（臺北：遠流出版社，1986年），頁215。

12 參見張福英著，葉欣譯：〈8.母親學習讀書寫字〉（第一部），《娘惹回憶錄》，頁83、85。

13 參見張福英著，葉欣譯：〈後記〉，《娘惹回憶錄》，頁316。

人的自傳》，乃是受到胡適的鼓勵[14]；次如陳衡哲撰寫《陳衡哲早年自傳》，目的在於記錄吃人禮教與腐敗舊社會[15]；再如蔣碧微的《蔣碧微回憶錄》，則以感情世界裡的男性為書寫核心。[16]相較之下，張福英《娘惹回憶錄》的寫作動機則有別於《蔣碧微回憶錄》，跳脫男情女愛的書寫內容，她在自序提及：1976年12月，與二弟權龍至檳城極樂寺朝拜父親張耀軒與大伯張榕軒，得知長輩們生前事蹟仍然受到熱情讚揚，於是起心動念書寫回憶錄。全書除了宣揚張氏家族的行善積德、南洋移民的奮鬥傳奇，並追溯自我的幸福童年、反思跨文化利益婚姻的衝突，兼具個人性與集體性。又從書名自我命名為「娘惹」，而非以林景仁之妻自居，顯見其自我主體的定位，已擺脫男主女從的性別位置。

---

14 楊步偉，安徽人。1913年討袁失敗後，護送柏文蔚全家至日本，隔年入女醫學校，學成歸國後於北京開設森仁醫院。1921年與趙元任結婚，隨趙赴美。1925年隨趙返國，曾任北京女子師範大學體育系教授、檀香山明倫中學國語班教師。1939隨趙赴美，1981病逝於美國加州柏克萊。以上資料參見徐友春主編：《民國人物大辭典》（石家莊：河北人民出版社，1991年），頁427。楊步偉立傳動機，參見《一個女人的自傳》（臺北：傳記文學，1967年），頁1。

15 陳衡哲，江蘇人。1914年考入清華學校第一屆留學美國，取得紐約瓦沙女子大學文學學士學位、芝加哥大學英文文學碩士學位，歸國後先後在北京大學等學校任教，成為第一位執教於北京大學的女教授，1976年病逝於上海。以上資料參見徐友春主編：《民國人物大辭典》，頁1070。陳衡哲立傳動機，參見《陳衡哲早年自傳》〈前言〉（合肥：安徽教育出版社，2006）。

16 蔣碧微，原名蔣棠珍，字書楣，江蘇宜興人。早年隨父蔣梅笙到上海，1917年與徐悲鴻私奔赴日；1919年，徐悲鴻考取官費留學，兩人一同前往法國，在當地結識青年畫家張道藩。後與徐悲鴻離異。1946年回南，得張道藩協助當選國大代表，並獲蔣介石頒發勳章；1949年與張道藩來臺，1958年拒絕張資助，與其分居，以賣徐悲鴻的畫作為生。蔣碧微立傳動機，參見《蔣碧微回憶錄》（臺北：皇冠雜誌社，1966年），頁549。

三　棉蘭家屋的符號

　　棉蘭是張福英生長之地，也是病逝之所，對她而言具有特殊意義。棉蘭在印尼語「Medan」意指「平原」，是一個典型的華人移居型商業城市。它位於蘇門答臘島上東北，雖僻處海隅，但自十七世紀以來，不僅是貿易、航海、交通的交會處，也是荷領東印度群島中第三大埠，可說是蘇島的政治經濟中心。在行政區域上，它屬日里州（Deli），是荷蘭行政中心所在地。[17]全書除了第二部聚焦於廈門婆家生活，其餘幾乎以棉蘭為中心，大量書寫她熟悉的人事地景，充分印證其對棉蘭家屋的認同與歸屬。

（一）童年烏托邦的追尋

　　張福英《娘惹回憶錄》第一部，敘寫在棉蘭家屋童年至十六歲無憂無慮的歲月，集父母慈愛於一身。書中提及六歲傷寒初癒，父母特別舉辦年宴與親友分享喜悅，當天母親替她打扮得如蘇丹王宮小公主，自云：「無論我在別人眼裡有多不討喜，母親都將我視為完美無瑕的造物。」[18]也曾隨父母走訪檳城菁英，見識富豪宅第的精美，這一段棉蘭童年歲月，可謂是張福英一生中最璀璨的生活史。「烏托邦」的概念乃由湯馬斯・摩爾揭示，意指一個不存在於真實世界的理想國度。[19]進而言之，烏托邦是現實世界的對立，本具有空想的色彩，在此國度，可以實現一切的精神理想。張福英回憶錄中的童年世界已隨時光流逝，只能典藏於個人記憶的寶盒，構築心靈烏托邦的意象。

---

17 參見林有壬：《南洋實地調查錄》（上海：商務印書館，1918年），頁256-257。
18 張福英著，葉欣譯：〈1.聞聲救苦的慈悲菩薩救了醜小鴨〉（第一部），《娘惹回憶錄》，頁50。
19 〔英〕湯馬斯・摩爾（Thomas More）著，宋美璍譯注：《烏托邦》（臺北：聯經出版社，2003）。

以「烏托邦」比喻張福英回憶錄中的童年世界，主要在凸顯童年隔離於成人世界的時空特質。陳玉玲分析女性自傳中的童年回憶，認為「童年」與「社會」往往呈現兩個對立且截然不同的世界。「童年」有如烏托邦，屬於前俄狄蒲斯（Oedipus Complex）的回憶，是想像的心靈空間，沒有種族、性別、階級、國家之分；而「社會」則屬於父權制，是俄狄蒲斯結構的產物，乃現實社會的具體呈現，象徵二元對立的體系，是性別化、個體化、社會化的國度。又陳玉玲將女性對童年的懷念，視為是對「過去（完整）自我」的追悼儀式；而女性對父權家園的記述，則顯現出陰性書寫的解構力量。[20]張福英回憶錄將童年的世界和成人的世界截分為二，童年烏托邦與父權象徵秩序隔離，屬於「過去自我」的天堂，並且形成保護的屏障。相較於回憶錄中第二部敘述對婚姻所帶來的不安感，張福英顯然相當眷戀童年時光父母的庇護。

（二）根源感與歸屬感

張福英童年鄉愁最懷念的是父親張耀軒、母親林淑德。回憶錄自序寫道要將本書「獻給父親留下的回憶，是他給了我今生最美的歲月。」[21]父親在棉蘭的政經地位與龐大人脈，成為丈夫林景仁在南洋發展事業的最大後盾，然而她最敬仰父親的是：熱心為各種族貢獻心力。回憶錄中曾敘述1916年父親慶祝為荷蘭政府服務三十週年紀念，其中描寫舞獅隊伍的歡欣鼓舞、祝賀賓客的絡繹不絕、通宵達旦的狂歡舞會，以及各種族自動自發為父親致上敬意與讚揚。[22]父親的偉大義

---

20 參見陳玉玲：〈第二章 女性童年的回憶〉，《尋找歷史中缺席的女人──女性自傳的主體性研究》，頁33-45。

21 張福英著，葉欣譯：〈自序〉，《娘惹回憶錄》，頁31。

22 參見張福英著，葉欣譯：〈8.父親的得意時刻〉（第三部），《娘惹回憶錄》，頁244-

行與慈善之心成為張福英效法的典範，也是她書寫回憶錄最大的動力。

　　張福英對母親有特殊依戀，並投射於成長的心理進程，尤其在婚姻觀上影響深遠。母親具有現代女性的特質，要丈夫允諾婚後不能再娶其他側室，宣示自己是棉蘭家宅的唯一女主人。婚後專心相夫教子，認真學習荷蘭語、社交禮儀，以及閱讀寫字，要求自己言行優雅，以成功扮演「華僑社會領導人之妻」，進而支持丈夫追求更高的成就。另一方面，她期待憑藉自己能力立足於外國社交圈，而非單靠丈夫財富被獲得認可。直至九十三歲離世時，蘇丹王和棉蘭群眾對她充滿濃厚的緬懷。[23]母親從未受過教育，與生俱來的叛逆與自負性格，不僅挑戰外祖母重男輕女的思想，並在婚後強悍爭取婚姻平權與輔助丈夫事業，成為影響張福英的重要人物。[24]

　　張福英晚年返回棉蘭（1976），在安寧靜好的山區名勝不拉士打宜（Berastagi），專心撰寫英文版《娘惹回憶錄》，此地曾是她父親卜居的鄉間別墅，也是她與丈夫林景仁讀書創作、偕遊賞花的人間天堂。1914至1923年間，基於林景仁的身體健康，夫妻到棉蘭定居。張福英一如當年母親的角色，協助林景仁開拓南洋事業版圖，逐漸在家族中贏得地位與尊敬，「番仔新娘」翻轉提升為「吉利之妻」。回憶錄中提及，住家環境如詩如畫，夫妻同心創業之餘，共譜田園牧歌式的文人生活。林景仁常常拜訪文友，如張步青（張福英堂哥）、徐貢閣（張福英堂姊夫，日里敦本學校校長），並以「摩達山」為主題，寫

247。張耀軒就職三十周年慶祝大會，會後曾出版《張耀軒博士拓殖南洋卅週年紀念錄》（1921），內容包含孫文、蔡元培等三十六人題字，以及序文、傳略、題辭、紀事、頌詞、頌幛、頌詩、頌聯、贈品名目、行述、跋等。以上資料參見余美玲選注：《林景仁集》（臺南：國立臺灣文學館，2013年），頁23，註25。

23 參見張福英著，葉欣譯：〈8.母親學習讀書寫字〉（第一部），《娘惹回憶錄》，頁86。

24 參見張福英著，葉欣譯：〈9.小伯母教導婦德〉（第一部），《娘惹回憶錄》，頁93-94。

下第一冊詩集《摩達山漫草》。這是夫妻生活最快樂的時光,他們將大半時間花在閱讀和研究上,張福英的中國文學造詣因而大有長進;並在林景仁的鼓勵之下,創作第一首詩,題名〈玫瑰〉,林景仁評其風格簡樸、生動真誠。[25]在此林景仁也創作多首與張福英唱和或相關的詩作,如〈讀書山中示內〉、〈山泉次內子韻〉、〈題內子所攝摩達山圖六言絕句六首用王右丞田家樂韻〉、〈金剛石為內子賦〉、〈憶加東寓樓示內子〉、〈答內子問詩境〉、〈古亭村酒肆同內子作〉等。張福英晚年重歸故里,往事歷歷,沉吟生命的無常、人事的更迭,在此透過文字帶領記憶回到童年的烏托邦。

張福英對童年的依戀深植於棉蘭家屋,家屋是一個人湧現最原始、誠摯情感的空間,也是陶養個人體魄、個性的場所,同時體現家屋場所的「空間性」與緜延生命的「時間性」特徵。[26]「家」總是帶給她一種庇護所的想像作用,每當生命面臨困境,棉蘭家屋永遠是遮風蔽雨、抵擋敵對勢力的棲息之所,誠如加斯東・巴舍拉《空間詩學》所言:家屋是人類思維、記憶與夢想的最偉大整合力量之一。[27]證諸張福英回憶錄中棉蘭家屋的符號,可見其對家屋的原初感受,即建立在一種受庇護或渴望在其中受庇護的心理反應上,表達對家屋的根源感與歸屬感。

---

25 參見張福英著,葉欣譯:〈3.班達巴魯——安詳所棲之處〉(第三部),《娘惹回憶錄》,頁228-229。

26 參見〔法〕安德烈・比爾基埃(A. Burguière)等主編,袁樹仁等譯:〈序言〉,《家庭史》(一)(北京:生活・讀書・新知三聯書局,2003年),頁4-6。

27 參見〔法〕加斯東・巴舍拉(Gaston Bachelard)著,龔卓軍等譯:《空間詩學》(臺北:張老師文化出版社,2003年),頁68。

四　跨國婚姻的變奏

　　張福英回憶錄中敘及父權家園所安排的跨文化利益聯姻的衝突，她透過文字表露婚姻背後不為人知的心聲。依據大陸學者郝永華的說法，大多數文化研究學者對於身體的關注，主要集中在兩個面向：「一是文化如何塑造和規訓我們的身體，比如，文化如何為社會個體的男性化或女性化提供嚮導和訓誡；二是批判某一文化賦予某種身體形式（性別、種族和階級）的意識形態與價值觀念，如黑人的身體往往攜帶了更多的壓制性、恥辱性意義。」[28]從上可知身體是被塑造的、被規訓的。傅柯在「權力／知識」的概念中也曾指出，權力隱藏於知識的形式之中，無所不在的權力規訓著我們的身體。[29]從張福英跨文化婚姻的內在壓抑，印證身體與文化建構、父權操控都有很密切的關係。

　　張福英對於自我婚姻的書寫，符應西蘇「陰性書寫」（feminine writing）的意義。西蘇在1970年發表〈美杜莎的笑聲（The Laugh of the Medusa）〉，文中強調女性寫作的目的主要在推翻語言中心主義，以及解構陽性象徵秩序下女性被邊緣化、被緘默化的特質，故主張女性唯有藉著書寫自己的身體，豐沛的潛意識才得以湧現。[30]值得注意的是，張福英這段跨文化婚姻的身體移動，除代表地理情境上的轉移，也包括異地文化的反差，回憶錄中即書寫出異地文化標示於自我身體的意識形態與價值觀念。

28　郝永華：〈《疾病的隱喻》與文化研究〉，《集美大學學報》（哲學社會科學版）第11卷第4期（2008年10月），頁48。

29　參見〔法〕傅柯（Michel Foucault）著，劉北成、楊遠嬰譯：《規訓與懲罰——監獄的誕生》（臺北：桂冠出版社，1998年），頁26。

30　參見莊子秀：〈後現代女性主義——多元、差異的凸顯與尊重〉，顧燕翎主編：《女性主義理論與流派》（臺北：女書文化出版社，2006年），頁305-306。

（一）利益聯姻的工具性

從社會記憶的觀點來看，作家在回憶錄中寫什麼及如何寫，不僅受個人記憶影響，同時也反映出其所處時代的社會認同體系及權力關係。因此，回憶錄不能簡單的被視為客觀史實的載體，它應該被視為是作者的主觀情感與權力關係共同影響下的社會記憶產物。[31]張福英的童年時期沉浸於幸福家庭，論其人生轉折當自結婚開始，回憶錄特別敘及被父輩一手安排的權宜婚姻，維持近二十年，終告分道揚鑣。

在父權文化中，女性受到性的物化和勞動的異化，忽視女性自我心靈的存在。《娘惹回憶錄》中記錄跨越十九、二十世紀在印尼華人的婚姻形式，除了一夫一妻，還有一夫多妻、權宜婚姻等。就一夫多妻而言，張福英的父親即是例子，其父（三十五歲）迎娶母親（十六歲）時，在廣東松口鎮已有妻，留在家鄉照料家務和稻田；當棉蘭妻子（周二媽）去世後，留下三個孩子，故其父有意再婚。[32]回憶錄中也提及華人菁英謝春生（張福英堂姊的公公）擁有二位海外妻，一位十八歲廣東妻。[33]當時為了兼顧海內外的家庭與產業，一夫多妻成為南洋華人因應環境需求的婚姻模式。

父權結構宰制婚姻，女性喪失自主權，身體成為交換的資產；書中敘及權宜婚姻的締結，張福英的伯父與小伯母即是例子。小伯母的父親是坤甸市華僑領袖，想方設法和其他僑領建立關係，以鞏固在荷蘭統治下的地位；由於中國人的齊家觀念，視聯姻為彼此壯大的實質力量，基於利益因素，仍然樂意將女兒許配給已婚之夫。[34]回憶錄中

---

31 參見王明珂：〈歷史事實、歷史記憶與歷史心性〉，《歷史研究》2001年第5期，頁139。
32 參見張福英著，葉欣譯：〈2.鄉下姑娘搖身變為福之夫人〉（第一部），《娘惹回憶錄》，頁55-59。
33 參見張福英著，葉欣譯：〈13.謝伯母講述經歷〉（第一部），《娘惹回憶錄》，頁109。
34 參見張福英著，葉欣譯：〈9.小伯母教導婦德〉（第一部），《娘惹回憶錄》，頁92。

記載的一夫多妻或權宜婚姻等形式，再現華人移民南洋的婚姻樣態，從中可見女性地位的附屬性與工具性。

張福英在十六歲時切割與爪哇井里汶男孩的邂逅，服從父權遠嫁廈門。回憶錄中說：「我的青春生活原是一路幸福平靜，現在卻因為破碎戀情、政治和陰謀詭計而複雜起來。該是我長大的時候了。」[35] 道盡青春已逝的哀悼傷情，以及成人世界的詭異複雜。張福英與林景仁婚事的緣起，可溯自1903年時，張福英伯父張榕軒與吳理鄉等人成立潮汕鐵路公司，促使其對外募集資金，建設鐵路過程中，受到時任廈門商會總理林爾嘉的大力協助，間接促成兩對佳偶共諧連理，分別是林景仁與張福英，以及張華龍（張福英大弟）與林紅蔁（林景仁三妹）。這兩段利益聯姻，有如兩大家族開拓商場與鞏固人脈的棋子，以利兩家在中國／南洋擴大事業版圖，達到互蒙其利的效益。張福英之所以接受這門親事，乃是基於「只是服從我的雙親罷了」[36]，她並沒有責怪父母之意，完全理解其希望女兒幸福的用心。雖然對於自己的終身大事無法自主，但是張福英與母親一樣，堅持一夫一妻的婚姻模式，以消滅父權制家園的威脅與壓迫。

（二）跨國文化的差異性

英國心理學家 Frederick Bartlett 由個人心理學出發，強調社會文化對個人記憶的影響，提出「心理構圖」（schema）的詮釋。他認為：「『心理構圖』是指個人過去經驗與印象集結，所形成的一種文化心理傾向。每個社會群體中的個人，都有一些特別的心理傾向。這種心理傾向影響個人對外界情景的觀察，以及他如何由過去記憶來印證

---

35 張福英著，葉欣譯：〈18.福英長大〉（第一部），《娘惹回憶錄》，頁143。
36 張福英著，葉欣譯：〈1.親事〉（第二部），《娘惹回憶錄》，頁150。

或詮釋從外在世界所得的印象。這些個人的經驗與印象，又強化或修正個人的心理構圖。」[37]張福英自小生長在印尼華人社會所形成的文化心理傾向，這種心理傾向如何影響她遠嫁廈門的文化觀察，又與夫家彼此之間產生哪些文化認同上的衝突，是本小節關注的焦點。

　　1912年，張福英面對即將到來的婚姻生活充滿茫然與無助，首先，迎面而來的衝擊是語言隔閡，她是客家族群，講混雜馬來語的客家話；丈夫屬福建族群，說福建話。[38]這段聯姻雖然間接化解印尼棉蘭客家與福建族群的對立，卻造成新婚夫妻言語溝通的障礙，凸顯出語言文化上的隔閡。其次，又敘及進行結婚儀式時，由於沒有聽從護送者的指令，走路時主動扶著纏小腳的婆婆（龔雲環）的手臂，即被「挨批為格格不入、粗俗之舉」[39]。再次，張福英的異國長相與作風也引來非議，「印尼公主」一夕之間成為「番仔新娘」[40]，但即使有文化差異和語言隔閡，張福英還是盡責扮演中國媳婦的角色，每日定時向公婆請安，並注意用餐儀節。其中她特別感念婆婆為人溫和、寬容文雅，並認同她的長相、服飾與身分。[41]

　　除了文化上的差異，價值觀的落差也是一道隔閡。回憶錄〈15.慶生〉詳述公公林爾嘉在「菽莊花園」舉辦四十歲的壽宴慶典，如家族成員的盛裝打扮，慶生宴會廳的華麗擺設，國樂演奏的歡慶氣氛，賓客的暢飲喧鬧，歌伎的侍酒助興等。[42]林爾嘉於乙未（1895）內渡

---

37 轉引自王明珂：〈歷史事實、歷史記憶與歷史心性〉，《歷史研究》2001年第5期，頁137-138。

38 張福英著，葉欣譯：〈7.白馬王子及其公主〉（第二部），《娘惹回憶錄》，頁174。

39 張福英著，葉欣譯：〈10.番仔新娘來啦〉（第二部），《娘惹回憶錄》，頁190。

40 參見張福英著，葉欣譯：〈11.番仔新娘成了盡責媳婦〉（第二部），《娘惹回憶錄》，頁195。

41 張福英著，葉欣譯：〈11.番仔新娘成了盡責媳婦〉（第二部），《娘惹回憶錄》，頁196。

42 參見張福英著，葉欣譯：〈15.慶生〉（第二部），《娘惹回憶錄》，頁212-216。

以後，花費鉅資，在鼓浪嶼建造一座依山傍海的別墅，營造一個宛如人間仙境的桃花源，在其詩作中盡現傳統節事、家族喜慶、社交宴飲、詩文結社、觀戲聽曲、賞花邀月、藝術鑑賞等風雅生活。張福英剛新婚時，公公曾為了表示歡迎，以及展示林家的財力，親自帶她參觀「菽莊花園」和名下房地產，甚至送她珍貴骨董；然而就張福英而言：「它們所帶給我的與其說是快樂，不如說負擔；它們的美好我領略不來。」[43]物質上的富裕並非她所嚮往的生活。相較於夫家厚實的財力，她更期待的是能與丈夫相知相惜、白首偕老。

張福英與丈夫之間對婚姻觀的歧異，最終造成兩人貌合神離。回憶錄中出現兩則有關丈夫的風流韻事，〈13.初嘗苦痛〉敘及1914年在廈門鼓浪嶼過年時，得知丈夫曾與丫鬟私通的往事，完全扼殺她對丈夫的敬愛與信任，彼此的口角也導致丈夫心臟病發。張福英自述事發之後，調整自我心態，視丈夫如大哥，希望自己成為他的朋友，而不是佔有慾強的妻子。另一則在〈6.葵妮碰上「另一個女人」〉，敘及林景仁在新加坡盲腸手術期間迷戀年輕歌伎一事，有了之前經驗，張福英轉化激動情緒，以先禮後兵的方式讓其知難而退。[44]這時的張福英基於對丈夫的了解，又處於熟悉的南洋地緣，處事更加理性成熟。然而這些風流韻事，對於堅持一夫一妻、信守忠貞的張福英而言，衝擊甚大。

張福英曾於1931年正月3日寫給公公林爾嘉報平安的家書中直言：「今媳與夫子離居，實違父母之命，不孝大矣。但想已無夫妻之愛，做一對假夫婦，媳真不願為，奈何無緣偕老，恩情至此而已耳。

---

43 張福英著，葉欣譯：〈11.番仔新娘成了盡責媳婦〉（第二部），《娘惹回憶錄》，頁192。

44 參見張福英著，葉欣譯：〈6.葵妮碰上「另一個女人」〉（第三部），《娘惹回憶錄》，頁238-241。

媳大過出此妄言，但想亦不出於人情，千萬望大人寬赦也。」[45]委婉懇切請求離去，這場因利益結盟的跨國婚姻至此結束。此後至1940年林景仁因肺癌病逝新京（長春），兩人未曾相見。從回憶錄〈後記〉得知，張福英與林景仁分開之後，林景仁企圖在變動的大時代中找尋自我的位置，擔任滿洲國外交部歐美課長（1931-1940）。張福英則因語言能力在南京獲得第一份工作，在王正廷領導的外交部擔任三年聯絡官，認識多國大使顯要。第二份正職是接受母親派任去汕頭，負責潮汕鐵路運輸機構總經理的職務。戰後即歸返棉蘭陪伴母親，晚年在新加坡過著含飴弄孫的生活。[46]仔細檢視張福英與林景仁在婚姻中的互動關係，雖然無法得知最終確切失敗的原因，但是利益聯姻的衝擊、跨國文化的差異、夫妻婚姻觀的落差，應是其中因素。女性自傳重視自我心靈的探索，張福英揭露林景仁婚前婚後的風流韻事，就女性對父權家園的記述而言，成為發聲的主體，表露潛意識的壓抑，顯現出陰性書寫的解構力量。

五　南洋菁英的身影

個人記憶有部分來自社會生活或活動，以符應個人的社會身分認同，因此回憶錄可說是個人記憶與社會記憶之間的橋樑。除了社會記憶的本質，回憶錄主要根據個人記憶，無論是重要人物、事件，常未出現於其他文獻，故其「原始性」的價值更值得重視。[47]基於上述，張福英透過《娘惹回憶錄》找到個人和歷史的對應點，足以作為南洋

---

45 陳支平主編：《台灣文獻匯刊》第7輯第2冊「林爾嘉家族信件」，頁10。

46 參見張福英著，葉欣譯：〈後記〉，《娘惹回憶錄》，頁316-318。

47 王明珂：〈誰的歷史：自傳、傳記與口述歷史的社會記憶本質〉，《思與言》第34卷第3期（1996年9月），頁149-150。

華人奮鬥史的重要文獻。

十五世紀鄭和探險以來，中國南方沿海民眾便連綿不斷移居「南洋」。「南洋」泛指東南亞諸國：泰國、緬甸、馬來西亞、柬埔寨、寮國、越南、新加坡、菲律賓群島、婆羅洲、印尼、新幾內亞等。在地理學上本為曖昧名詞，範圍無嚴格之限定，以中國為中心，泛指中國南方海洋那一片神秘區域，現以華僑集中之東南亞各地為南洋。[48]在南洋居住的人口種族繁多，彼此雜居、相互混血，多數族群為馬來族、華人，以及其後代峇峇與娘惹。[49]

林景仁在《天池草》序文即揭開「南洋」真實的面紗：「南溟，利藪也」[50]，是各路殖民、移民、商賈行旅的探險之域、逐利之所，有冒險躁進、急功近利的投機者，也有白手起家、經商致富的傳奇。如張福英的伯父張榕軒，原本是園林苦工出身，之後兄弟一齊打拼，不下十數年成為獨霸一方的「棉蘭王」。張福英回憶錄中敘及她的祖先源自華中，在旱澇交加、戰禍連綿之下，漂泊流浪至粵閩一帶。祖父原在廣東省梅州市松口鎮經營小雜貨店，但微薄收入養不起七子一女；因此，伯父便率先加入南洋拓荒行列，之後張氏兄弟會合，秉持勤謹刻苦的民族本質，視家族同心為最大力量，締造華人奮鬥的傳奇。[51]

棉蘭地理位置靠近馬來西亞檳城、新加坡，因此回憶錄中可見張家人際網絡聚集於新馬，如檳城的謝春生、張肇燮，以及新加坡的陳嘉庚、李光前等。棉蘭華人主要是在荷蘭殖民時期移入的閩粵居民，當時荷蘭政府在舊日里地區栽種許多菸草、咖啡、橡膠、棕櫚等經濟

---

48 參見許雲樵：《南洋史》（新加坡：世界書局，1961年），頁3。

49 參見梁明柳、陸松：〈峇峇娘惹——東南亞土生華人族群研究〉，《廣西民族研究》2010年第99期，頁119。

50 林景仁：《天池草》，收錄於《林小眉三草》，頁113。

51 參見張福英著，葉欣譯：〈3.氣色紅潤的少年〉（第一部），《娘惹回憶錄》，頁60-61。

作物,為補足當地缺乏的勞力,因此殖民者從內亂外患的滿清,募集大量閩粵移工前來。而棉蘭因為處於種植園港口與腹地的連結點,吸引許多移工入駐,隨著商機而來的還有周邊國家城市的華人,也因此奠定華人在棉蘭經濟上的重要地位。[52]

(一)張氏兄弟

就南洋的華人移民而言,強調以家族為中心,並輔以鄉土情誼,組織各式各樣的社團,以維護內部的凝聚力。[53]張福英回憶錄述及張榕軒、張耀軒同心協力的傳奇故事,1880年張耀軒到達蘇門答臘[54]東岸的拉布汗,當時張榕軒已成為替荷蘭政府服務的華僑領袖,而且官拜雷珍蘭。透過張榕軒的人脈,張耀軒受雇為雜貨店雜工,負責記帳、坐櫃檯,兼跑腿辦事。在這個多元種族的社會裡,張耀軒結交所有國籍的人士,包括馬來人、阿拉伯人、印度人,以及荷蘭人,並學會各國人士都會說的馬來語。由於張耀軒贏得小鎮鎮民的信任與尊敬,華人推薦他當華僑地方長官雷珍蘭。後隨政府前往即將成為東岸新首都的棉蘭,並升任為甲必丹。張氏兄弟熱心教育與慈善事業,不僅創立第一間華人「敦本學校」,並創辦「濟安醫院」,提供免費醫療服務。除此,還為老人和貧民設置別館、捐贈棺材給貧民、新年發送新衣給窮苦的人。

華人在拓荒時代多有機會幫荷蘭人建設荷治國家,加上勤勉刻苦

---

52 參見楊宏云:〈社團、社團領袖與華人社會——以印尼棉蘭市為個案的初步研究〉,《南洋問題研究》2008年第4期,頁66-73。

53 江炳倫:〈轉變中的東南亞華僑社會〉,《僑政論文選集》(臺北:華僑通訊社,1981年),頁149。

54 蘇門答臘島的梵文古名為「Swarnadwipa」(金島)或「Swarnabhumi」(黃金之地),中國古代文獻稱之為「金洲」,馬來語「Pulau Emas」,意思是「金島」,因為該島山區蘊藏金礦,豐饒的資源吸引不少探險家遠來尋金。

的民族性，無論做苦力或商人都可以出人頭地；然而張氏兄弟之所以比當代其他人更具有深遠的影響，乃緣自他們的善行義舉。他們不僅將巨額款項送到中國解救災民，脫離旱澇饑荒之苦，也在故鄉造橋鋪路，並為農家子弟設立學校。又值得一提的是，張耀軒雖然擁有地位、財富與權力，但是敬重多元族群，彼此共存共容，是第一位擁有橡膠園和雇用白人的中國人（橡膠園負責人是荷蘭人）。[55]張氏兄弟展現民胞物與的友愛精神，在醫療與教育上捐贈金錢，以善行維持族群和諧與政治穩定，不只在華人社群，就連在各國人士間也成為傳奇，讓張家後代引以為榮。

（二）父輩菁英：張肇燮、謝春生、陳嘉庚

在檳城菁英中，張福英述及曾與父母至馬來西亞檳城蓮花河街訪張肇燮（謝春生鄰居），他是一位百萬富翁的拓荒者，在怡保擁有廣闊錫礦，是張福英父親的朋友兼庇護者。文中提及檳城蓮花河街在十九世紀末二十世紀初，成為客家富豪比鄰而居之地，還有梁輝、戴喜雲等重量級商界大亨都住在此。檳城有許多擁有美麗宅第的富豪，不少是靠開採錫礦致富，自家華宅在建築式樣上專美於前；家家戶戶無不以鍍金家具、水晶吊燈、威尼斯玻璃檯燈和小古董裝飾，豪華程度不分軒輊。[56]張肇燮過世後，張福英父親被指定成為遺囑的唯一執行人，父親在哀悼中表達飲水思源之情，感念自己剛至印尼，承蒙老拓荒者的鼓勵，秉持刻苦耐勞精神，方能邁向成功大道。[57]

其次，張福英憶及曾與父母至檳城訪謝春生（即謝榮光），廣東

---

55 參見張福英著，葉欣譯：〈15.張氏兄弟成傳奇〉（第一部），《娘惹回憶錄》，頁120-121。

56 參見張福英著，葉欣譯：〈14.檳城菁英〉（第一部），《娘惹回憶錄》，頁112-114。

57 參見張福英著，葉欣譯：〈1.張肇燮伯公〉（第四部），《娘惹回憶錄》，頁253-257。

梅縣人，檳城華人社會的富商兼著名慈善家。他在成年後往亞齊（蘇門答臘島）發展，不僅承包軍營伙食，還得到承建鐵路等專利，因為對荷蘭統治者的貢獻而受封甲必丹。他在1890年左右遷至檳城，不僅和女婿合資創辦錫礦公司，也與張肇燮、張榕軒集資創建「潮汕鐵路」。[58]

除此，回憶錄也出現陳嘉庚，福建同安人，近代中國愛國富商，在事業全盛時期有食品、藥品，鋸木工廠共三十餘家，橡膠園與鳳梨園萬畝餘。不只創辦多所學校，也以新加坡福建會館主席身分統辦多所女中，中日抗戰亦竭盡全力支援，足稱華僑中的風雲人物。[59]

（三）平輩菁英：李光前

在這些華人菁英中，李光前當是影響張福英最深的平輩。李光前生於福建南安，是新加坡南益樹膠公司的創立者，熱心公益與教育，吉蘭丹與柔佛州蘇丹亦各自封其「拿督」（馬來西亞用以冊封對國家有傑出貢獻者的封銜）。李光前曾至棉蘭拜訪張家，還特別讚美張福英父親成立濟安醫院的善行。張父欣賞其人，曾要提供獎學金鼓勵其前往香港唸大學；然他回新加坡決定接下鞋子工廠的工作，這家工廠為僑領陳嘉庚所有，李光前之後成為陳嘉庚女婿。

張福英憶及1914年和林景仁回棉蘭時，在船上初遇李光前，因與林景仁同為福建出身，加上李光前的機智、幽默，建立深厚友誼。內容提及當李光前、林景仁討論新話題，遇有張福英不解時，李光前總是耐心解釋，使她大開眼界，書中說：「他不會像廈門家人那樣奚落

---

58 參見張福英著，葉欣譯：〈13.謝伯母講述經歷〉（第一部），《娘惹回憶錄》，頁108-111。

59 參見張福英著，葉欣譯：〈4「我們苦命的朋友啊」——記橡膠大王〉（第三部），《娘惹回憶錄》，頁231。

我無知；他似乎了解，我是生在南洋那樣一個只教女性做家務的地方。慢慢地，我對自個兒小世界以外的事物更感興趣了；我領悟到，傾聽也是一種學習方式。」[60]李光前可說是張福英欣賞的平輩，對比於林景仁傾向文人清高自詡的理想主義，李光前則是位具有實踐力的現實主義者，造就日後的大放異彩。[61]張福英透過人際互動增廣見聞，也認知事業成功的必備要素。另一方面，她向菁英請益學習，努力翻轉女性「無知」、「只做家務」的形象。

　　綜上所述，張福英表彰父親、伯父一生德業的成就，以及南洋菁英堅毅奮鬥的精神，具有南洋社會記憶的「原始性」本質，足以彌補相關文獻的闕漏。加斯東·巴舍拉在《空間詩學》中提及「空間」是人類意識的居所，就個人記憶而言，我們平生度過重要時刻的私密場所「空間」，往往比時間順序，銘記得更加清晰深刻，特別是依憑特殊空間能留駐更永久的記憶。[62]張福英回憶錄容載棉蘭甚至擴及南洋「空間」移民史的寶貴資料。

六　結語

　　歷史向來是男性經驗的記錄，這些回憶者在政治、軍事、學術上有所成就，都是依據權力及公領域的活動價值而判定；因此「歷史」向來都是「他的故事」，女性在歷史中長久處於缺席的地位。[63]張福英

---

60 張福英著，葉欣譯：〈1.葵妮遇見現實主義者——李光前〉（第三部），《娘惹回憶錄》，頁221。

61 參見張福英著，葉欣譯：〈1.葵妮遇見現實主義者——李光前〉（第三部），《娘惹回憶錄》，頁221-222。

62 參見〔法〕加斯東·巴舍拉（Gaston Bachelard）著，龔卓軍等譯：《空間詩學》，頁14。

63 參見王明珂：〈誰的歷史：自傳、傳記與口述歷史的社會記憶本質〉，《思與言》第34卷第3期（1996年9月），頁162。

身為「南洋華僑第一偉人」張耀軒之女、臺灣第一家族板橋林家林爾嘉之長媳、臺灣第一詩家林景仁之妻，其回憶錄的獨特性，在於跳脫男性視角的觀點，不僅有助了解兩大家族的生活實錄、林景仁的生平與詩作，以及南洋華人拓墾的集體記憶，更重要的是藉此實踐自我詮釋的主體性，呈現內在心靈的聲音。

　　照應李有成〈論自傳〉的觀點：自傳是作者自我詮釋的產物，故重點應該在於「自我詮釋」的意義。張福英回憶錄以棉蘭張家為敘述核心，顯然是以張耀軒之女的身分表述，描寫親人互動充滿眷戀與緬懷之情。全書並非傳達打破封建傳統、脫離長輩控制、贏得自由婚戀等叛逆自述，也並非表現克盡母職及妻職的傳統價值。張福英要呈現的是在二十世紀初年跨越南洋／中國、傳統／現代的內在聲音，重點在於感念父母建構的幸福家庭，彰揚父親及長輩菁英在南洋的勤勉精神與慈善義舉，表現對於棉蘭的認同與歸屬。

　　其次，張福英也藉著與林景仁二十年的利益聯姻，反思父權文化與種族文化的雙重困境。傅柯認為身體是權力分配的符號，也是政治結構運作的場域；在父權的社會文化中，女性身體被當作一種資產，經由物化的方式成為象徵結構中的符號。回憶錄中敘寫這段利益聯姻的衝突與矛盾，實踐西蘇陰性書寫的意義，解構陽性語言中心下女性被邊緣化、被緘默化的特質。

　　朱崇儀在〈女性自傳：透過性別來重讀／重塑文類？〉中，認為女性自傳被排除在主流研究之外，主觀上是因為學者普遍認定名人、偉人的自傳才值得研究；又相較於男性，女性自傳常常侷限在私領域，較少參與公領域的活動，因此對研究者而言缺少吸引力。[64]就張

64　朱崇儀：〈女性自傳：透過性別來重讀／重塑文類？〉，《中外文學》第26卷第4期
　　（1997年9月），頁133-150。

福英而言，雖非立下豐功偉業的英雄，然《娘惹回憶錄》兼顧公／私領域，具有開展性的歷史時空指涉，堪稱是南洋華僑女性自傳書寫的代表作。

參考文獻

一　研究文本

張福英（Queeny Chang）著，葉欣譯：《娘惹回憶錄》，臺南：國立臺
　　　灣文學館，2017年。

二　其他文本

蔣碧微：《蔣碧微回憶錄》，臺北：皇冠雜誌社，1966年。
楊步偉：《一個女人的自傳》，臺北：傳記文學，1967年。
沈亦雲：《亦雲回憶》，臺北：傳記文學，1968年。
陳衡哲：《陳衡哲早年自傳》，合肥：安徽教育出版社，2006年。
林景仁：《林小眉三草》，臺北：龍文出版社，1992年。
余美玲選注：《林景仁集》，臺南：國立臺灣文學館，2013年。

三　專書

李又寧、張玉法主編：《近代中國女權運動史料》（上、下），臺北：
　　　龍文出版社，1995年。
林有壬：《南洋實地調查錄》，上海：商務印書館，1918年。
金一虹：《女性敘事與記憶》，北京：九州出版社，2007年。
胡　適：《胡適留學日記》（三），臺北：遠流出版社，1986年。
許雲樵：《南洋史》，新加坡：世界書局，1961年。
陳學恂主編：《中國近代教育文選》，北京：人民教育出版社，1983年。
陳玉玲：《尋找歷史中缺席的女人——女性自傳的主體性研究》，嘉
　　　義：南華管理學院，1998年。
陳蘭村主編：《中國傳記文學發展史》，北京：語文出版社，1999年。

陳支平主編：《台灣文獻匯刊》第7輯第2冊，北京：九州出版社、廈
　　　門：廈門大學出版社，2004年。

楊正潤：《現代傳記學》，南京：南京大學出版社，2009年。

趙白生：《傳記文學理論》，北京：北京大學出版社，2003年。

趙慶華主編：《混搭：我們（Women）的故事——跨族群、跨地域、
　　　跨世代的女性生命書寫》，臺北：印刻文學生活雜誌出版公
　　　司，2010年。

鄭尊仁：《臺灣當代傳記文學研究》，臺北：秀威資訊科技公司，2003年。

顧燕翎主編：《女性主義理論與流派》，臺北：女書文化出版社，2006年。

四　譯著

〔法〕加斯東・巴舍拉（Gaston Bachelard）著，龔卓軍等譯：《空間
　　　詩學》，臺北：張老師文化出版社，2003年。

〔法〕安德烈・比爾基埃（A. Burguière）等主編，袁樹仁等譯：《家
　　　庭史》（一），北京：生活・讀書・新知三聯書局，2003年。

〔法〕傅柯（Michel Foucault）著，劉北成、楊遠嬰譯：《規訓與懲
　　　罰——監獄的誕生》，臺北：桂冠出版社，1998年。

〔法〕菲力浦・勒熱納（Philippe Lejeune）著，楊國政譯：《自傳契
　　　約》，北京：生活・讀書・新知三聯書局，2001年。

〔英〕湯馬斯・摩爾（Thomas More）著，宋美璍譯注：《烏托邦》，
　　　臺北：聯經出版社，2003年。

五　研討會、期刊論文

王明珂：〈誰的歷史：自傳、傳記與口述歷史的社會記憶本質〉，《思
　　　與言》第34卷第3期，1996年9月，頁149-150。

王明珂：〈歷史事實、歷史記憶與歷史心性〉，《歷史研究》2001年第5
　　　期，頁136-147。

朱崇儀：〈女性自傳：透過性別來重讀／重塑文類？〉，《中外文學》
　　　　第26卷第4期，1997年9月，頁133-150。

余美玲：〈詩人在南洋：林景仁《摩達山漫草》、《天池草》探析〉，
　　　　《臺灣文學研究學報》第24期，2017年4月，頁199-243。

李有成：〈論自傳〉（上）（下），《當代》第55、56期，1990年11月、
　　　　12月，頁20-29、56-63。

郝永華：〈《疾病的隱喻》與文化研究〉，《集美大學學報》（哲學社會
　　　　科學版）第11卷第4期，2008年10月，頁46-50。

梁明柳、陸松：〈峇峇娘惹——東南亞土生華人族群研究〉，《廣西民
　　　　族研究》2010年第99期，頁118-122。

楊宏云：〈社團、社團領袖與華人社會——以印尼棉蘭市為個案的初
　　　　步研究〉，《南洋問題研究》2008年第4期，頁66-73。

鄭一省：〈印尼棉蘭華人族群融入主流社會初探〉，《華僑華人歷史研
　　　　究》2008年第4期，頁70-76。

謝昭新：〈論三十年代傳記文學理念與自傳寫作熱〉，《中國現代文學
　　　　研究叢刊》2006年第5期，頁145-160。

羅久蓉：〈近代中國女性自傳書寫中的愛情、婚姻與政治〉，《近代中
　　　　國婦女史研究》第15期，2007年12月，頁77-139。

臺中逢甲大學中文系編：《「移動・跨界・交混：十七到二十世紀臺灣
　　　　與南洋」國際學術研討會論文集》，2017年10月20-21日。

六　學位論文

李曉蓉：〈五四前後女性知識分子的女性意識〉，高雄：國立高雄師範
　　　　大學教育研究所博士論文，2002年。

李麗華：〈再現的自我與自我的在現——臺灣解嚴後的女性自傳研
　　　　究〉，臺中：東海大學中文研究所博士論文，2007年。

阮愛惠：〈九〇年代臺灣女性自傳研究〉，臺北：銘傳大學應用中文研究所碩士論文，2007年。

洪佩菁：〈近代中國女性自傳研究〉，臺北：國立臺灣師範大學歷史研究所碩士論文，2010年。

陳香玫：〈女性自傳中的婚姻與自我：女性主義觀點的語藝批評〉，臺北：輔仁大學大傳研究所碩士論文，1999年。

曾尚慧：〈臺灣當代女性傳記研究（1945-2004）〉，中壢：國立中央大學中文研究所碩士論文，2005年。

趙慶華：〈紙上的「我（們）」——外省第一代知識女性的自傳書寫與敘事認同〉，臺南：國立成功大學臺文研究所博士論文，2013年。

關於臺灣日語學習者的
日語成對動詞之不及物動詞、
及物動詞和被動形式的選擇

──基於母語遷移的可能性*

杉村泰、郝文文

名古屋大學大學院人文學研究科教授、
名古屋大學大學院人文學研究科博士生

摘要

　　本論文討論了在描寫內部發生變化、無情物的非意圖作用導致的被動變化、因自然力而導致受害、描寫被動狀態時施事者特定與不特定等情況下，臺灣日語學習者對於日語成對動詞的不及物動詞、及物動詞和被動形式的選擇傾向。並探討了不同習得水平的臺灣日語學習者的選擇傾向與日語母語話者之間的差異及原因，以及選擇意識與母語遷移可能性等相關問題。

關鍵詞： 臺灣日語學習者、不及物動詞、及物動詞、被動形式、母語
　　　　　遷移

* 本論文為2022-2026年度（令和4-8年）日本學術振興會科學研究費基金（基盤研究（C））所支持的研究課題「中國人日語學習者「視點」習得的縱向研究和在線教材開發」的研究成果之一，該研究課題由杉村泰擔任研究代表，課題編號為22K00636。

一　引言

　　本論文討論了日語成對動詞中的不及物動詞、及物動詞和被動形式的選擇問題。正如杉村（2013a-b）所指出的，雖然例（1）～例（3）的表達相似，但在沒有上下文的情況下，日語母語話者傾向於在例（1）中選擇不及物動詞，在例（2）中選擇不及物動詞或及物動詞，在例（3）中選擇及物動詞。而日語學習者則較傾向於在例（1）～（3）中選擇及物動詞。

　　（1）さあ、肉 {が焼けた／[?]を焼いた／[*]が焼かれた} から
　　　　食べよう。
　　（2）さあ、お茶 {が入った／を入れた／[*]が入れられた} か
　　　　ら一休みしよう。
　　（3）さあ、ケーキ {[?]が切れた／を切った／[?]が切られた}
　　　　から食べよう。

本論文將從以下角度來討論日語成對動詞的不及物動詞、及物動詞和被動形式的選擇問題：

（一）比較日語母語話者和以漢語為母語的臺灣日語學習者之間的
　　　差異。
（二）觀察日語學習者的習得水平（N3，N2，N1）的變化。
（三）著重考察事態的種類和動詞性質的差異。
（四）探討漢語對日語學習者的母語遷移的可能性。

二 相關研究

　　關於成對動詞的不及物動詞、及物動詞和被動形式的選擇問題，守屋（1994）、小林（1996）、中村（2002）、曾（2012）、杉村（2013a-c, 2014a-c）等進行了研究。[1]其中，守屋（1994）以中級前半至中級程度的日語學習者為調查對象（漢語母語話者60人、韓語母語話者49人、英語母語話者21人），實施了如例（4）和例（5）所示的二十三個問題的問卷調查。

　　（4）ドア〔を／が〕風でバタンと（閉めた／閉まった）。[2]
　　（5）（焼肉店で）「さあ、（焼いた／焼けた）肉から、順番に召し上がって下さい」[3]

　　守屋（1994）的研究結果表明，日語不及物動詞和及物動詞的選擇基準與圖1中所示的條件相關。在條件2-4的情況下，即使是人為地引起的事態變化，學習者也更傾向於選擇不及物動詞。守屋指出：「動詞の自他の選択の難しさは、程度の差はあれ、自動詞選択のむずかしさにある（漢譯：動詞自他選擇的難度，雖然有程度的差異，但主要是因為自動詞的選擇十分困難）」[4]，並指出在圖一所示的的條

1　〔日〕守屋（1994）僅調查了不及物動詞和及物動詞的選擇，沒有考慮被動形式。關於守屋（1994）、小林（1996）、中村（2002）和曾（2012），已在杉村（2013b）中詳細討論，因此本論文僅做最必要的描述。

2　〔日〕守屋三千代：〈日本語の自動詞・他動詞の選択条件——習得状況の分析を参考に〉，《講座日本語教育》，第29分冊，例①。

3　〔日〕守屋三千代：〈日本語の自動詞・他動詞の選択条件——習得状況の分析を参考に〉，《講座日本語教育》，第29分冊，例⑯。

4　〔日〕守屋三千代：〈日本語の自動詞・他動詞の選択条件——習得状況の分析を参考に〉，《講座日本語教育》，第29分冊，頁163。

件中「1から4へと次第に習得が難しくなっていく（漢譯：從條件1到條件4逐漸變得難以習得）。」[5]

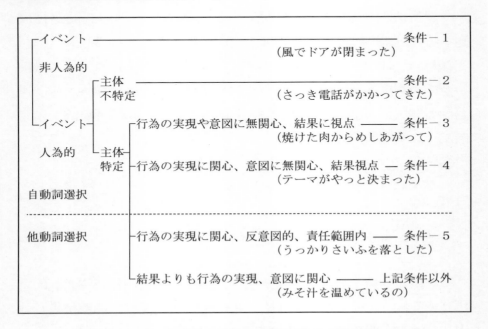

圖1　守屋（1994）的自他動詞的選擇條件

　　守屋（1994）提出的觀點非常具有參考意義。然而，正如杉村（2013a）所指出的那樣，守屋（1994）的研究存在以下缺點：第一，只考慮了一種非人為的事態情況；第二，研究對象僅限於不及物動詞和及物動詞；第三，對於日語母語話者的觀察主要依賴於自己的內省。因此，有必要對守屋（1994）的研究進行重新考察。

　　因此，杉村（2013a-c，2014a-b）首先（一）對於事態進行了更加詳細的分類（請參照下節圖2）；（二）以日語母語話者和 N1水平的

5　〔日〕守屋三千代：〈日本語の自動詞・他動詞の選択条件——習得状況の分析を参考に〉，《講座日本語教育》，第29分冊，頁163。

日語學習者（包括中國的漢語母語話者、韓語母語話者、烏茲別克語
母語話者和中朝雙語者）作為被實驗對象，[6]（三）對不及物動詞、
及物動詞和被動形式的選擇進行了分析考察。其結果表明，日語母語
話者在動作主的意圖不明顯時，選擇及物動詞，而日語學習者在受到
外力影響時，即使是自然現象的情況下，及物動詞或被動形式的選擇
率仍會上升。然而，這些研究僅涉及到高級日語學習者，未論及到隨
著日語習得水平的提高會出現哪些變化。因此，杉村（2014c）使用
與杉村（2013a-c，2014a-b）相同的調查問卷，比較了日語母語話者
和臺灣日語學習者（日語檢定 N3，N2，N1合格水平）的數據差異，
並且區分了隨著日語習得水平的不斷提高，其習得水平越來越接近日
語母語話者的情況。

　　杉村（2020，2023）針對杉村（2014c）的日語調查問卷調查進行
了漢語翻譯，並以臺灣日語學習者為實施對象，考察了臺灣日語學習
者和日語母語話者之間的差異，同時又探討了日語成對動詞中的不及
物動詞、及物動詞和被動形式的選擇是否受到漢語母語遷移的影響。

　　本論文在杉村（2020，2023）的研究基礎之上，尤其在描述被動
狀態（施事者的特定與不特定）方面，進一步詳細探討日語學習者對
於日語成對動詞中的不及物動詞、及物動詞和被動形式的選擇意識與
母語遷移可能性的相關問題。

三　調查概要

　　本論文採用了與杉村（2013a-c，2014a-c，2020，2023）相同的
調查方法，根據圖2的12種情況製作了調查問卷。

6　日語母語話者和中國大陸的漢語母語話者的語言對比，可參考杉村（2013a-c,
　2014a-b）的研究；韓語母語話者和烏茲別克語母語話者的語言對比，可參考杉村
　（2014a）的研究；中朝雙語者的語言對比，可參考杉村（2014b）的研究。

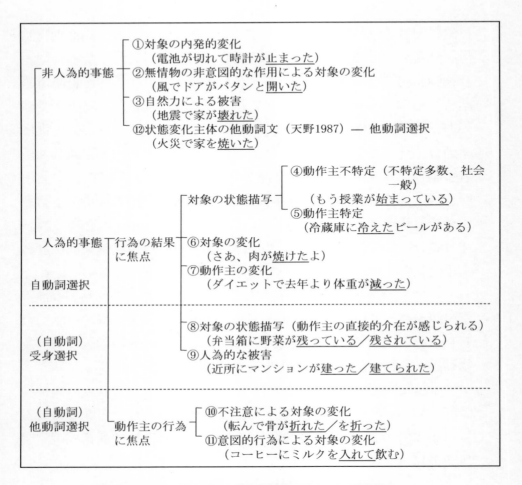

圖 2　本文中事態的分類和母語話者的選擇傾向

　　調查的實施對象分別為日語母語話者、以漢語為母語的臺灣日語學習者和漢語母語話者；調查問卷共計六十題。當實施對象是日語母語話者和臺灣日語學習者時，如例（6）所示，問卷以日語書寫，調查方式是對「を／が」和「及物動詞／不及物動詞／被動形式」進行搭配選擇；當實施對象是漢語母語話者時，如例（7）所示，問卷以漢語書寫，漢語問卷是日語問卷的翻譯版本，調查方式同樣採用三選

一的搭配選擇。因為篇幅有限，本論文對60題中的18道題進行考察。

> （6）【問題】括弧內の助詞と動詞のうち、最も適当なもの
> を一つ選んで○を付けてください。（請從括號內選擇一
> 個最為適當的助詞和動詞並用○標註）
> さあ、肉（が／を）（焼けた／焼いた／焼かれた）から
> 食べましょう。
> （7）【問題】請在①～③中，選擇一個最自然的語句，並在
> 其對應的括號中畫圈。
> （　）①來啊，肉烤好了，一起吃吧。
> （　）②來啊，把肉烤好了，一起吃吧。
> （　）③來啊，肉被烤好了，一起吃吧。

　　日語問卷中還存在「*肉が焼いた」或「*肉を焼けた」這種形態
論性質的錯誤選擇，由於該類錯誤不在本論文討論範圍之內，因此在
統計數據時剔除了此類相關數據。本次調查實施對象情況如下：

日語調查問卷

1　日語母語話者

名古屋大學的學生114人（2012年5月8-10日實施）

2　臺灣日語學習者（母語：漢語）

真理大學人文學院應用日語系四年級學生（2013年3月19日實施）
銘傳大學應用日語系二年級～四年級學生、研究生（2013年4月9-30
日實施）
總計：N1水平35人、N2水平75人、N3水平38人

漢語調查問卷

漢語母語話者

真理大學和銘傳大學應用日語學系的學生270人（2013年3月19日、4月9-30日實施）

本論文根據日語母語話者和日語學習者的不同習得水平，分別計算了他們在不及物動詞、及物動詞和被動形式的選擇率。本論文沒有將「が＋被動形式」和「を＋被動形式」的區別討論，將它們合併為「被動」。此外，類似「が＋及物動詞」（像「*肉が燒いた」）、「を＋不及物動詞」（像「*肉を燒けた」）這種「不自然」的問題也是有趣的研究課題，但由於篇幅有限，本論文暫且不討論這個問題。第四部分的圖表為了方便比較不及物動詞、及物動詞和被動形式的選擇率，去除了「不自然」的項目之後，使得三個的總數為100%再次進行計算。此外，由於四捨五入到小數點後第二位，因此有些結果沒有完美地達到100%。圖表中的「日語」表示日語母語話者的選擇率。

四　調查結果

（一）內部發生變化（事態①）

　　內部發生變化指的是不受外力影響，隨著時間的推移而發生變化的情況。下頁圖1展示了典型的內部發生變化的情況，日語（在本論文中單說「日語」指的是日語母語者所使用的日語和漢語中不及物動詞的選擇率幾乎達到了100%。在日語學習者中，N3水平的學習者中約有30%的人選擇及物動詞或被動形式，但隨著日語習得水平的提高，

N2水平和 N1水平的學習者的選擇趨勢逐漸接近日語母語話者的選擇
傾向。

　　下圖圖2中，日語選擇不及物動詞的比例是100%，而漢語選擇不
及物動詞的比率只有約60%。在日語學習者中，不論是 N3水平、N2
水平還是 N1水平，不及物動詞的選擇率都比圖1低，但隨著日語水平
的提高，學習者的選擇趨勢逐漸接近於日語母語話者。在圖2中，日
語母語話者認為這是典型的內發性變化，而漢語母語話者則認為是由
外力腐蝕導致的。然而，隨著日語水平的提高，日語的特性逐漸被學
習者所掌握。

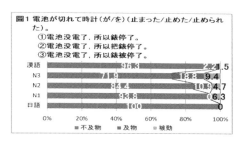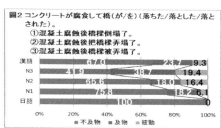

（二）無情物的非意圖作用導致的變化（事態②）

　　外力導致的變化是指風、光、熱等自然外部作用導致的被動的物
理變化。下頁圖3和圖4展示了蠟燭因風而滅、門因外力而開的典型場
景。在日語中，幾乎100%選擇不及物動詞，但在漢語中，則相對較
高地選擇及物動詞和被動形式。在這種情況下，日語母語話者將其視
為與圖1和圖2相同的自然現象，而漢語母語話者則將其視為自然物的
外部作用，並認為是比圖1和圖2具有更高的他動性。日語學習者隨著
從 N3，N2，N1日語習得水平的不斷提高，選擇傾向也逐漸接近日語
母語話者。

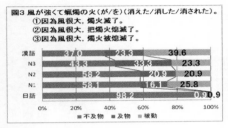

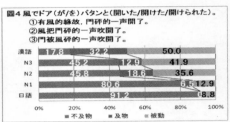

（三）因自然力而導致受害（事態③）

　　事態③是在事態②中伴隨著受害含義出現的情況。下圖5表示因為地震導致房屋倒塌，下圖6表示因為火災導致房屋燒毀。在這種情況下，在日語中幾乎100%的情況下選擇不及物動詞，然而在漢語中選擇及物動詞和被動形式比率相對較高。對於日語學習者而言，在圖5中隨著 N3、N2和 N1的習得水平提高，雖然他們越來越接近日語母語話者的選擇傾向。但與圖1～圖4相比，接近的程度較弱。這是因為日語學習者認為「存在受害含義的情況下應使用被動形式」。此外，在圖6中，隨著 N3、N2和 N1的日語習得程度的不斷提高，被動形式的選擇率也逐漸上升。即使是 N1程度的日語學習者，選擇被動形式的比率也遠高於日語母語話者的選擇率，這是因為隨著日語習得程度的提高，被動表示受害的知識在日語學習者的大腦中逐漸固化。

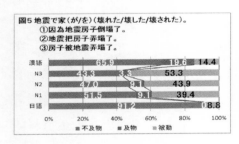

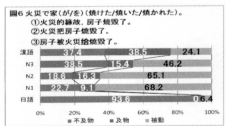

（四）描寫被動狀態——施事者不特定（事態④）

　　（四）和（五）段中探討了表示描寫被動狀態的情況。在這裡所
論述的被動狀態是指人為行為的結果及對象處於被動的狀態。在這種
情況下，無論施事者是特定的，還是不特定的，日語母語者都傾向於
選擇不及物動詞。而日語學習者在施事者不特定（多數人，一般大
眾）的情況下，傾向於選擇不及物動詞，在施事者特定的情況下，及
物動詞或被動形式的選擇率將變高。

　　圖7和圖8描寫了開始上課和小鎮風景變化的樣子。這種情況下，
在漢語中，由於視點側重動作主的行為，所以傾向於選擇及物動詞。
另一方面，在日語中，動作主被背景化，視點側重於對象的變化，所
以傾向選擇不及物動詞。另外，描寫被動狀態的情況，日語學習者隨
著從N3，N2，N1，日語習得水平的不斷提高，選擇傾向也逐漸接近
日語母語話者。

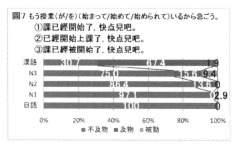

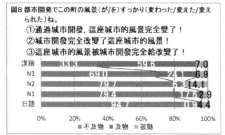

　　下頁圖9和圖10描寫了雜誌暢銷和鐵路開通的樣子。在這種情況
下，在漢語中，視點側重對象受到動作主行為的影響，因此，傾向於
選擇被動形式。另一方面，在日語中，動作主被背景化，視點側重對
象的變化，因此，傾向於選擇不及物動詞。在這種情況下，日語學習
者在N3階段，被動形式的選擇率很高，但隨著N3、N2、N1日語習得
水平的不斷提高、選擇傾向也逐漸接近日語母語者。

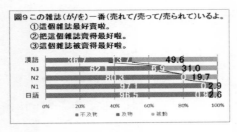

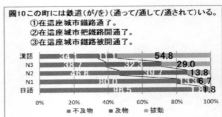

（五）描寫被動狀態──施事者特定（事態⑤）

　　如下頁圖11～圖14所示，無論是否知道施事者，都非常容易假設成一個特定的人物。即使在這種情況下，日本人也更傾向於選擇不及物動詞，而日語學習者將視點集中在動作主的行為上，因此，更傾向於選擇及物動詞或被動形式。

　　圖11和圖12都描寫了冰箱裡有冰鎮啤酒的情況。在圖11的情況下，在漢語中，當視點側重對象的存在時，傾向於選擇不及物動詞，當視點側重動作主的行為時，就像傾向於選擇及物動詞一樣，也會選擇不及物動詞和被動形式。另一方面，在日語中，動作主被背景化，視點側重於對象的存在上，因此，傾向於選擇不及物動詞。在這種情況下，日本學習者即使達到N1後，對及物動詞的選擇率也很高，而不能像日本人一樣選擇不及物動詞。

　　另外，如圖12所示，在「使啤酒的溫度是5℃」這樣的文脈中，視點很容易偏向動作主的行為，因此，日本人對及物動詞或被動形式的選擇率也相對很高。另外，N1程度的日語學習者對於及物動詞的選擇率是日語母語話者的兩倍，這是因為日語學習者隨著習得水平的提高，學習者很容易將視點放在動作主的行為以及動作主對於對象的可影響度和控制性上，因此，對於他動詞的選擇率較高。

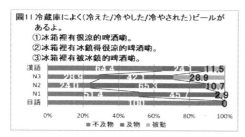

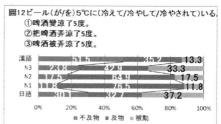

　　圖13和圖14都表示咖啡裡面有某些東西。在圖13的情況下，在漢語中，視點往往側重於動作主的行為，因此，更容易選擇及物動詞。而在日語中，動作主通常被背景化，視點更傾向於放在對象的存在上，因此，更容易選擇不及物動詞。在這種情況下，日語學習者隨著N3，N2，N1日語習得水平的不斷提高，他們選擇傾向也逐漸接近日語母語話者。但是，即使是N1的水平，日語學習者選擇及物動詞的頻率仍然較高，不能像日本人那樣選擇不及物動詞。

　　另外，在圖14中，如果混入物是安眠藥的話，因為涉及到對他人造成傷害，因此，在日語中，被動形式的選擇率會比放入糖的選擇率高。然而，在漢語中，相比較於被動形式，不及物動詞的選擇率更高。在這種情況下，日語學習者隨著N3，N2，N1日語習得程度的不斷提高，選擇傾向也逐漸接近日語母語者。這可能是因為N3程度的日語學習者受到教科書中的「お茶を入れる」的影響，傾向於選擇及物動詞，後來隨著日語習得程度的提高，日語學習者的選擇傾向也越來越接近日語母語話者。但是，即使是N1水平，他們選擇及物動詞的頻率仍然較高，並不能像日本人那樣選擇被動形式。

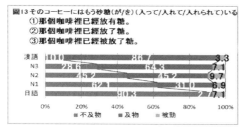

（六）行為結果導致受事變化（事態⑥）

　　這是由施事行為導致事物發生變化的情況，重點在於受到動作影響後，發生變化的事物本身而非施事行為。漢語中通常使用「動詞＋好」這種形式來表示，比如「烤好」、「泡好」等。儘管這是一種有意圖的施事行為，但由於在日語中不及物動詞更容易表達，因此對於日語學習者來說，使用起來較難。

　　圖15和圖16描述的是施事者有意識地烤肉或泡茶等場景，但若不是為了特定的某個人而做這個行為，在日語中就不太會選擇及物動詞，而是以「肉」或「お茶」等受事為主體來描述變化。在這種情況下，日語母語話者會捕捉到烤肉或泡茶的動作主是人，由於之後「烤好」、「泡好」是自然而然的結果，著眼於自然的結果。然而，日語學習者往往著眼於施事者的意圖行為，難以理解著眼於自然作用的思考模式，所以即使到了N1水平的程度也很難選擇不及物動詞。

　　值得注意的是，在圖15和圖16中，「肉烤好了」和「茶泡好了」的主語是受事「肉」和「茶」，因此即使是不及物動詞句，也與普通的不及物動詞句不同，從意義上來說更接近及物動詞句。因此，日語學習者可能會把這種結構誤解為及物動詞句，從而產生語言遷移現象。

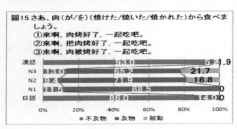

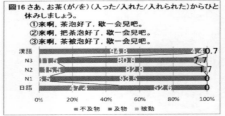

（七）具有施事者意圖的行為（事態⑪）

　　這是強調了施事者的意圖性行為的情況。在圖17中，蛋糕不會自

行分割，所以在日語中也傾向於選擇及物動詞。在日語選擇「ケーキ
が切れた」（切好蛋糕）這一選項的人，應該是考慮到「ケーキを切
ることができた」（能夠將蛋糕切好），將該句理解為「可能」的意
思。在漢語中，與前文提到的「肉烤好了」和「茶泡好了」相似，也
容易選擇「蛋糕切好了」。雖然本論文將其暫時稱為不及物動詞，但
從語意角度來看，更接近及物動詞結構。因此，我們可以認為日語學
習者從 N3 水平開始，由於受到母語正遷移的影響更容易選擇及物動
詞「切る」。圖18強調了施事者的意圖行為而不是湯的結果和狀態，
日語和漢語中有選擇及物動詞的傾向，日語學習者也從 N3 水平開始
就慢慢傾向於選擇及物動詞。

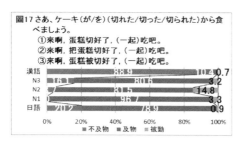

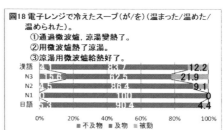

五　結語

　　本論文針對臺灣日語學習者在選擇日語成對動詞的不及物動詞、
及物動詞和被動形式時可能存在的母語漢語遷移問題進行了探討。

　　研究發現，在表示內部發生變化情況下，日語母語話者對不及物
動詞的選擇率幾乎達到了100%。在日語學習者中，N3水平的學習者中
約有30%的人選擇及物動詞或被動形式，但隨著日語習得水平的提
高，N2水平和N1水平的學習者的選擇趨勢逐漸接近日語母語話者的
選擇傾向。

　　在表示自然現象的情況下，日語母語話者通常會選擇不及物動詞；但是根據調查結果顯示，日語學習者既有選擇不及物動詞，也有因為理解為「無情物的動作」而選擇及物動詞的情況，也有因為理解為「受到無情物的影響」而選擇被動表述的情況。受到母語漢語遷移的影響，日語學習者在日語成對動詞的不及物動詞、及物動詞和被動形式的習得過程中較為困難，也導致日語學習者哪怕在表示自然現象的情況下，依然會選擇及物動詞和被動形式。

　　在描寫被動狀態時，無論施事者是特定，還是非特定，日語母語話者都更傾向於選擇不及物動詞。然而，臺灣日語學習者在施事者不特定的情況下，隨著日語習得水平的提高，他們能夠更接近日語母語話者的方式來選擇不及物動詞。但是，在施事者特定的情況下，即使他們的日語習得水平提高，也不能像日語母語話者那樣選擇不及物動詞。這可能是因為日語學習者隨著習得水平的提高，學習者很容易將視點放在動作主的行為以及動作主對於對象的可影響度和控制性，因此，對於及物動詞的選擇率較高。這個情況並不一定受到母語的影響。關於這一點，本論文只提出這個事實，並不進行深入探討。

　　在表示施事行為導致事物發生變化的情況下，在漢語中，更傾向於使用「Ｖ＋好」這種不及物動詞的表達方式。在日語中，可以分解為「人為作用→自然作用」兩個過程，當動作主體的目的意識較強時選擇及物動詞，否則選擇不及物動詞。而學習者只著眼於人為作用，傾向於選擇及物動詞。

　　表示動作主體的意志性行為時，日語、漢語、日語學習者的日語都較為傾向選擇及物動詞。

參考文獻

〔日〕天野みどり：〈状態変化主体の他動詞文〉，《国語学》第151集
　　　（1987年），頁110-97（左1-14）。

〔日〕小林典子：〈相対自動詞による結果・状態の表現──日本語
　　　学習者の習得状況〉，《文藝言語研究・言語篇》第29巻
　　　（1996年），頁41-56。

〔日〕杉村泰：〈対照研究から見た日本語教育文法──自動詞・他
　　　動詞・受身の選択──〉，《日本語学》2013年6月号・第32
　　　巻第7号（通巻410号）（2013年a），頁40-48。

〔日〕杉村泰：〈中国語話者における日本語の有対動詞の自動詞・
　　　他動詞・受身の選択について──人為的事態の場合──
　　　〉，《日本語／日本語教育研究》〔4〕（2013年b），頁21-38。

〔日〕杉村泰：〈中国語話者の日本語使用に見られる有対動詞の
　　　自・他・受身の選択──被害や迷惑の意味を表す場合──
　　　〉，《漢日語言対比研究論叢》第4輯（2013年c），頁275-
　　　286。

〔日〕杉村泰：〈中国語母語話者における自動詞、他動詞、受身の
　　　選択──人為性に対する認識の違い〉，《日語教育与日本学
　　　研究──大学日語教育研究国際研討会論文集（2013）──
　　　》第3期（2014年a），頁6-11。

〔日〕杉村泰：〈延辺大学生における日本語の自・他・受身の選
　　　択──中国語母語話者と中朝バイリンガルの比較──〉，
　　　《中朝韓日文化比較研究叢書　日本語言文化研究》第三輯
　　　（上）（2014年b），頁548-554。

〔日〕杉村泰：〈臺湾人日本語学習者における日本語の有対動詞の
　　　自動詞・他動詞・受身の選択について〉,《銘傳日本語教
　　　育》第17期（2014年 c），頁67-91。

〔日〕杉村泰：〈以漢語爲母語的日語學習者在及物動詞、不及物動
　　　詞以及被動表述三者之間的選擇問題〉,《第一屆名古屋大學
　　　／屏東大學文學交流暨論文發表會論文集》（2020年），頁
　　　159-166。

〔日〕杉村泰：〈臺灣日語學習者的日語成對動詞之不及物動詞、及
　　　物動詞和被動形式的選擇〉,《第三屆名古屋大學／屏東大學
　　　文學交流暨論文發表會論文集》（2023年），頁67-91。

〔日〕曾ワンティン：《中国語母語話者における有対他動詞の受身
　　　表現と自動詞の使い分けについて》（名古屋大学修士学位
　　　論文，2012年）。

〔日〕中村祐理子：〈中級学習者の受身使用における誤用例の考
　　　察〉,《北海道大学留学生センター紀要》第6号（2002年），
　　　頁21-36。

〔日〕守屋三千代：〈日本語の自動詞・他動詞の選択条件——習得
　　　状況の分析を参考に〉,《講座日本語教育》第29分冊（1994
　　　年），頁151-165。

日本詩話中的《詩經》論述
──以《日本詩話叢書》為考察對象

陳志峰

國立屏東大學中國語文學系教授

摘要

《詩經》與《楚辭》並為中國文學之兩源,後代詩人每以師法《詩》、《騷》為尚。本文以池田胤所輯之《日本詩話叢書》為對象,翻檢書中相關論述。中國文學史上之詩人並不反對師法《詩經》的精神,鮮有態度持疑者;而在日本,或因缺少中國堅強的尊經傳統與缺乏科舉考試的因素,故在面對中國文學史的不祧之宗 ──《詩經》──反而無須以過度崇拜的心態論述。面對文學經典,《日本詩話叢書》中強調無須復古模擬,而以為當今之詩人必須有當今詩人之創造,當今詩歌必須有當今詩歌的特色。

關鍵詞:《詩經》、池田胤、《日本詩話叢書》

一　前言

　　《詩經》與《楚辭》並為中國文學的兩大源頭，而後代詩人每以師法《詩》、《騷》為尚。《文心雕龍》立〈原道〉、〈宗經〉兩篇，以明文學之源流，[1]復於書中揭示《詩經》言志之旨。〈明詩〉篇更進一步繼承《論語》、〈堯典〉、〈詩大序〉與兩漢《詩》說之指，云：

> 大舜云：「詩言志，歌永言。」聖謨所析，義已明矣。是以在心為志，發言為詩，舒文載實，其在茲乎！詩者，持也，持人情性；三百之蔽，義歸無邪，持之為訓，有符焉爾。[2]

劉勰所引〈堯典〉之語，其中「言志」精神為秦漢的學者所繼承，與〈詩大序〉、《禮記・樂記》皆是同一脈絡。[3]而劉勰更以聲訓方式，以「持」釋「詩」，表達詩之所以為詩，源於可以「持人之性」。凡此，皆可見劉勰對於《詩經》影響文學創作的認知。

　　此外，鍾嶸對《詩經》所抱持的態度亦與劉勰相似，《詩品・序》云：

> 氣之動物，物之感人，故搖蕩性情，形諸舞詠。照燭三才，暉

1　詹鍈云：「按〈徵聖〉篇說：『是以論文必徵於聖，窺聖必宗於經。』『宗』是主。〈原道〉和〈宗經〉兩篇，實際上是劉勰用來探索文章的『源』和『流』的，不能割裂開來看。」《文心雕龍義證》（上海：上海古籍出版社，1989年8月）頁55。

2　詹鍈：《文心雕龍義證》，頁171。

3　除了〈堯典〉的片斷文字，〈詩大序〉所言「詩者，志之所之也。在心為志，發言為詩。情動於中而形於言，言之不足，故嗟嘆之」一段，與《禮記・樂記》「凡音之起，由人心聲也。人心之動，物使之然也，感於物而動，故形於聲」、「凡音者，生人心者也。情動於中，故形於聲，聲成文，謂之音。」等相關論述，乃至於以下鍾嶸《詩品・序》所闡發的《詩經》精神，無不屬於此一脈絡。

　　麗萬有。靈祇待之以致饗，幽微藉之以昭告。動天地，感鬼神，莫近於詩。[4]

據此文考其淵源，亦無非〈詩大序〉與《禮記·樂記》的思想。[5]

　　六朝時代的兩大文學批評家，雖皆身處駢儷雕縟的文風當中，卻同時有相近的文學理念，足見《詩經》對於中國文學影響之鉅。後代文學評論者，亦多以《詩經》為準的，而創作者亦以風雅為創作理想，此皆中國文學史上的常見之論，毋庸贅談。然而，地處海外的日本，作為接受中國文化經典的國家，《詩經》對於日本的影響似否有與中國相似之處，似有可參較者。

　　本文據池田胤（1864-1934）所輯之《日本詩話叢書》為對象，翻檢書中相關論述，有一現象可堪留意：在中國文學史上，雖然有宗經傳統，但除此之外，《楚辭》一樣是文人特別關照的對象，而在日本詩話當中，《楚辭》的重要性反遠不如《詩經》。在日本詩話當中，《詩經》的影響無疑是最為主要的。然而，中國文學史上的作家，基本上並不反對師法《詩經》的精神，鮮有態度持疑者。而在日本，或許是因為缺少中國般堅強的尊經傳統與缺乏科舉考試的因素，故在面對中國文學史的不祧之宗──《詩經》──反而無須以過度崇拜的心態論述。因此，如能針對日本詩話中的相關論述，進行分析推闡，應能得出有別於中國詩文傳統的風貌。

4　據王叔岷：《鍾嶸詩品箋證稿》（北京：中華書局，2007年7月），頁47。
5　更深入的說法，可參張伯偉：《鍾嶸詩品研究》（南京：南京大學出版社，1999年6月），頁53-57。

二　《詩經》東傳與《日本詩話叢書》關係述略

（一）《詩經》東傳日本及其文學影響

中國經典的東傳，對古代日本文化的發展，起了相當的影響。據大庭修（1927-2002）的研究，中國經典的東傳，始見於《古事記》。大庭修云：

> 我國古代傳說中有關書籍的記載始見於《古事記》應神天皇一條。相傳，和邇吉師（王仁）自百濟攜來《論語》十卷和《千字文》一卷。時至今日，也許不會再有人將此傳說誤解為歷史事實。[6]

話雖如此，但這些相關記載卻透露幾點訊息，也就是大庭修以下藉此相關資料所昭示的四種問題研究的一般方式，分別是：書籍傳入的路線、書籍傳入的方法、傳入了什麼書籍與傳入書籍的書志學意義。[7]

那麼，以《詩經》為例。基本上我們可以推知，《詩經》傳入的路線是由中國歷朝鮮半島而至日本；傳入的方法也可能如《古事記》所記載；至於其書志學意義，則是本文所及將著墨的部份：《詩經》傳入日本所發生的影響。

《詩經》東傳日本的確實年代，已難考定。但根據正史記載，五世紀左右的雄略天皇曾致書中國當時的劉宋皇帝，不但以漢字書寫，更融用了《詩經》的句子。《南史・夷貊傳・倭國》載順帝昇明二

6　〔日〕大庭修著，戚印平、王勇、王寶平譯：《江戶時代中國典籍流播日本之研究》（杭州：杭州大學出版社，1998年3月）頁3-4。

7　〔日〕大庭修著，戚印平、王勇、王寶平譯：《江戶時代中國典籍流播日本之研究》，頁4。

年，倭國王遣使上表云：

> 自昔祖禰，躬擐甲冑，跋涉山川，不遑寧處。東征毛人五十五
> 國，西服夷六十六國，陵平海九十五國。王道融泰，廓土遐畿，
> 累葉朝宗，不愆于歲。道逕百濟，裝飾船舫，而句麗無道，圖
> 欲見吞。臣亡考濟方欲大舉，奄喪父兄，使垂成之功，不獲一
> 簣。今欲練兵申父兄之志，竊自假開府儀同三司，其餘咸各假
> 授，以勸忠節。[8]

〈表〉中化用《詩經》「不遑豈處」、「不愆於儀」等句，說明至遲在此
時以前，《詩經》已傳入日本。此後，日文武天皇大寶二年（西元702
年）製定大寶令，規定「大學寮」中須講授《毛詩》，且將其列為「中
經」。[9]此後，受到中國《詩經》啟發，日本在編輯漢詩總集《懷風藻》
期間，同時也編定了和歌總集──《萬葉集》，而被推為日本民族詩
歌的源流。嚴紹璗即曾據《萬葉集》而考察漢籍流播的情形，云：

> 八世紀後半期，日本完成了第一部和歌集《萬葉集》的編纂。
> 是集二十卷，匯纂在此之前數世紀內流傳的和歌四千首，是奈
> 良時代文學史上最光輝的一頁。……所謂「倭國以人心為種，
> 具備萬言之葉」，即是說和歌以發露性情為主，是日本民族表
> 達意識的最基本的文學形式。然而，在這部「完全的」民族形
> 式中，卻顯露出他融入了以漢籍為載體的較大量的中國文化，
> 從中可以窺見這一時代的漢籍流布。[10]

8　李延壽：《南史》（臺北：鼎文書局，1985年3月），頁1974-1975。

9　《詩經》傳入日本的歷史考察，可參考村山吉廣：〈日本詩經學史〉，《第五回東洋學
　　國際學術會議論文集》（漢城：成均館大學校出版部，1995年）。

10　嚴紹璗：《漢籍在日本的流布研究》（南京：江蘇古籍出版社，1992年6月），頁9。

據此論，則《萬葉集》中所表現出來的文學特色，亦多有與中國古典文學相似者。所云「以人心為種」，其實亦〈詩大序〉「情動於中而形於言」之意。

除外，日本對於《詩經》的研究，亦可由大將匡房（1041-1111）的〈詩境記〉得知十一世紀的的日本學者對於中國詩史的認識，其中便以〈詩大序〉所論佔了極大的重心。[11]此後，《詩經》的影響，逐漸在日本的文學史的發展中產生極大的影響。[12]

（二）《日本詩話叢書》特色與《詩經》論述

池田胤在〈日本詩話叢書引〉中略述其蒐書過程，云：

> 余少壯得邦人所著詩話數種，嗜讀之，深喜其所論切實有益於作詩者，私有網羅搜據以成叢書之志。於是每閱坊肆，覯則購之，或就藏書之家而借抄之。歲月之久，得致數十種之多，乃欲公諸世，謀於書估文惠堂主人，主人欣然應之。會青厓國分翁聞之，謂余曰：「吾亦曾有此志，今老矣，君盍併吾所有刊之？」余於是理為十又二卷，名曰「日本詩話叢書」。然好書之漏于茲者，尚不為尠，自今更搜羅，作續編、續續編，庶幾

---

11 參後〔日〕藤昭雄著、高兵兵譯〈大江匡房的詩境記〉，《日本古代漢文學與中國文學》（北京：中華書局，2006年2月），頁160-177。

12 夏傳才〈略述國外《詩經》研究的發展〉云：「日本詩歌的發展，與《詩經》有密切關係，和歌的詩體、內容和風格都深受《詩經》影響。作家紀貫之的《古今和歌集》的序言幾乎是〈毛詩大序〉的翻版。」《河北師院學報（社會科學版）》（1997年4月）第2期，頁71。此外，王曉平撰有〈《詩經》之於日本江戶文藝〉，更進一步考察江戶時代的文學創作與《詩經》之間的關係，在在可見《詩經》對於日本古代文學的影響之深。王文刊入《天津師範大學學報（社會科學版）》2002年第3期（總第162期）。

乎於詩學有一助焉。[13]

據此可知，池田胤在搜書的過程當中，除了透過書肆的收購外，尚借抄了藏書家所藏詩話。此後，又在因緣際會之下，合併了國分高胤所藏，總為十二卷，都六十四種。然池田胤所言為十二卷，此係大正九年到十一年（1920-1922）之間刊行，後又於昭和四十七年（1972）復刊，此為十卷本，其中卷數似有多寡差異，至於分合情形如何，不得而知。

據池田胤所言，在《日本詩話叢書》編成之後，亦知此編所收並非俱全之數，因而期許自己在日後應接續此事，以成二編、三編，使日本詩話能漸趨於全，唯日後亦未見續編之出。

據張伯偉先生的考察，《日本詩話叢書》存在著若干缺點：

> 此書一則未出全，又編次無序，而且將朝鮮徐居正的《東人詩話》也收入其中，在有意無意間之間流露出佔領者的心態。所以雖然可以依據，但日本詩話的資料實不限於此書所收。[14]

此書缺點大抵如上所述，因而此後，韓國趙鍾業據此書加以重編，改名為《日本詩話叢編》，並作了重新排列的工作、刪去《東人詩話》，補入《近世詩人叢話》與《下谷小詩話》兩種，而張伯偉先生更陸續搜集了三十七種。[15]凡此，皆足補《日本詩話叢書》的缺點。

---

13 〔日〕池田胤：《日本詩話叢書》（東京：文會堂書店，大正十年四月），第一卷，頁1。

14 張伯偉：〈論日本詩話的特色〉，收入《東亞漢籍研究》（臺北：臺灣大學出版中心，2007年7月），頁378。

15 上述俱參張伯偉〈論日本詩話的特色〉的說法，張文收入《東亞漢籍研究論集》，頁379。

　　儘管其缺點不少，然創始之功，亦不可抹滅。透過《日本詩話叢書》所收之書，除去《東人詩話》之外，餘六十三種詩話亦足以考見日本詩話風貌之大概。

　　大體而言，日本詩話的發展，與唐人詩格之作有極為密切的關係。[16]翻檢《日本詩話叢書》所收，如《詩法正義》、《詩律初學鈔》、《初學詩法》、《詩訣》、《唐詩平側考》、《作詩志彀》、《太沖詩規》、《詩律兆》……，從其書名即可得知基本上是為學詩、作詩者而作的「作詩講義」、「作詩入門」性質之書。除此之外，亦有論及其他者，包括詩歌發展史、文學源流、文學特色與作家品評等方面。其中，論及《詩經》與文學的關係，亦所在多見。

　　中國詩評家每以風雅、風騷等作為品評的重要標準。以鍾嶸《詩品》而論，列於上品之人，出於〈國風〉、〈小雅〉、曹植等最多，而曹植之詩在鍾嶸的品評當中即出於〈國風〉。此外，作為唐詩巔峰的杜甫，其所以能為百代師法，亦與風雅精神有密切關係。[17]反觀日本詩話，相對於中國以風雅為重要標準，且幾無異議的情況之下，日本詩話論《詩經》則有不同於中國詩話的風貌。

　　《詩經》對於日本文學的影響，不乏相關論述；但《詩經》精神之於日本詩話的相關討論，則付之闕如。翻檢《日本詩話叢書》論及

---

16 此參考張伯偉先生的說法：「如果說，韓國詩話一開始就受到歐陽修開創的詩話體影響的話，那麼，日本詩話則主要受唐人詩格的影響而逐漸發展起來。……如果我們全面審視一下日本詩話，就可以發現這樣兩個突出的現象：一是詩格類的內容特別多；二是為指導初學而作的特別多。」《中國古代文學批評方法研究》（北京：中華書局，2002年5月）頁522-523。

17 如孔武仲〈書杜子美〈哀江頭〉後〉論杜詩：「大抵哀元元之窮，憤盜賊縱橫，褒善貶惡，尊君卑臣，不琢不磨，闇與經會，蓋亦騷人之倫而風雅之亞也。」晁說之〈嵩山文集〉則云「工部風雅，一發諸忠義之誠。」張戒《歲寒堂詩話》則謂：「子美詩，讀之使人凜然興起，肅然生敬，詩序所謂『經夫婦，成孝敬，厚人倫，美教化，移風俗』者也。」

《詩經》與文學發展的關係，大抵而言，可分為正面取法《詩經》與客觀審視《詩經》兩方面，前者主要是從《詩經》當中汲取創作養分以供創作並以其為評判標準；後者的態度則從文學史發展來看待《詩經》，以為《詩經》為姬周詩，無須強以《詩經》為師法對象。以下，便從此兩方面分析《日本詩話叢書》的《詩經》論述。

三　《日本詩話叢書》中的兩種立場

《日本詩話叢書》的兩種立場，並非迥然互斥的情勢，這兩種立場只是著重點不一樣，筆者姑且將此兩種立場擬為「正面肯定」與「客觀審視」。第一種立場是直接從論述當中，多方面肯定；第二種立場則是從反面論述當中，藉《詩經》以作為批判的對照組。分述如下：

（一）正面肯定《詩經》的詩評家

太宰純（1680-1747）《詩論》：

> 夫詩何為者也？詩出於思者也。人不能無思，既有思，則必發於言；既有言，則言之所不能盡，必不能不詠歌呻唫以舒其壹鬱。故古者謂之歌詩，言可歌也。揚子雲曰：「言心聲也；詩者，言之條暢者也。」一曰：「詩，志之所之也。」人苟有志，詩以發之。古人燕饗賦詩，皆所以言其志也。故趙文子曰：「詩以言志。」此之謂也。[18]

詩最重要的功能，在於抒發人類內心情感的積鬱。觀太宰純此段所

---

18 〔日〕池田胤：《日本詩話叢書》（東京：文會堂書店，大正十年四月），第四卷，頁287。

論，大抵不出〈詩大序〉的影響。然此段論述，有一點應當分清，即所引趙文子（即趙孟）語與作結的一段文字。前半所論基本上是針對人類情感抒發，而詩正式作為人類情感宣洩的一個重要媒介。但其後所論，落入「人苟有志，詩以發之」，而皆以宴饗賦詩，其中連接恐怕不是相當密切。趙文子之語，出自《左傳‧襄公二十七年》，背景是趙孟自宋返晉途中經過鄭國，趙孟是晉國之上卿，鄭伯設宴於垂隴款待之，而鄭國的子展、伯有、子西、子產、子大叔及印段、公孫段等七人陪侍在側。趙孟請七子賦詩，既表鄭伯賜宴之意，又可觀七子之志。七子於是分別賦〈草蟲〉、〈鶉之賁賁〉、〈黍苗〉、〈隰桑〉、〈野有蔓草〉、〈蟋蟀〉、〈桑扈〉等七首詩，趙孟一一回應。事後，趙孟與叔向更就他們賦詩所表示之意向加以評判，推測其中可能產生的後果。若此，此處之「志」與情感之「志」，恐怕仍需分別看待。大抵春秋時代的「賦詩言志」之「志」翻譯成情志、志向，並無太大問題，但有一點須留意的是：此中之「志」多少包含政治、教化的內涵。如果回歸到詩歌創作，恐怕會有所牴觸。[19]

　　太宰純《詩論》又云：

> 昔在堯之時，康衢擊壤之歌，作於民間；在舜之時，慶雲之歌，作於朝廷。此等雖不載於六經，可為歌詩之始也。元首股肱之歌，君臣相戒之詩也。五子之歌，兄弟之怨詩也。此等載於《尚書》，明示來世，齊聲調直與二〈雅〉同風，《三百篇》以胚胎於此矣。殷人之詩未聞，唯〈商頌〉五篇，附於周詩之末，僅存其遺響云。文王拘幽，作於殷季；箕子〈麥秀〉、夷

---

19 朱自清《詩言志辨》提及：「漢人又以『意』為『志』，又說『志』是『心所慮念』、『心意所趣向』，又說『詩人志所欲之事』，情和意都指懷抱而言，但看子產的話跟子大叔的口氣，這種懷抱是與『禮』分不開的，也就是與政治、教化分不開的。」（臺北：漢京文化事業出版公司，1983年1月），頁8。

齊〈采薇〉，並作於周初，此等雖不列於《三百篇》，然皆風雅
之正調也。至於四詩《三百篇》，則太史采陳於前，仲尼刪定
於後，天下之詩，蔑以加焉。[20]

太宰純此段所論，係以追溯《詩經》的產生淵源。唯擊壤之歌、元首
股肱之歌、五子之歌、〈麥秀〉、〈采薇〉等詩，雖不見於《詩經》三
百篇之中，然大抵而言，屬風雅正調。其後，自採詩之官振鐸於民
間，而後孔子刪其繁複，唯留三百篇，天下詩歌之精粹者，不外乎
此。據此，太宰春臺之論述《詩經》，可謂尊崇已極。以下，太宰春
臺更近一步闡述《詩經》語言的風貌，云：

其詞溫厚而不慢，質實而不俚，方正而不角，的切而不刻，紆
餘而不回，委曲而不瑣，華麗而不浮，簡素而不陋，美而不諂，
刺而不隱，怨而不怒，愛而不私，其義極乎天下之中正，故古
人以為義之府。是以燕飲賦之、論說引之，皆所以達其志也。[21]

《詩經》之所以可貴，在於此為後世文章之典則。其語言特色，更準
確說是其情感表現，大致如上文所言，因而古人以其天下之中正而為
義之府，此則根據《左傳·僖公二十七年》趙衰所言「詩、書，義之
府也」。回歸到詩歌創作層面，太宰純又云：

大凡古人作詩，皆必有不平之思，然後發之詠歌，不能已者
也，否則弗作，五古詩所以不多也。[22]

---

20 〔日〕池田胤：《日本詩話叢書》，第四卷，頁288。
21 〔日〕池田胤：《日本詩話叢書》，第四卷，頁288。
22 〔日〕池田胤：《日本詩話叢書》，第四卷，頁289。

此義即詩人作詩，必有其緣由，而非無病呻吟者。五言詩之所以不多，在太宰春臺看來，正是因為詩歌不無由而作，只是文學史上五言詩之所以不多的情形，似乎並不如太宰春臺所論，或者其所謂五言詩，僅指〈古詩十九首〉。細究此段文字的文學思想，頗類於韓愈〈送孟東野序〉之語，序曰：

> 大凡物不得其平則鳴。草木之無聲，風撓之鳴；水之無聲，風蕩之鳴，……金石之無聲，或擊之鳴。人之於言也亦然，有不得已而後言，其歌也有思，其哭也有懷。凡出乎口而為聲者，其皆有弗平者乎？

若細推兩者的精神，似乎相同。而韓愈此文，更進一步論述了歷史上不平之鳴的聖賢文哲。統言之，大抵亦中國古代《詩經》文學論述下的脈絡。

從上論述歸納，《日本詩話叢書》所收太宰春臺《詩論》之「詩」，似乎是指《詩經》，而非後代之詩，則太宰春臺此書所論，大概是推源詩歌創作之本源。

又如久保善敦《木石園詩話》：

> 《詩經》三百篇，得夫子刪定，而善惡之詩，黑白粲然分矣，豈可不奉崇之乎？其詞婉而美，其義嚴而寬，從容而不迫，溫厚而不忮，是以雖刺之，言者無罪，聞者不恨。且以俗話數言，不能了者唯以一言盡之，故入也深矣，感也切矣。夫何人心之術無以加焉，只其精誠，豈為合人心而已哉？至動天地，感鬼神，百獸舞庭，群鳥集屋，是亦詩之所以為妙也。[23]

---

23 〔日〕池田胤：《日本詩話叢書》，第七卷，頁516。

久保善敦認為《詩經》之所以被尊崇，與孔子之刪述有莫大的關係。
雖然在這一段文字當中，用了相當多的形容來肯定《詩經》的語言情
感，但一言蔽之，曰「溫柔敦厚」而已。至於動天地，感鬼神之語等
語則是化用了〈詩大序〉「正得失，動天地，感鬼神，莫近於詩」與
〈堯典〉「予擊石拊石，百獸率舞」、〈皋陶謨〉「百獸率舞，庶尹允
諧」等語。

皆川愿（1735-1807）《淇園詩話》則曰：

> 《三百篇》固詩之源也，然孔門之教以《詩》為先者，其本意
> 本非尚夫田畯紅女之謠也。詩蓋聖人採其民所謳歌之辭，因纂
> 緝以次序之，編列以先後之，而於其纂緝編列之間，因已言天
> 下所宜志之志，因以立天下所宜道之道者也。是故所謂溫柔敦
> 厚者，亦唯稱於夫所立之道，與所言之志，而初非稱其辭氣文
> 彩也。[24]

孔子教學生，尤其重視《詩》、禮。論及《詩》者，如〈泰伯〉：

> 子曰：「興於《詩》，立於禮，成於樂。」[25]

又如〈季氏〉載陳亢問於伯魚，伯魚曰：

> （夫子）嘗獨立，鯉趨而過庭。曰：「學《詩》乎？」對曰：
> 「未也。」「不學《詩》，無以言。」鯉退而學《詩》。[26]

---

24 〔日〕池田胤：《日本詩話叢書》，第五卷，頁224。
25 〔宋〕朱熹：《四書章句集注》（北京：中華書局，1983年），卷4，頁104-105。
26 〔宋〕朱熹：《四書章句集注》，卷8，頁173。

孔子授徒，大抵以《詩》為先。而《詩經・國風》多有類乎里巷歌謠
之作，孔子之意，非以其為巷閭之歌也。依皆川愿之意，孔子所重
者，在於風詩皆是記載天下人民所表達的心志，並非詩中詞藻一類。
　　原直溫夫《詩學新論》則曰：

> 詩，吟詠情性而已矣。古者民之質矣，風尚敦厖，情愛委曲，
> 厚而盡之，誠而不駁者，唯《三百篇》為然焉耳。蓋人之情隱
> 而飾之，矯而罔極，豈易知耶！聖人為政，必以知民情為先。[27]

古代採詩之官，依《漢書・藝文志》的說法，是「王者所以觀風俗，
知得失，自考正」。採詩的目的，是在於讓上位者藉此考察民情，以
期能「王者不窺牖戶而知天下」（《漢書・食貨志》）。而其理論依據，
不外是詩歌可以反映人民的心志，即如「男女有所怨恨，相從而歌，
飢者歌其食，勞者歌其事」[28]。故聖人治國施政，必以得知民情為先。
　　原直溫夫又云：

> 夫情靜于中，而物盪於外，欲之與誠從衷而發，相誘而不可已
> 焉，乃是人之所不能免，而好惡美刺之實，由是顯矣。其風不
> 翅竿旌誹木也，則其所關者不是細故，是故收衰邦國之詩，隸
> 諸樂官，卿士大夫聽以審聲，誦而察辭，是以不待戶到家訪，
> 乃諳天下之情。若夫〈鹿鳴〉、〈頍弁〉之宴好，〈黍離〉、〈有
> 萑〉之哀傷，……皆出於天真，而直而不濫。情思懇惻，莫不
> 腆也。[29]

27　〔日〕池田胤：《日本詩話叢書》，第三卷，頁261。

28　〔東漢〕何休：《春秋公羊注疏》（臺北：藝文印書館影印江西南昌府學重梓宋本，
　　1993年），頁208。

29　〔日〕池田胤：《日本詩話叢書》，第三卷，頁261-262。

原直溫夫的論點，大抵亦與上文所引的《漢書》、《公羊注》的論點相同。至於《三百篇》中關於喜怒哀樂情感抒發的詩，都是出自於詩人天生情感的流露。因此，這些自胸中流出的性情之詩，無非盡善盡美之作品。

　　上兩段資料所論，與漢人經說大抵無太大差異，然而除此之外，原直溫夫對於情感過份顯露者，則有別於傳統說法，說云：

> 只其胸懷陰私之感，如「貽我彤管」、「貽我佩玖」，悅慕之色，自有難掩者，故又自庶士謂之、吉士誘之；至於桑中之期，風雨如晦，關於情者，其人雖賤，其事雖微，亦不逸遺，而後好惡美刺，如視之掌也。且其有罪也，不但察冤，譬諸魚以泉涸而煦沫，而退省其私，則不必可為之過，出於情，逼於勢，不得已而然爾，《三百篇》所陳，大抵是已。[30]

「貽我彤管」出自〈靜女〉一詩，〈序〉以為「刺時也，衛君無道，夫人無德」，此是以教化思想說此詩，而朱熹《詩集傳》則謂「淫奔期會之詩」。「庶士謂之」、「吉士誘之」出自〈野有死麕〉，〈序〉以為「惡無禮也。天下大亂，彊暴相陵，遂成淫風，被文王之化，雖當亂世，猶惡無禮也」[31]，此亦本之教化之說，而朱熹則謂「南國被文王之化，女子有貞潔自守，不為強暴所污者，故詩人因所見以興其事而美之」[32]，說亦似於〈詩序〉，就此可知原直溫夫所論俱異於毛、朱說《詩》。原直溫夫本於詩人的創作原意，或是胸懷陰私，或以之為詩

---

30 〔日〕池田胤：《日本詩話叢書》，第三卷，頁262-263。

31 〔漢〕毛亨傳，〔漢〕鄭玄箋，〔唐〕孔穎達等正義：《毛詩注疏》（臺北：藝文印書館，1955年，清嘉慶二十年〔1815〕江西南昌府學刊本），卷1之5，頁65。

32 〔宋〕朱熹：《詩集傳》（臺北：學海出版社，2004年影印埽葉山房藏板），卷1，頁19。

人美刺而不為過。前者固然已不同於毛、朱,後者雖本美刺,但卻更
進一步指出「出於情,逼於勢,不得已而然」,因而回歸於「言之者
無罪,聞之者足以戒」的說法。

赤澤一《詩律》則云:

> 詩雖有諸體不同,皆源於周,所以尊矣。近體之詩,雖有諸家
> 不一,皆出於唐,所以不及矣。周詩三百,各有六義,曰:
> 風、雅、頌,是其格也;曰賦、比、興,是其體也。[33]

赤澤一首先所說的「諸體不同」之「詩」,其實未必實指《詩經》,但
因皆源於周詩,即《詩經》,故所尊則當指《詩經》。而後代近體詩本
源於唐詩,去古已遠,因而不及《詩經》。此外,赤澤一更解六義為
三格三體,就傳統對詩六義的認識,賦、比、興即指詩的作法,而
風、雅、頌則指詩的體裁。若此,此處所謂「格」即指作法,「體」
即為體裁。赤澤一進一步論述道:

> 是故近體之詩,亦具六義為佳。詩者,志也,志之所發,諷以
> 詠之也。是故為詩者,須真才實學,本性反情。詩出於實情,
> 不可止之地,哭者善哭,喜者善喜,是為真詩。若其不弔而
> 哭,不病而呻吟,是為偽詩,即詩家之通弊。[34]

赤澤一論近體詩亦當師法六義為佳。至於創作精神,則又回歸於先秦
兩漢《詩》說的脈絡,而強調詩的創作皆須本於自我的天性與學習,
天性所發,是感情的流露;學習所得,是為真才實學。詩之可貴正在

---

33 〔日〕池田胤:《日本詩話叢書》,第四卷,頁451。
34 〔日〕池田胤:《日本詩話叢書》,第四卷,頁451。

於此,而詩之為弊,則是悖此而作無病呻吟語。

　　釋師鍊(1278-1346)《濟北詩話》:

> 或曰:「古者言周公惟作〈鴟鴞〉、〈七月〉二詩,孔子不作詩,
> 只刪詩而已。漢魏以降,人情浮矯,多作詩矣。爾諸?」予
> 曰:「不然,周公二詩者見於《詩》者耳,竟周公之世,豈唯
> 二篇而已乎?孔子詩雖不見,我知其為詩人矣。何者?以其刪
> 手也。方今世人不能作詩者,焉得刪詩乎?若又不作詩之者,
> 假有刪,其編寧足行世乎?今見《三百篇》,為萬代師法,是
> 知仲尼為詩人也。只其詩不傳世者,恐秦火耶?周公單二,亦
> 秦火也耳。不則何嘗二篇而止乎?世實有浮矯而作詩者矣,然
> 漢魏以來,詩人何必例浮矯耶?學到憂世,匡君救民之志,皆
> 形于緒言矣,傳記又何考焉?浮矯之言,吾不取矣。」[35]

周公、孔子同為儒家的聖人,在經學之中的地位自然無可更替。〈鴟
鴞〉、〈七月〉是否為周公所作,以及孔子刪詩與否,一直是《詩經》
學史上的兩大公案。唯釋師鍊並未對此作任何交代,而將論述訴之於
理所當然的語脈當中。孔子自言是「述而不作」者,因而未留有詩作
並不意外。只是,《三百篇》在孔子之前,已然成形,此則公論也。
是故,《詩經》未有孔子之詩,是相當正常的現象。然釋師鍊卻跳脫
傳統的歷史論述,逕自訴之於主觀的討論,認為亦是詩人,其論述根
據即是以為「不懂詩者,如何刪詩?」除外,周公詩僅存兩首,乃是
因為秦火之故,然《詩經》雖歷秦火,卻因為易於背誦之故而得以俱
傳於後世。釋師鍊此處討論,無不悖於中國《詩經》學史與學術史的

35　〔日〕池田胤:《日本詩話叢書》,第六卷,頁294。

論述脈絡，其結論頗多謬誤。然而，這種論述，似乎只是他陳述論說
的一種策略，亦即透過上面不真不實的敘述，只是為了帶出以下的討
論，即批判漢魏以來的浮矯之風。因此，他接著又說：

> 夫詩者，志之所之也，性情也，雅正也。若其形言也，或雅正
> 也者；雖賦和上也，或不性情也，不雅正也，雖興次也。今夫
> 有人端居無事，忽焉思念出焉，其思念有正焉，有邪焉。君子
> 之者，去其邪，取其正，豈以其無事乎焉之思念為天而不分邪
> 正隨之哉？物事之觸我也，我知感也，又有邪正，豈以其觸感
> 之者為天而不辨邪正而隨之哉？況詩人之者，元有性情之權，
> 雅正之衡，不質於此，只任觸感之興，恐陷僻邪之坑。[36]

此一回歸〈詩大序〉一系的討論。詩如出自情志而作，大抵不離性
情、雅正。將感情付之於詩歌創作，畢竟不離《詩經》言志的精神。
然如果只是應付而作的奉和之作，終究非雅正、性情之屬。接著，釋
師鍊所要批評的對象，其實正是那些不知邪正去取的詩人。大抵物之
感人，人的情思有正有邪，但君子之詩在於去邪取正。真正的詩人，
本來就具備有權衡性情雅正與否的能力，否則，一旦放任情感氾濫，
亦將流入邪僻一途。是故，釋師鍊呼應了上文的說法，又云：

> 昔者仲尼以風、雅之權衡刪三千首，裁三百篇也。後人若無雅
> 正之權衡，不可言詩矣。[37]

因此，引周公、孔子作為論述之資，其歷史真實為何，似乎不是釋師

---

36 〔日〕池田胤：《日本詩話叢書》，第六卷，頁294。
37 〔日〕池田胤：《日本詩話叢書》，第六卷，頁294。

鍊所在意的,他真正在意的,是君子作詩,貴在能權衡性情。

又,友野瑑〈熙朝詩薈序〉:

> 夫詩者言志也,志有邪正,故言有美惡。古昔盛時自公卿大夫
> 至田父紅女,莫不各言其志,《三百篇》所載是已。由是考
> 之,則時之治亂,政之佳惡,事之得失,人之賢否,千載之
> 下,曉若目覩焉。……古云「詩道與政升降」,信不誣矣。

出自純正之志之詩為美,反之為惡,《三百篇》之所以為後世尊崇,
正是因為其中的詩歌,皆是作者親眼所見、親耳所聞,於是著乎竹帛
文字,流傳後世。友野瑑肯的意見,正是《禮記·樂記》「聲音之道
與政通」的思想一致,因為詩人生活在此政教環境之下,其創作出於
情志,於是面對不同的政治環境,其寄託寓意也就不一,即是「治世
之音安以樂,其政和。亂世之音怨以怒,其政乖。亡國之音哀以思,
其民困。」(《禮記·樂記》)

又如貫名苞(1778-1863)云:

> 凡聲音之起,由人心之感於物生,則詩與樂,皆一本於天;而
> 律者,雖出乎人制,亦受天籟者也,故曰:「詩言志,歌永言,
> 聲依永,律和聲。」是有詩歌,必有聲律也,而詩歌出於性情,
> 性情出乎天,發而成聲,不可以無節,節之必以律也[38]。

貫名苞此論雖未提到《詩經》,但是所引〈堯典〉之文,大體可以將
之歸於「詩經精神」一類的說法。貫名苞的態度,與下節所要討論的

---

38 〔日〕池田胤:《日本詩話叢書》,第十卷《社友詩律論》,頁439。

詩評家當中，除了《詩經》論述之外，尚有一點相當不一樣的地方，即是肯定聲律的存在。在貫名苞的意見當中，顯然認為聲律亦出自天籟，而且是一種節制情感過分流露的工具。

（二）客觀審視《詩經》經典的詩評家

高井邦淑〈作詩志彀跋〉：

> 《詩三百》以降，前賢詩作，各各不同也，如其面相異矣，蓋詩道之正在乎斯！明二李氏不知詩為何物，欲以後今復乎前古，以我同人乎？詩道之亂，莫甚焉。二李而果是，則不若古人之詩集而諷詠之為愈也。北山先生唱反正之學，曩者有《作文志彀》之作，而操觚之士，始知文章之正矣。今茲復作為此書，以援世溺時詩者，亦是撥亂之一端耳。[39]

高井邦淑此跋是為善本信有《作詩志彀》所作，雖非善本信有個人的思想，但對於了解善本信有及此書的瞭解，亦有幫助，當可視為另一詩評家的思想。細推高井邦淑此段文字，其最大的中心思想應在：詩歌是與時俱變的文學創作。因而，在文中所批評的明代二李，即指前後七子中的李夢陽與李攀龍。《明史・文苑傳》稱李夢陽「才思雄鷙，卓然以復古自命」、〈李攀龍傳〉稱「文自西京、詩自天寶而下，俱無足觀，於本朝獨推李夢陽」，前後七子的文學創作，一言以蔽之，「擬古」而已，比起前七子，後七子在學古的過程當中，對於古人的詩句模擬，終究越來越難以跳脫既有的窠臼。因此，對於強調詩歌獨創的高井邦淑，認識到前賢詩作的面目各自不同時，李夢陽與李

---

39 〔日〕池田胤：《日本詩話叢書》，第八卷，頁79。

攀龍自然便是聚矢之處，以其觀點看來，與其步趨古人腳步，還不如
諷頌古人詩集來得有意義。在高井邦淑看來，北山先生所作的《作文
志彀》與《作詩志彀》，對於模仿的風氣與習慣，是具有撥亂反正之
功的。

　　松邨良猷《藝園鉏秀》：

> 姬周之雅頌，則姬周之詩，非我詩也。漢魏六朝之歌行，則漢
> 魏六朝之詩，非我詩也。……夫天道運行而不處，日月爭所，
> 四時相代乎前；山川草木變而不窮，禽獸蟲魚、舟車器械化而
> 無極，百億萬劫，揭故趨新。古人既逝，今人復繼，其旋轉運
> 動，須臾不止，則耳目聞見，亦逐世而新矣云云。[40]

對比高井邦淑的說法，當松邨良猷面對中國文學神聖經典的同時，對
於《詩經》的意見，兩人無異同出一轍。《詩經》時代自上古之詩，
漢魏歌行自漢魏時代之詩，時運既然轉移至如今，則今日亦當有今日
之詩，則觀松邨良猷之論，即如《文心雕龍‧時序》所言「知歌謠文
理，與世推移，風動于上，而波震于下者也」、「文變染乎世情，興廢
系乎時序」之義是也。因而，面對今日的創作，松邨良猷於是站在
「新變」的立場，而對當今詩歌創作提出批判：

> 然則今日之詩，取之於今日而足，何須求之於古耶！後世人
> 心，離實自欺，片言隻語，不出於己肺腑，假古之詞，屬今之
> 事，剽竊蹈襲，粉飾極巧，妍者嬬之，活者死之，神者臭腐之
> 云云。……眼觸於今日之物，心感於今日之時，其辭之出於我

---

40 〔日〕池田胤：《日本詩話叢書》，第八卷，頁191。

者，亦如鑿井得泉，汲而不竭，靈通變化，觸境流出，是之謂
我詩，又奚為垂涎於飣餖而嘗其殘膏剩馥以自饜焉哉？[41]

今日文學創作自有今日取材的對象，則詩歌之作何須必宗《詩經》？
面對模擬剽竊之作風，在此段文字看來，其實也就強調了詩歌獨創的
重要性。若此，則松邨良猷與高井邦淑的意見，實無二致。
　　支峰賴復《社友詩律論·序》：

　　夫《三百篇》邈矣。秦漢而降，吐露性情而音調節奏自然動人
　　者為詩，詩而不能動人，則不如不作之為勝也。《三百篇》後
　　人細釋之，以為某章某句，豈後世之聲律？嗟乎！作者豈豫慮
　　數千年後有釋之者而作哉？詩出性情者，《三百篇》其鼻祖
　　也。性情者自然也，聲律者人作也。[42]

支峰賴復面對《詩經》的態度亦是採客觀的態度。秦漢以降的詩歌，
精采處正在於能吐露性情，而其聲音亦皆出於天籟。後人讀《詩經》
強分章句，這種態度，無異以古律今。而支峰賴復所強調的，是「詩
出性情」，此一精神，則是開端自《詩三百》。因此，面對天籟之《詩
經》，支峰賴復對於過分強調人為聲律的後代詩，作了如是的批評：

　　夫聲律創於唐，後人不得不由焉，而唐宋人往往被束縛聲律，
　　不能馳騁才思。韓、蘇豪才，別創歌行體，言己所欲言，稍似
　　舒性情發揮英氣，要近古體，皆敘性情之句而已，何在近與古

41　〔日〕池田胤：《日本詩話叢書》，第八卷，頁191-192。
42　〔日〕池田胤：《日本詩話叢書》，第十卷《社友詩律論》，頁417。

哉！但由聲律而不拘，是其所為貴也。[43]

聲律創於唐，應指近體詩之格律。唐宋以降的詩歌，無論是詩或詞，皆被以格律，在支峰賴復看來，唯有韓愈、蘇軾的才氣，足以開創另一番局面。其貴者，不在於對聲律亦步亦趨，而是能依循格律卻不為格律所縛。就此看來，支峰賴復取用《詩經》作為對比的對象，所重視的，正是《詩經》作者的吐露性情與出於天籟，而非因為《詩經》「邈矣」便棄而不法。

四　餘論──兩種態度的統一精神

從上面的討論當中，對照中國學術上的傳統認知，可以發現：日本詩評家對於中國《詩經》學史上的議題似乎興致缺缺。舉例來說：孔子刪詩的問題，中國傳統的主流意見是不認為孔子有刪詩的；[44]次如孔子有否創作的問題，傳統上認為孔子除了《春秋》之外，一直是「述而不作」的；再如：秦火對於《詩經》影響並不大，其原因已於上述，而日本詩評家卻不能回歸歷史脈絡看待此一問題，進而認為周公詩留〈七月〉與〈鴟鴞〉，然而這兩首詩的著作權問題，仍是個疑問。

其實，面對中國文學的不祧之宗，《詩經》對中國文學乃至於整個東亞傳統漢文學的影響，幾乎是無可比擬的。在以上的討論當中，兩種面對《詩經》的態度，看似彼此相異，然而仔細推究，這兩種態度應當是不衝突的。個人認為，在面對上古時期的詩歌總集之時，尊

43　〔日〕池田胤：《日本詩話叢書》，第十卷《社友詩律論》，頁417。
44　詳細論述可參考洪湛侯：《詩經學史》（北京：中華書局，2002年5月）頁7-15。

崇、師法的人對《詩經》雖然有極高的評價，但在這些詩評家的意見
當中，他們所取法的對象並非對《詩經》文字，生硬的搬用、模擬，
而是強調其中的「精神」，這種精神，統而言之可以分成幾種：一是
學習《詩經》作者將詩歌作為抒情言志的工具，因而其中所見，無非
真性情，其中所聞，無非真天然聲音；第二是學習詩經反映民間真實
反映的施政參考，在古代的采詩之官透過采詩將這些民間的詩歌蒐集
給天子參考，天子透過這些詩歌所反映的內容作為施政依據。

　　客觀面對《詩經》的詩評家，雖然對於上古詩歌的評論並非絕對
推崇，但卻也不是絕對反對取法。這些人的論述當中，其實都有一個
共通點，即是：面對文學經典，無須復古模擬，而強調當今之詩人必
須有當今詩人之創造，當今詩歌必須有當今詩歌的特色，而這些創
造、特色的依據、源流，正是每個詩人心中的真實情感。易言之，真
正好的詩歌，不在模擬、復古，而在於能夠真實反映性情。若此，與
上述的另一種態度合觀，後一種態度強調的重點，不就是《詩經》所
以能為百世法的原因，即是「真實反映」的精神。其中所反映者，一
是現實，一是性情。反映現實的詩歌，即是回歸政教的用途；反應性
情的詩歌，即是回歸人類本有情感的抒發工具。

　　以下，我們不妨再引用兩則《日本詩話叢書》的相關說法，作為
這一段綜論兩種立場的例子。首先是小野達，他在〈呈山陽先生〉信
中論聲律問題時，說：

　　　或說「詩言志，歌永言」，言志，詩之本色也，有詩而後有
　　　歌。蓋當初作者，感物言志，咨嗟詠歎，自成音響。降自漢魏
　　　諸作亦然，梁唐以下乃稱聲律，而詩之道自此拘矣。[45]

45　〔日〕池田胤：《日本詩話叢書》，第十卷《社友詩律論》，頁424。

這一段文字雖然沒有明確提到《詩經》的例子，但「詩言志，歌永言」，其實正是《詩經》所以被尊崇的原因，即是「詩經精神」。六朝聲律漸起，而詩歌言志之道，亦漸拘縛矣。又如賴襄回覆小野達的信，也有相關論述。〈答小野全藏論詩律書〉：

> 《萬葉》以前，田畯紅女能之（案：指和謌），以其可歌也。
> 後世錚絃之詞，歲新月更，而所謂和謌，獨為士大夫言志之
> 具。然三十一字之節，成於自然，不由於此不可以諷，風土雖
> 異，其勢一也。故詩之有古風，猶歌之有長短，長短不齊者，
> 其節奏未定也。節奏以定矣，而猶為之者以馳騁才情耳。[46]

顯然的，賴襄認為《萬葉集》的可貴在於出自田舍之間，在於其可歌，猶如《詩經》當中出自里巷歌謠的作品一樣。然隨著時代的推進，後來詩歌的演變逐漸走相向聲律化之途，於是，田壄之夫、戶織之女，不再能歌，而成為士大夫馳騁才情的炫才工具。

綜言之，無論是小野達或是賴襄，面對聲律問題，他們提出了「詩經精神」與《萬葉集》，強調了兩者共同的特色——感物言志、出於天籟。

站在中國傳統《詩經》研究的脈絡當中，本文進行分析了兩種《詩經》論述，然後試圖尋找出內在依據。雖然在政治上，中國與日本是兩個分屬不同的政治系統；但在文化上，確有其相同相似之淵源。底下，筆者姑引張伯偉與金程宇兩先生的相關討論，來作為本文最終的用意：

---

46 〔日〕池田胤：《日本詩話叢書》，第十卷《社友詩律論》，頁428-429。

從學術史的角度看,域外漢籍不僅推開了中國學術的新視野,
而且代表了中國學術的「新材料」,從一個方面使中國學術在
觀念上和資源上都面臨古典學的重建問題。重建的目的,無非
是為了更好地認識中國文化,更好地解釋中國和世界的關係,
最終更好地推動中國對人類貢獻。[47]

日本古典文學與中國文學有著極密切的關係。研究中國古代文
學的學者,若能對日本古典文學特別是漢文學有所瞭解,必然
有助於相互參證,提出新見。[48]

---

47 張伯偉:〈域外漢籍研究叢書總序〉,參《清代詩話東傳略論稿》(北京:中華書局,
2007年7月),頁1。

48 金程宇:〈「他山之石,可以攻玉」——讀《日本古代漢文學與中國文學》〉,《域外
漢籍叢考》(北京:中華書局,2007年7月),頁207。

參考文獻

〔日〕大庭修著，戚印平、王勇、王寶平譯：《江戶時代中國典籍流播日本之研究》，杭州：杭州大學出版社，1998年3月。

〔漢〕毛亨傳，〔漢〕鄭玄箋，〔唐〕孔穎達等正義：《毛詩注疏》，臺北：藝文印書館，1955年，清嘉慶二十年〔1815〕江西南昌府學刊本。

王叔岷：《鍾嶸詩品箋證稿》，北京：中華書局，2007年7月。

王曉平：〈《詩經》之於日本江戶文藝〉，《天津師範大學學報（社會科學版）》2002年第3期（總第162期）。

〔宋〕朱　熹：《四書章句集注》，北京：中華書局，1983年。

〔宋〕朱　熹：《詩集傳》，臺北：學海出版社，2004年。

朱自清：《詩言志辨》，臺北：漢京文化事業出版公司，1983年1月。

李延壽：《南史》，臺北：鼎文書局，1985年3月。

〔日〕池田胤：《日本詩話叢書》，東京：文會堂書店，1921年4月。

金程宇：《域外漢籍叢考》，北京：中華書局，2007年7月。

洪湛侯：《詩經學史》，北京：中華書局，2002年5月。

〔日〕村山吉廣：〈日本詩經學史〉，《第五回東洋學國際學術會議論文集》，漢城：成均館大學校出版部，1995年。

張伯偉：《中國古代文學批評方法研究》，北京：中華書局，2002年5月。

張伯偉：《東亞漢籍研究論集》，臺北：臺灣大學出版中心，2007年7月。

張伯偉：《鍾嶸詩品研究》，南京：南京大學出版社，1999年6月。

張伯偉：《清代詩話東傳略論稿》，北京：中華書局，2007年7月。

夏傳才：〈略述國外《詩經》研究的發展〉，《河北師院學報（社會科學版）》第2期，1997年4月。

詹　鍈：《文心雕龍義證》，上海：上海古籍出版社，1989年8月。

嚴紹璗：《漢籍在日本的流布研究》，南京：江蘇古籍出版社，1992年
　　　　6月。

對日本中文學習者進行
聽力培養的試行方案

—TPR 實驗及其效果—*

勝川裕子

名古屋大學院人文學研究科副教授

摘要

日文和中文有許多通用漢字，這也是日本中文學習者的優勢，同時也帶來不利影響。正因為「看到」的內容易於理解，所以無法養成靠「聽」來理解的習慣。為了讓日本中文學習者在理解中文時擺脫對漢字的依賴，有必要找出有效的辦法，將漢字從學習過程中「抽離」，使其僅憑語音就能明白內容。

鑒於以上緣由，筆者以自己執教的大學一年級初級中文班學生（32名）為對象，自2016年6月起至2017年1月，在共計13次的授課過程中系統引入了「全身反應教學法（Total Physical Response: TPR）」進行教學實踐。本文記述了 TPR 在初級中文教學中的實踐發展，以及學習者對該教學法的反饋情況。

關鍵詞：全身反應教學法（TPR）、初級中文教學、日本中文學習者、聽力培養

---

* 本文是基於以下論文改以中文撰寫而成：〔日〕勝川裕子：「初級中国語授業におけるTPRの実践」，『ことばの科學』第31號（2017年），頁93-110。

一　序言

　　日文和中文有許多通用漢字，因此，日本中文學習者習慣於憑藉已有的日文漢字知識，從書面上理解中文文本的表意。以此為依據，有先行研究曾提出，相對於非漢字圈學習者而言，日本中文學習者在學習過程中具有更大的優勢。[1]但另一方面，也有先行研究指出，由於日語和中文在發音上存在巨大差異，日本中文學習者對中文語音的聽解能力遠遠不及他們對中文書面語的理解能力。[2]

　　在第二語言習得的先行研究中，也曾多次指出學習者在讀解和聽解能力上存在的巨大差異。其中酒井等[3]、張婧禕等[4]的研究則包含了測定上述差異實際存在程度、並進行統計的調查結果報告。筆者教授的初級中文班中也明顯出現了該差異，不少學生即便筆試（讀解）成績優異，到聽力考試時（聽解）卻不知所措，口語考試（會話形式）結果更是慘不忍睹。

　　通用漢字確實是日本中文學習者的優勢，但同時也帶來了不利影

1　王學松：〈混合班會話課中日本留學生的幾種表現及對策〉，《對日漢語教學國際研討會文集》（2001年），頁21-28。

2　幺書君：〈聽力難度成因分析〉，《第七屆國際漢語教學討論會論文選》，北京：世界漢語教學學會（2002年），頁217-224。張衛：〈中級水平的日本學生在漢語聽力上的偏誤〉，《第七屆國際漢語教學討論會論文選》，北京：世界漢語教學學會（2002年），頁204-211。潘潔敏：「第二言語習得（SLA）と上級中国語授業研究」，『札幌大學總合論叢』第36期（2013年），頁141-156。

3　〔日〕酒井弘、桜木ともみ、品川恭子、徐愛紅、福田倫子、小野創、玉岡賀津雄、菅原浩子、古川浩治、キャントレル明代、小野めぐみ：「アメリカと中国における日本語學習者の読解力・聴解力の構成要因」，『2009年度日本語教育學会春季大会予稿集（春季）』（2009年），頁212-217。

4　張婧禕、〔日〕玉岡賀津雄、〔日〕勝川裕子：「書字と音声提示のギャップ──日本人中国語學習者による読解と聴解の比較──」，『汉语与汉语教学研究』第8號（東京：東方書店，2017年），頁85-97。

響。正因為「看到」的內容易於理解，所以總是無法養成靠「聽」去理解的習慣。為了讓日本中文學習者在理解中文時擺脫對漢字的依賴，則有必要找出有效的辦法，將漢字從學習過程中「抽離」，使其僅憑語音就能明白內容。

鑑於以上緣由，筆者以自己執教的大學一年級初級中文班學生（32名）為對象，自2016年6月起至2017年1月，在共計13次的授課過程中系統引入了「全身反應教學法（Total Physical Response: TPR）」進行教學實踐。本文記述了 TPR 在初級中文教學中的實踐發展，以及學習者對該教學法的反饋情況。

二　全身反應教學法（TPR）概要

（一）TPR的方法論及設計原理

本次實踐引入的全身反應教學法（Total Physical Response: TPR）是在1960年代由美國心理學家 James Asher 所倡導的一種外語教學法，意使學習者在聽到指令後用全身作出反應，繼而達到習得目標語言的目的。

Asher 從發育角度指出，成人的第二語言習得，需經歷與嬰幼兒第一語言習得相同的過程，同時假設學習者不必從一開始就開口說話。基於上述學習理論，TPR 與其他外語教學法的不同之處在於，其專門針對聽力及口語能力進行培養。

Asher 指出：「教師通過熟練運用祈使句，可教會學生目標語言的大部分語法結構及數百個詞彙。」[5]他認為，動詞、尤其是祈使句的

5　〔美〕Asher, J. *Learning Another Language through Actions: The Complete Teacher's Guide Book.* Los Gatos, Calf.: Sky Oaks Productions. (2nd ed. 1982) 1977, p.4.

動詞，是將語言學習及應用系統化的核心主題。此外，TPR 選擇指導項目的主要標準為「詞彙」和「語法」，強調詞義而非形式，語法則採用歸納式教學。[6]

　　研究表明該教學法具有以下特點：1. 僅僅是讓學習者通過動作來理解內容，不會受母語等非目標語言的干擾。2. 不強制開口說話，從而減輕學習者的心理壓力（情感過濾）。3. 學習者可長時間記住所學的內容。

　　如前文所述，為使日本中文學習者能在不依賴書面文字的前提下理解中文，則需將他們所倚仗的文字——即漢字抽離，引入一種更行之有效的、僅憑語音促使其理解內容的教學法。而本次教學實踐中引入的 TPR 正契合這一目標。

（二）引入TPR的步驟及注意事項

　　TPR 的指導步驟分為以下三個階段：

　　首先，在最開始時復習已學過的動作。教師自由組合已學項目並隨機發出指令，所有學習者一齊根據指令作出全身反應。此時教師不做示範動作，僅口頭給出動作指示，以確認學習者的習得情況。

　　再者，引入新的動作。教師口頭發出新動作指令，並同時進行示範動作。一次引入多少新項目，需觀察學習者的掌握情況適當進行增減。[7]接下來，學習者一邊集中注意聽取教師的口頭指令，一邊跟隨

6　關於TPR的語言及學習理論，詳細請參考〔美〕Asher, J. *Learning Another Language through Actions: The Complete Teacher's Guide Book.* Los Gatos, Calf.: Sky Oaks Productions. (2nd ed. 1982) 1977.；〔美〕Krashen, S. D. *Second Language Acquisition and Second Lan-guage Learning.* Oxford: Pergamon, 1981.

7　關於一次可引入的新項目數量，Asher指出：「根據小組規模和不同的訓練階段，學習者在1小時內可記住12-36個新詞彙。」（〔美〕Asher, J. *Learning Another Language through Actions: The Complete Teacher's Guide Book.* Los Gatos, Calf.: Sky Oaks Productions. 〔2nd ed. 1982〕1977,p.42.）

教師一起做動作。如此重複數次後，可將語音指令與其所對應的動作相互關聯起來。

最後，在習慣新動作後，教師停止示範，僅口頭隨機發出動作指令。待新動作鞏固完成後，再隨機加入已學動作，進行重複訓練。

執行 TPR 主要有以下兩點注意事項：首先，動作指令簡單明瞭，且每回必須統一。在進行語言教學時，通常為更好地說明句意，我們需要根據學習者的理解程度替換多種類似的表達方式，但 TPR 則必須將動作指令及動作表現一對一統一起來。其次，示範動作必須準確且不拖泥帶水。比如，若在發出「摸頭」指令的同時卻做出了撓頭等多餘動作的話，學習者有可能會跟著模仿並記住錯誤的信息。在引入 TPR 之前，關鍵事先要確定好「以怎樣的動作表現引入何種動作指令，及以怎樣的順序引入」，需做好萬全的準備。[8]

三　TPR 實踐的流程及引入項目

（一）引入TPR的班級簡介

筆者以自己執教的大學一年級中文班學生（32名）為對象，在授課過程中系統引入了 TPR 進行教學實踐。該班級作為第二外語的必修選擇科目開設，[9]是面向中文初學者的入門至初級課程。當結束了

8　關於TPR教案的製作，Asher指出：「教師應當把授課中使用的話語，尤其是新的祈使句詳細寫下來。因為做動作的速度很快，通常沒有組織通順語句的時間。」（〔美〕Asher, J. *Learning Another Language through Actions: The Complete Teacher's Guide Book.* Los Gatos, Calf.: Sky Oaks Productions.〔2nd ed. 1982〕1977,p. 47.）

9　大學等通常以中國語檢定試驗4級、漢語水平考試（HSK）2級、CEFR A2作為第二外語第一學年的教學目標。CEFR A2的認定標準為：「能理解與自己有直接關係領域的常用語句及表達方式，如基本的個人及家族信息、購物、地址及工作相關等。能對應日常範圍內的簡單對話，與他人交換身邊的日常信息。能用簡單的語言說明自

入門課程的發音指導，學生掌握了基礎發音之後，於2016年6月至2017年1月的共計13次課程中，利用每次上課開始後15分鐘的時間進行了實踐。在執行 TPR 時，動作指令及示範動作均由一位以中文為母語的人（20多歲的女性）完成，筆者在旁錄像記錄了全過程。

下文會根據指令內容將引入項目分為四類，並分別描述其概要及要點。

（二）基本動作、教室裡有的事物（第一週〜第三週）

從第一週至第三週，我們首先引入了「站起來」、「坐下」、「走」等肢體動作動詞。在中文教學中，「V（指動詞）起來」、「V 下」等帶有方向補語的表達一直被看作是語法難點，不會在入門階段提及，但像此類常見的肢體動作，學習者可以通過活動自己的身體來明確其含義，所以我們認為語音與此類動作之間較易產生相互聯繫。在嬰幼兒學習母語的過程中，早期階段掌握的也是此類動詞，而 TPR 作為自然教學法（Natural Method）之一，也同樣在早期階段就引入此類動詞。

通過我們的觀察發現，學習者並不會把「站起來」當成是「動詞（站）＋方向補語（起來）」的表現形式，而是作為一個動作指令整體對其產生認知，從而與動作進行關聯。此外，「走」字在中日文中表示不同動作（日語含義為「跑」），只看文字容易產生混淆，而僅有語音的情況下則可理所當然地避免這一問題，學習者都能將「走」和「跑」明確區分開來：

己的背景、個人情況，以及有直接需求的領域的相關事項。」中國語檢定試驗和漢語水平考試（HSK）的認定標準請參考以下網站：

1.中國語檢定試驗，網址：http://www.chuken.gr.jp/tcp/grade.html
2.漢語水平考試（HSK），網址：http://www.hskj.jp/level/

1. **基本動作1：**

站起來／坐下／蹲下／走／跑／跳／停

接下來，我們引入了「黑板」、「桌子」、「書包」等教室裡已有的物體。雖然在「教室」這一有限的空間裡存在的物體也極為有限，但這些物體卻一直都在那裡，可以實際看到並觸摸，因此非常適合在入門階段引入。這些名詞可以在引入第3點的動詞後作為確認動作之用。

2. **教室裡已有的物體：**

門／窗戶／黑板／桌子／椅子／書／課本／書包／筆／橡皮／手機

3. **基本動作2：**

指～／摸～／拿～

將第1-3點中引入的動詞和名詞適當組合，我們對學習者發出了如下文第4點中的動作指令。通過使用第3點中的及物動詞，可將教室裡已有的物體、或學習者的所有物引入 TPR 教學中，並可以在早期階段實現對 VO 結構的聽力訓練。

4. **動作指令示例：**

｛走／跑／跳｝到｛黑板這兒／窗這兒／門這兒｝。

指｛門／窗戶／黑板／桌子／椅子／手機｝。

摸｛桌子／椅子／書／課本／書包／筆／橡皮／手機｝。

拿｛桌子／椅子／書／課本／書包／筆／橡皮／手機｝。

（三）動作的次數、身體部位（第四週～第六週）

從第四週到第六週，除第1點、第3點引入的基本動作外，又加入了與第2點所導入的「門」、「窗」、「書」相關的「開」、「關」，以及與手腳上下活動相關的「舉起」、「放下」等一系列動詞。第5點此處物體的開關與身體部位的上下運動不僅是作為一對反義動作，通過同時引入這些動詞及與其相關的名詞組，我們有意識地對學習者進行了中文搭配的聽力訓練。

5. **基本動作3：**

打拍子／轉／搓～／（打）開～／關（上）～／

舉起（手腳）／放下（手腳）。

此外，除了教室裡已有的物體之外，又引入了第6點所列舉的動作次數和身體部位。數量表現雖是中文教學中較早就會引入的語法點，但至口頭熟練運用還需經過一定程度的訓練。而身體部位則是學習者可通過觸摸來確認的一組名詞，由於左右對稱的部位較多，我們還引入了表示相對方位的「左／右」。

6. **動作的次數、身體部位：**

一次／兩次／三次……

我／你

頭／臉頰／眼睛／耳朵／鼻子／嘴／肚子／屁股／肩膀／手／腳

左（左手／左腳）／右（右手／右腳）

將至今為止引入的動詞和名詞適當組合，我們對學習者發出了如第7點中的動作指令。此時第一週至第三週所學的內容已然鞏固，指令中也隨機包含了這一部分。因「左右＋身體部位」均為新出現的詞彙，學習者在做動作時雖然出現了一些手忙腳亂，但還是能看到他們在模仿教師示範動作的過程中逐漸將語音與動作結合到了一起。

7. **動作指令示例：**

打｛一次／兩次／三次…｝拍子。

｛轉／跳｝｛一次／兩次／三次…｝。

搓｛桌子／椅子／課本／書包／筆／橡皮／手機｝。

｛（打）開／關（上），合上｝｛門／窗戶／書包／書／課本｝。

｛指／摸｝｛頭／臉頰／肚子／屁股／手／腳｝。

｛指／摸｝｛右／左｝｛臉頰／腳／手｝。

｛舉起／放下｝｛右／左｝｛腳／手｝。

（四）物體的形狀、位置（第七週～第九週）

從第七週到第九週，我們引入了第9點，包括圓形、三角形和方形等簡單的圖形，以及物體間方位關係的表達。在此之前，為瞭解學習者的聽解能力程度，我們首先引入了「寫（字）」和「畫（圖）」這兩個動作指令。這兩個動詞在日語中的發音均為／kaku／，但在中文的發音卻分別為 xiě（「寫」）、huà（「畫」）。一部分學習者剛開始時雖然對兩個不同的發音感到了困惑，但通過觀察老師的示範動作，也漸漸將語音、詞彙含義和動作結合到了一起：

8. **基本動作**4：寫／畫／擦掉
9. **物體的形狀和位置：**
   名字／老師／學生
   圓形／三角形／方形／五角星[10]／心形
   中間／外面／上面／下面／旁邊／左邊／右邊

接下來，我們引入了一組表示物體間方位關係的名詞，然後將這些詞與圖形適當組合，對學習者發出了如第10點中所列出的動作指令。在與 TPR 同時進行的常規授課中雖然並未學過圖形和方位詞，但學習者都能很順暢地聽懂指令含義，並迅速在動作中表現出來。[11]此外，通常情況下這些詞匯的日文和中文漢字形態接近，從文字而言屬於日本學習者在理解上具有優勢的那一類，但由於 TPR 並不呈現文字，顯然可見動作指令的執行均是由語音完成的。

10. **動作指令示例：**
    {寫／擦掉}{你／老師}的名字。

---

10 最初引入「五角星」時使用了「星形（xīngxíng）」這一表述，但因和「心形（xīn-xíng）」發音過於接近，日本中文學習者很難區分，後改為「五角星」。

11 關於圖形和方位關係，我們在第十三週時進行了專門的圖形聽力測試，所有學習者幾乎都做出了正確回答。

{畫／擦掉}{圓形／三角形／方形／五角星／心形}。

{畫／擦掉}{門／窗戶／書／筆／包}。

在 {你／老師} 的名字的 {上面／下面} 寫 {你／老師} 的名字。

在 {圓形／三角形／方形／五角星／心形} 的 {中間／外面／上面／下面}{寫／畫}{你的名字／圓形／三角形／方形／五角星／心形}。

（五）方位移動、顏色及大小（第十週～第十二週）

從第十週至第十二週，我們首先利用至今為止引入的名詞，引入了表示物體方位移動的動詞。第11點中所列舉出的「放進／放入」、「拿出來」、「放到／放在」、「遞給」均為動詞帶結果或方向補語的結構，在語法教學中屬於習得難點。

11.**基本動作**5：

放進／放入～

拿出來～

放到／放在～

遞給～

此外，中文的常規語序雖然為 SVO，但當第11點這一類的動詞詞組帶有賓語（O）時，通常會使用「把」字句將 O 前置到 V 之前，變為「S 把 OV」的語序結構。也就是說，與至今為止引入的那些相對簡單的結構相比，「把」字句在句型結構上也更為複雜，在中文教學中，通常情況下直至初級結束到進入中級的這一階段才會被引入。可是在 TPR 實踐中，像這樣複雜的句型卻並未成為學習者在聽取內容過程中的障礙，觀察可見他們都能專注於聽取已學名詞所代表的物體和地點之間的關係，以及動詞表示的方位移動。

12.**動作指令示例**：

把 {書／課本／書包／筆／橡皮／手機} 放進 {書包／桌子} 裡。

把｛書／課本／書包／筆／橡皮／手機｝從｛書包／桌子｝裡拿出來。

把｛書／課本／書包／筆／橡皮／手機｝放到｛桌子／椅子｝｛上面／下面／裡面｝。

把｛書／課本／書包／筆／橡皮／手機｝遞給｛（右邊／左邊）的學生｝。

接下來，我們引入了物體的大小及顏色。我們給學習者每人分發了一套樂高積木（有紅、藍、綠、黃、白、黑等6色），用於確認動作指令的執行情況。與上述的圖形相同，第13點中列出的表示大小及顏色的詞彙對於日本學習者在文字層面具有理解優勢，但也阻礙了他們聽取及表述的能力發展。在本次實踐中，教師首先依次拿起不同顏色的積木，用語音將其分別展示給學習者，然後引導他們用手指依次指向每種顏色。此外，又以「把」字句隨機發出動作指令，讓學習者移動指定顏色的積木，改變其與物體之間的方位關係。

13.**大小及顏色：**

塊兒

大／小

紅色／藍色／綠色／黃色／白色／黑色

14.**動作指令示例：**

｛拿／指｝｛紅色／藍色／綠色／黃色／白色／黑色｝的塊兒。

把｛紅色／藍色／綠色／黃色／白色／黑色｝的塊兒放到｛桌子／椅子／書／課本／手機｝的｛上面／下面／左邊／右邊｝。

把｛紅色／藍色／綠色／黃色／白色／黑色｝的塊兒放到｛紅色／藍色／綠色／黃色／白色／黑色｝的塊兒｛上面／下面／左邊／右邊｝。

四 關於 TPR 的學習者調查問卷結果及其分析

本次實踐結束後，我們對學習者進行了關於 TPR 教學法的內省式問卷調查[12]（於2017年1月30日進行／有效問卷數31）。在本章中，我們將逐項展示調查結果，並瞭解學習者對於 TPR 這一教學法的實際感受，以及該教學法又能如何與學習者自身的語言學習相關聯。

（一）學習者調查問卷結果

首先，對於【a.是否上過運用了 TPR 教學法的課程】這一問題，所有學習者都回答了「否」。雖然在到高中為止的英語教學中，會有將包含 TPR 要素的「舉旗游戲」作為語言活動納入課堂的情況，但在語言學習中系統接受過 TPR 教學指導的學習者為零。

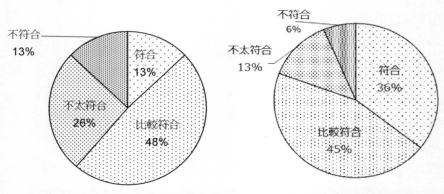

b. TPR課程是否比普通課程更難　　　c.根據指令移動身體是否感覺很開心

其次，對於【b.TPR 課程是否比普通課程更難】這一問題，六成以上的學習者都回答了「（比較）符合」。而在【c.根據指令移動身體是否感覺很開心】這一問題中，超過八成以上的學習者都給出了肯定

---

12 關於實際使用的調查項目的詳細訊息，請參考論文末尾的補充資料。

答覆。結合上文的問題 a，多數學習者在實踐後的感想可以歸納為：
「第一次接觸 TPR 教學，雖然和以前上過的語言課程相比有點難，
但卻很有意思。」

　　問題 d、e 則分別詢問了學習者在初次和最後一次實踐課程中
【根據指令活動身體是否會感到緊張】。根據調查問卷結果可以看
出，在初次課程時回答「（比較）緊張」的學習者佔了半數，而到最
後一次課程時這個比例降到了一成。可見隨著課程的推進，學習者並
未從中感受到壓力，而是越來越放鬆。

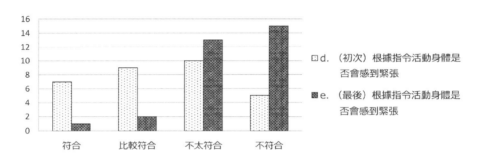

　　接下來的 f、g、h 三問，分別詢問了學習者【指令不以漢字／拼
音／日語翻譯呈現是否讓你感到擔心】。結果顯示，對於不以漢字呈
現感到「（比較）擔心」的學習者佔77%，不以日語翻譯呈現感到
「（比較）擔心」的則佔84%。可見，有八成左右的學習者對於缺少
文字呈現（漢字或日語翻譯）這一事實感到擔心（情感過濾）。與之
相對，對於不以拼音呈現感到擔心的學習者僅佔23%，由此可知拼音
作為表音符號，與學習者的情感過濾並無太大的關係。雖然若不對其
他母語的中文學習者進行相同的調查，僅憑上述結果還不足以斷言日
本中文學習者對於書面文字（漢字）存在過度依賴的情況，但「有八
成的學習者會因在學習中文的過程中缺少文字呈現而感到擔心」這一
結果卻值得我們注意。

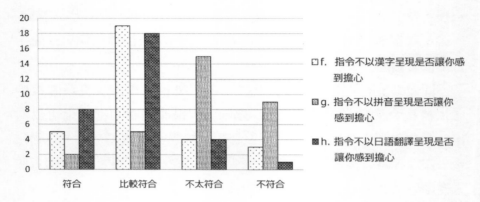

而在【i. 通過重複聽取相同的指令，是否感到自己的聽力能力有所提高】這一問題的回答當中，選擇「（比較）符合」的學習者高達84%，可見學習者自身也能清楚感受到聽力能力的提升。但對於接下來的問題【j. 是否認為自己已掌握（發音、實際運用）了聽到的指令】，做出肯回答的學習者僅有62%，這也說明了學習者並未將聽力與口語能力等同起來。TPR 教學法中的「理解」（聽）是為達到語言學習目的的一種手段，最終目標是教授學習者基本的「口語」能力。

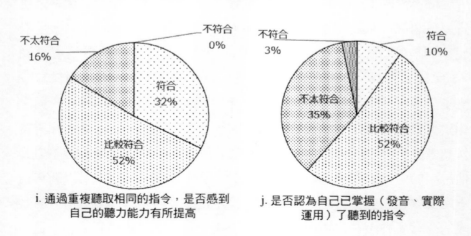

i. 通過重複聽取相同的指令，是否感到
自己的聽力能力有所提高

j. 是否認為自己已掌握（發音、實際
運用）了聽到的指令

然而，在 Asher 的 TPR 教學大綱中，直至授課時長達120個小時後才

引入了會話內容。[13]由此可以證明，在引入 TPR 的早期階段，對學習者的要求就是仔細聆聽教師的指令並做出身體反應，學習者則需要通過這一過程來自行判別自己的學習成果到達何種高度。當學習者感到自己做好了開口說話的準備後，再促成他們進行口語練習。在這方面，因本次實踐引入 TPR 的時間有限，所以目標僅為提高學習者的聽力能力，但若繼續進行，想必也能讓他們的口語能力有所提高。

最後，對於【k.是否認為 TPR 對語言能力的提高有所幫助】這一問題，回答「（比較）符合」的學習者高達94%，可見絕大多數學習者都認為自己的中文水平通過 TPR 教學有了進步。

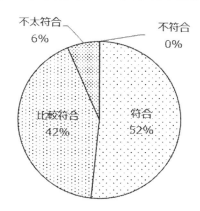

k. 是否認為TPR對語言能力的提高有所幫助

（二）學習者對TPR教學法的印象

下文中，我們根據詳盡程度，重點選取了部分學生對於問卷中【請盡可能詳細地寫出你接受 TPR 教學後的感想】這一開放式問題的回答，從學習者視角來介紹 TPR 的優勢及本次實踐存在的問題。

---

13 〔美〕Asher, J.: *Learning Another Language through Actions: The Complete Teacher's Guide Book*. Los Gatos, Calf.: Sky Oaks Productions. (2nd ed. 1982), 1977.

TPR的優勢

1. 我認為跟以往那種僅僅只靠書寫及口頭背誦的學習法相比，使用全身進行記憶的方法似乎更能提高語言習得的效率。另外，當我半信半疑、畏手畏腳地做出動作，卻能和周圍保持一致時，<u>所感受到的成就感非常有助於提升我們學習的積極性</u>。（Y.T.）

2. 通過在聽到中文後實際活動自己的身體，可以將中文語音和身體的動作結合起來，更有助於記憶。不需要掌握指令中所包含的具體的語法項目，只需聽懂詞匯就能理解句意，我認為這非常具有實踐意義。<u>並非通過語音→漢字→詞義這一記憶鏈條，而是通過語音→詞義的直接關聯，讓身體迅速做出反應</u>。（Y.T.）

3. 拋開文字、僅通過語音來理解第一次接觸的語言，我覺得這樣的體驗非常新鮮有趣。另外，<u>像這樣靠專注傾聽記住的詞句，也更不容易忘記</u>。而且，<u>靠發音記住的詞句自己能更加靈活運用</u>，大大豐富了自己的口頭表現力。（K.K.）

4. 剛開始我覺得很難，有點手足無措，但通過模仿周圍人的動作，漸漸明白該如何將語音與動作關聯起來。更重要的是，<u>有一部分語句我不需要在腦內翻譯成日語就能自然做出反應，這讓我自己也感到很驚訝</u>。（S.Y.）

5. 一開始雖然完全聽不懂老師在說什麼，但通過反覆練習，漸漸可以明白語音的含義。此外，<u>讓我感到驚訝的是，隔週仍然能大致記得所學的內容</u>。（A.N.）

TPR的問題

1. 自己發音的時候還是<u>希望能對照著拼音或漢字</u>，另外，對語句意思的理解只是一知半解，覺得應該好好確認一下。（Y.T.）

2. 上課只是坐著不動的話容易犯睏，所以能活動身體感覺很開心，而且通過反覆練習身體能記住聽到的中文指令。可是，因為看不到拼音和漢字，覺得自己<u>不能很好地把文字和語音彼此結合起來</u>，有些雲裡霧裡，不太踏實（和擔心又不同）。（W.R.）

3. 在 TPR 教學剛開始時，老師會在發音後做出動作示範，因此很容易將發音和動作實際結合起來。但隨著動作示範漸漸減少，從實踐的中期開始，與其說我是在聽老師的指令，不如說<u>就只是跟著模仿周圍人的動作</u>而已。（I.N.）

4. 如果不集中注意力去記住，生詞就會不停出現，我覺得靠聽去理解並記憶真的很難。<u>雖然 TPR 能將語音和詞義迅速關聯起來，卻無法將語音與漢字相關聯</u>。（A.K.）

5. 一開始雖然完全搞不清老師在說些什麼，但最後就算什麼都不看，也基本都能明白意思。跟教科書相比，TPR 中所使用的語句更接近現實中會用到的口語，我感覺自己聽說的能力都得到了提高。但是，大多<u>都寫不出文字</u>。（O.K.）

五　總結及今後的課題

　　根據學習者調查問卷的結果分析以及學習者的感想，我們將本次引入 TPR 教學實踐的優勢及今後的課題概括如下。

　　首先，關於 TPR 的優勢，在以往的先行研究及其他語言學習的實踐報告中也有所提及，主要有以下幾點：

（一）由於沒有目標語言以外的語言（如母語等）的介入，且沒有文字呈現，因此動作、語音及含義能直接相關聯，使學習者做出反射性反應。

（二）沒有壓力是促使語言學習成功的一個重要條件。在 TPR 中，我們不會強制性要求學習者說話，而是通過身體的動作去理解語義，如此可以使學習者不必產生過度意識，減少其負擔。

（三）在 TPR 教學法中，通過認真聆聽教師的指令，並周而復始地做出身體反應，可以使學習者更長久地記住所學的內容。

（四）可提高學習者在聽解上的集中力。在 TPR 中，由於聽到的內容可直接體現在身體動作中，學習者更容易掌握自己的理解水平及學習進度，從而產生成就感，提高其自信心。

另一方面，本次實踐還可看出以下問題值得我們思考：

（一）學習者對於看不到文字（漢字）的焦慮比預想中要更多，不少學習者都希望能看到文字呈現。在哪一階段引入文字最行之有效，今後還需進一步探討。

（二）TPR 教學原本需要在整體練習之後，再對個人分別進行檢查。但本次實踐的班級規模超過30人，因此只來得及做整體練習，無法一一確認每個學習者的理解水平，結果發現了數名只會模仿周圍動作的學習者。考慮到這一點，當在人數規模較大的班級進行 TPR 實踐時，有必要實行更可行有效的措施。

參考文獻

張婧禕、〔日〕玉岡賀津雄、〔日〕勝川裕子：「書字と音声提示のギャップ——日本人中国語学習者による読解と聴解の比較——」，『汉语与汉语教学研究』第8号，東京：東方書店，2017年，頁85-97。

〔日〕小坂光一：「2つの教授法—TPR と CLL—」，『ことばの科学』第1号，名古屋：名古屋大学総合言語センター，1988年，頁73-89。

潘潔敏：「第二言語習得（SLA）と上級中国語授業研究」，『札幌大学総合論叢』第36期，2013年，頁141-156。

〔日〕酒井弘、桜木ともみ、品川恭子、徐愛紅、福田倫子、小野創、玉岡賀津雄、菅原浩子、古川浩治、キャントレル明代、小野めぐみ：「アメリカと中国における日本語学習者の読解力・聴解力の構成要因」，『2009年度日本語教育学会春季大会予稿集（春季)』，2009年，頁212-217。

王學松：〈混合班會話課中日本留學生的幾種表現及對策〉，《對日漢語教學國際研討會文集》，2001年，頁21-28。

幺書君：〈聽力難度成因分析〉，《第七屆國際漢語教學討論會論文選》，北京：世界漢語教學學會，2002年，頁217-224。

張　衛：〈中級水平的日本學生在漢語聽力上的偏誤〉，《第七屆國際漢語教學討論會論文選》，北京：世界漢語教學學會，2002年，頁204-211。

〔美〕Asher, J.: *Learning Another Language through Actions: The Complete Teacher's Guide Book*. Los Gatos, Calf.: Sky Oaks Productions. (2nd ed. 1982), 1977.

〔美〕Krashen, S. D.: *Second Language Acquisition and Second Language Learning*. Oxford: Pergamon, 1981.

〔日〕Kunihira, S., and 〔美〕Asher, J. "The strategy of the total physical response: An application to learning Japanese. " *International Review of Applied Linguistics 3*, 1965, pp.277-289.

附錄

全身反応教授法 Total Physical Response（TPR）学習者アンケート

① TPR に関する以下のアンケートに答えてください。
    a. TPR を用いた授業を受けたことがある。

        ある（科目：　　　　　　いつ頃：　　　　　　　　　　　）・
        ない

    b. TPR を用いた授業は通常の授業より難しかった。
        あてはまる　・　ややあてはまる　・　ややあてはまらない　・
        あてはまらない

    c. 指示に従って体を動かすことは楽しかった。
        あてはまる　・　ややあてはまる　・　ややあてはまらない　・
        あてはまらない

    d. （初回）指示に従って体を動かすことは緊張した。
        あてはまる　・　ややあてはまる　・　ややあてはまらない　・
        あてはまらない

    e. （最終回）指示に従って体を動かすことは緊張した。
        あてはまる　・　ややあてはまる　・　ややあてはまらない　・
        あてはまらない

    f. 指示内容が【漢字】で示されないと不安に思った。
        あてはまる　・　ややあてはまる　・　ややあてはまらない　・
        あてはまらない

    g. 指示内容が【ピンイン】で示されないと不安に思った。
        あてはまる　・　ややあてはまる　・　ややあてはまらない　・
        あてはまらない

　　h. 指示内容が【日本語訳】で示されないと不安に思った。
　　　あてはまる　・　ややあてはまる　・　ややあてはまらない　・
　　　あてはまらない

　　i. 同じ指示を繰り返し聞くことで聴解力が伸びたと思う。
　　　あてはまる　・　ややあてはまる　・　ややあてはまらない　・
　　　あてはまらない

　　j. 聞き取れるようになった指示内容は、自分でも産出（発音
　　　・運用）できると思う。
　　　あてはまる　・　ややあてはまる　・　ややあてはまらない　・
　　　あてはまらない

　　k. TPR は語学力の向上に有効だと思う。
　　　あてはまる　・　ややあてはまる　・　ややあてはまらない　・
　　　あてはまらない

② TPR を受けてみた感想をできるだけ詳しく書いてください。（自
　由記載）

③ 中国語で指示された内容を以下の枠内に書いてください。（聴解
　図形テスト）

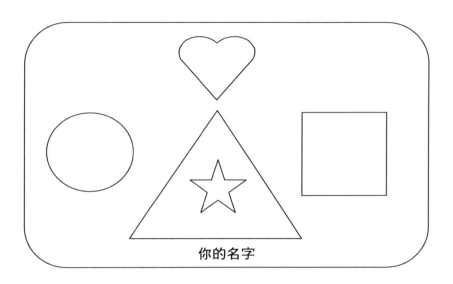

你的名字

指示文：

　　畫一個大的三角形／
　　在三角形裡面畫一個五角星／
　　在三角形左邊畫一個圓形／
　　在三角形右邊畫一個方形／
　　在三角形下面寫你的名字／
　　在三角形上面畫一個心形

從《サヨンの鐘》到《紗蓉》：
電影歌曲的翻唱與傳播[*]

黃文車

國立屏東大學中國語文學系教授兼系主任

摘要

　　本文主要探討在不同電影中音樂如何被翻唱（Cover）與傳播？
並藉以思考電影敘事者或者背後的政權、片商想要傳達的國家政策或
市場考量。在歷史、政治或時代背後，電影歌曲其實具有強大的傳播
功能，而音樂旋律的轉譯與翻唱，更能讓不同時空的閱聽人彼此對話
與交流。

　　從日語歌曲〈サヨンの鐘〉的愛國意象，翻唱轉譯成《紗蓉》後
變成東南亞華人方言群對於臺灣原住民族群的集體記憶，最後的〈月
光小夜曲〉則在紫薇等人的翻唱傳播中，變成大中華地區華人的時代
流行記憶歌曲。其實我們熟知的閩南語歌謠、歌曲或華語音樂都是如
此，在經過轉譯翻唱與跨域傳播後，不同的音樂文本也就從不同時空
秩序與歷史環境中「創生」出在地歌曲與文化記憶了。

關鍵詞：サヨンの鐘、莎韻之鐘、紗蓉、廈語片歌曲、翻唱

---

* 本文為筆者執行科技部108年度專題研究計畫「跨域與創生：臺灣與新馬閩南語歌
　謠／歌曲的流動（1930-1980）」之部分成果論文。

一　《サヨンの鐘》（莎韻之鐘）故事背景及相關研究

　　1939年，臺灣宜蘭的南澳流興社泰雅族有一名少女莎韻（或翻成莎勇、莎鶯，Sayun，日名サヨン），因為社中擔任警手兼番童教育所的老師田北正記準備出征，莎韻為之送別，不幸跌落南澳溪溺斃。

　　莎韻‧哈勇（Sayun Hayon），生於1922年1月，南澳流興社泰雅族人。莎韻曾在流興社「蕃童教育所」接受等同於小學的簡易初等教育，畢業後被編入當地的「女子青年團」（學後公民教育與戰爭動員組織）[1]。1938年9月24日，任職於「流興警察官吏駐在所」之日籍警手田北正記，接獲當時稱為「赤紙」的軍事召集令，必須在規定時間內前往集合地點報到，並設法將隨身行李搬運下山，以交付給遠居於臺北的母親代為保管。根據當時與莎韻一起下山之17歲泰雅族少女松坂道子的說法，日治時期原住民部落有所謂「服勞役」的制度，每一戶都要輪流派人搬東西。而曾在「女子青年團」和「國語講習所」受教於田北正記之六名年輕的泰雅族少女，包括松本光子、松坂道子、中本シヅユ、中山シゲ子、松田ハナ子，以及事件主角莎韻‧哈勇，因為正輪值服役的緣故，此次便

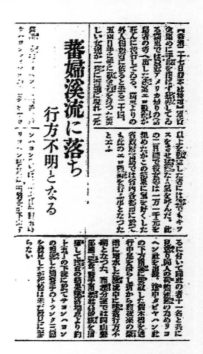

圖一　《臺灣日日新報》第七版，1943年9月29日

1　周婉窈：〈「莎勇之鐘」的故事及周邊波瀾〉，《海行兮的年代──日本殖民統治末期臺灣史論集》（臺北：允晨文化實業公司，2003年），頁13-14。

義務協助田北正記搬運行李下山。

　　據聞9月26日晚上南澳山區因颱風來襲而風雨交加，但一行人仍照原定計畫於9月27日上午七點左右，由南澳泰雅族青年平野勇吉負責領隊下山。根據松坂道子回憶指出，到了南澳溪旁邊，猛烈的大雨使得河水更加湍急，山上的土石也隨之滾滾流下，而他們只能憑藉由兩根木頭拼成的獨木橋渡溪，橋面相當不穩定。平野勇吉與他的妻子皆順利通過，而走在後頭的莎韻卻不小心失足滑落溪流之中。大家只好繞道而行，一邊哭一邊背著行李到南澳分駐所。翌日，他們告訴田北正記有關莎韻遇難的消息。

　　在當時日本殖民政府推動皇民化的背景下，莎韻的事件被當作政治宣傳的工具，而原注民少女莎韻「為國捐軀」的故事原型，因此變成當時如小說、歌曲、繪畫、俳句、電影等各類不同文本的創作題材，甚至被寫進教科書。「莎韻之鐘」也因此在昭和26年（1941）日治末期開拍的一部國策電影《サヨンの鐘》（《莎韻之鐘》），莎韻在片中被塑造成一名愛國的少女。時任臺灣總督的長谷川清，更頒贈一座正面刻有「愛國之女莎韻」（圖二）[2]的鐘給其所屬女子青年團，並於武塔部落南澳溪畔豎立紀念碑碣，紀念這位泰雅族少女莎韻。

圖二　愛國乙女サヨンの鐘，1944年

　　有關「サヨンの鐘」之相關研究，主要以日人下村作次郎教授為代表，如其〈「サヨンの鐘」物語の生成と流布

2　不著撰人：〈リヨヘン　松山虔三攝影〉，《民俗臺灣》第4卷第9期（1944年9月1日），頁40-43。

過程に関する実証的研究〉（2001）和〈各種『サヨンの鐘』の検討──劇本‧小說二冊‧シナリオ‧教科書〉（2002）[3]等論文探討「サヨンの鐘」故事的產生、傳播過程的考證研究，以及各種「サヨンの鐘」文本例如劇本、兩本小說、戲劇腳本、教科書等之檢討，要而言之為有關「サヨンの鐘」之原型故事與各類文本的生成與傳播過程進行考辨。下村教授更在2007年出版《「サヨンの鐘」關係資料集》（綠蔭書房）。至於臺灣則有廖秀娟發表的〈真杉靜枝「リオン‧ハヨンの谿」「ことづけ」論──白百合を手がかりとして〉一文探討真杉靜枝《囑咐》中的〈理歐哈庸的溪谷〉、〈囑咐〉兩篇短篇作品，該二篇作品乃是以「莎韻之鐘」為素材而寫成的，最後也提到這位少女因為對著離去的日人教師呼喊「萬歲」而跌落溪谷，具有濃厚的國策意味。[4]另外霍嘉萱則以〈「莎韻之鐘」事件的影像歷史再現及文化意義──以《莎韻之鐘》與《不一樣的月光：尋找沙韻》為例〉，探討1943年的日人國策電影《サヨンの鐘》和2011年由原住民編導的劇情長片《不一樣的月光：尋找沙韻》（*Finding Sayun*）間的詮釋落差，期待找回臺灣原注民的主體論述與歷史話語權，進而彰顯原住民主體意識及族群發展的重要價值。[5]換言之，過去對於「サヨンの鐘」的探討多集中在原型故事歷史背景、情節之傳播與考

3　〔日〕下村作次郎：〈「サヨンの鐘」物語の生成と流布過程に関する実証的研究〉，《天理台湾学会年報》第10期（2001年3月），頁155-172。〈各種『サヨンの鐘』の検討──劇本‧小說二冊‧シナリオ‧教科書〉，《中国文化研究》第19期，2002年，頁1-18。

4　廖秀娟：〈真杉靜枝「リオン‧ハヨンの谿」「ことづけ」論──白百合を手がかりとして〉：《台大日本語文研究》第35期（2018年6月），頁33-55。

5　霍嘉萱：《「莎韻之鐘」事件的影像歷史再現及文化意義──以《莎韻之鐘》與《不一樣的月光尋找沙韻》為例》（臺北：國立政治大學傳播碩士學位學程碩士學位論文，2018年6月）。

證，[6]或者文本改編、改寫之研究，進一步探究影像敘事的族群話語權，要之不離歷史、政治、文本，以及其時代氛圍和文化意義之研究。

　　有關《サヨンの鐘》的電影歌曲研究，主要有趙民、陸曄的〈文化身份的生成與再造：從《沙鴦之鐘》到《月光小夜曲》〉（2007），主要檢視流行歌曲從〈沙鴦之鐘〉到〈月光小夜曲〉的演變，以瞭解歷史事實如何被政治意識形態所挑選、解釋及評價。另外有林美如的《日治時期國策電影《莎韻之鐘》之歌曲與配樂》，探討電影的音樂負責人是由當時日本有名的流行歌作曲家古賀政男所擔任。過去研究多著重在分析這部電影的劇情、歷史部份等，而關於《莎韻之鐘》這部電影音樂的研究，多是探討其中主題曲在臺灣各個時代的流傳，或者主題曲的各個版本的比較，較沒有針對這部電影的音樂做一全面的深入分析[7]。在此基礎之上，本文則專注探討在不同電影中音樂如何被翻唱（Cover）與傳播？並藉以傳播電影敘事者（或者背後的政權、片商）想要傳達的國家政策或市場考量意圖，觀察不同時代電影音樂之轉譯與流傳情形。

6　如田玉文：〈鐘響五十年：從《沙鴦之鐘》談影像原住民〉（1994）、郭明正：〈影片中的虛像與歷史真相：沙鴦（Sayun）之鐘〉（1994）、李力劭：〈《沙鴦之鐘》：影像的記憶與失憶〉（1994）、羅頗誠：〈《沙鴦之鐘》的殖民情境〉（1994）、周婉窈：〈「莎勇之鐘」的故事及周邊波瀾〉（2003）、吳佩珍：〈台灣皇民化時期官方宣傳的建構與虛實：論真杉靜枝「沙韻之鐘」翻案作品〉（2010）、井迎瑞：〈重返作為方法：影片《沙鴦之鐘》的觀看之道〉（2014）等篇。見霍嘉萱：〈「莎韻之鐘」事件的影像歷史再現及文化意義——以《莎韻之鐘》與《不一樣的月光：尋找沙韻》為例〉，頁5、11-12。

7　趙民、陸曄：〈文化身份的生成與再造：從《沙鴦之鐘》到《月光小夜曲》〉，《新聞大學》2007年第1期（總第91期），頁116-121。林美如：《日治時期國策電影《莎韻之鐘》之歌曲與配樂》（臺北：臺灣大學音樂研究所，2014年1月1日）。

二　《サヨンの鐘》的影像及歌曲

（一）《サヨンの鐘》的電影拍攝

　　《サヨンの鐘》的製作團隊在電影開拍前，曾於1942年10月前來臺灣勘查。10月8日，導演清水宏、編劇牛田宏、攝影松山虔三、滿映東京支社次長兼製片岩崎昶、古倫美亞唱片文藝部津田耕一郎等一行人從臺北出發，隔天到南澳參訪。雖然「莎韻之鐘」事件是關於宜蘭南澳泰雅族的故事，且導演清水宏等人也曾實際探訪莎韻的故鄉「流興社」，但電影團隊似乎在1941年籌備初期便已決定於「南投櫻社」取景拍攝。因此，在總督府的協調之下，便請臺中州廳「電化教育」單位及櫻社支援拍片。[8]然而，由於櫻社為賽德克族的聚落，但莎韻所屬的流興社則是泰雅族，兩族在語言及文化等方面稍有不同，這也使得影像文本中的場景與文化意涵有些錯置的現象。[9]不少學者認為，這是殖民統治者直接介入電影產製，「有意識地」選擇「差異的地點」，透過「莎韻之美談」來粉飾及轉化「霧社事件」的集體記憶，以彰顯「理蕃政策」的成功改造，並召喚原住民的「愛國熱忱」與「犧牲精神」。[10]但這部影片在導演清水宏「以情入景」的自然寫實手法拍攝下，除了捕捉大量的臺灣山麓風光，也在莎韻的角色原型以外，加入莎韻與小孩之間的互動，捕捉小孩玩耍時不受拘束的純真模樣，讓《莎韻之鐘》這部嚴肅的故事題材增添一些歡樂和趣味。[11]

8　田玉文：〈鐘響五十年：從《沙鴦之鐘》談影像原住民〉，《電影欣賞》第12卷3期（1994年），頁19-20。

9　林美如：《日治時期國策電影《莎韻之鐘》之歌曲與配樂》，頁50-51。

10　趙民、陸曄：〈文化身份的生成與再造：從《沙鴦之鐘》到《月光小夜曲》〉，頁119。

11　林美如：《日治時期國策電影《莎韻之鐘》之歌曲與配樂》，頁41-42。

1943年6月，電影後製完成，先由臺灣總督府總務長官齋藤樹看過，當時《臺灣藝術新報》的內頁刊登整頁的《サヨンの鐘》電影廣告，並將莎韻描述為「純潔善良的蕃社之花」：

> 莎鳶是這個蕃社的紅人，也是美麗的蕃社之花。她的性格明朗，天真又浪漫，不染塵污的純潔之心，不管是對蕃同或者是對幼兒們來說，都是以當他們的好友或者如他們的母親般地照料與呵護著。[12]

電影《サヨンの鐘》是臺灣總督府、日本松竹映畫公司及滿洲映畫協會共同拍攝製作，1943年起陸續在日本、臺灣與中國等地上映。過去這部電影多被稱為「國策電影」，意指由日本殖民政府所主導，並以政策宣傳和社會教化為主要內容的電影，其目的是透過政治意識形態的操作，加強對日本臣民的思想統治及文化滲透，屬於戰時體制與皇民化運動中很重要的一環。[13]

據曾經參與《サヨンの鐘》拍攝工作的何基明指出，這部影片拿到臺灣放映時，總督府便下令「所有的學生及青年團體統統要去看」，因此造成不小的轟動。[14]

---

12 葉雅玲：〈原住民女性身分認同與（被）書寫的變貌——從沙鳶、網仔絲萊渥到利格拉樂・阿媿〉，《文學新鑰》第2期（2004年），頁94；〔日〕川瀬健一著，李常傳譯：《台灣電影饗宴：百年導覽》（臺北：南天書局，2002年），頁7。

13 林美如：《日治時期國策電影《莎韻之鐘》之歌曲與配樂》，頁12-14；楊悅：〈打著特殊標記的光影——從「滿映」看國策電影宣傳〉，《電影評介》第387期（2009年），頁12。

14 田玉文：〈鐘響五十年：從《沙鳶之鐘》談影像原住民〉，頁20。

圖三　1943年《サヨンの鐘》電影團隊、演員合影。
李香蘭（前排左四）[15]

（二）《サヨンの鐘》的音樂歌曲

　　1943年1月28日，《サヨンの鐘》的電影製片才錄製電影歌曲〈サヨンの歌〉（莎韻之歌）及〈なつかしの蕃社〉（懷念的蕃社）。後來《莎韻之鐘》的電影團隊包含導演、攝影、收音、演員等共約24人（圖3），自日本東京來臺灣拍攝，於2月3日前抵達南投櫻社。[16]《サヨンの鐘》於1943年3月拍攝完畢後，5月20日，電影歌曲〈莎韻之歌〉、〈懷念的蕃社〉之唱片在日本販售。[17]

　　隨著電影宣傳與新聞報導逐漸發酵，日本當地開始出現相關歌曲及文本傳頌，如日籍畫家鹽月桃甫以莎韻為題材所創作的油畫，日本音樂家西條八十作詞、古賀政男作曲，由女歌手渡邊濱子所演唱之流

---

15 翻拍自霍嘉萱：《「莎韻之鐘」事件的影像歷史再現及文化意義——以《莎韻之鐘》與《不一樣的月光尋找沙韻》為例》，頁79。
16 林美如：《日治時期國策電影《莎韻之鐘》之歌曲與配樂》，頁61。
17 林美如：《日治時期國策電影《莎韻之鐘》之歌曲與配樂》，頁58。

行歌，及由村上元三和大林清共同編寫的舞臺劇在日本大阪與臺灣全島巡迴演出，由「臺灣話劇教育協會」所創作的「紙芝居」（活動紙劇），以及其它被改編成日本傳統民謠、舞蹈、小說等。這些作品的名聲不僅遍及全臺，甚至流傳到日本內地，成為宣傳莎韻「善行」的最佳媒介。[18]

《サヨンの鐘》一開始片頭便出現兩張字幕，說明此電影的拍攝目的：

> 四季如春的美麗島臺灣，在當時是東亞戰爭的南進基地。在這島上曾被稱為「化外之民」或者「生蕃」的高砂族，如今也接受皇恩教化遠赴前線為國而戰。這部電影謹獻給愛國的皇民高砂族，和獻身治理蕃民的警察官。（國家電影資料館字幕翻譯）

字幕中的美麗島臺灣與南進基地、四季如春與東亞戰爭、化外之民與皇恩教化等等無疑對比及凸顯二戰時期，殖民地臺灣身份的詭譎與不安。影片中的美麗島臺灣出現在前面的7分鐘，類紀錄片式地呈現平地漢人種植的甘蔗、香蕉，以及原住民赤腳行走、編織、搗米、砍樹、日籍警察官看病、接受教育、搭建工事等平和風情面貌，更以字幕說明：「高砂族遠離塵世，居住在山麓，過著和平而純樸的生活。」

有關《サヨンの鐘》電影中的電影音樂，據筆者觀察一共出現10次，分述如下：

1 莎韻之歌

莎韻在影片中說道：「現今世上根本沒有河神，河神是以前的人

---

18 林美如：《日治時期國策電影《莎韻之鐘》之歌曲與配樂》，頁33-36。

才信的事。」（15'50"）接著，莎韻開始哼唱〈莎韻之歌〉：

> 從山這頭到那頭不停地採著花朵／在露水凝重的夜裡以歌聲
> 渡過時光／我就是那灑脫的蕃社姑娘／雙親像雲也像霧圍繞
> 著我／嗨依厚　嗨依厚／溪谷的水　像化妝的鏡子／森林的
> 樹枝　像綠色的梳子[19]

2　Sayonara歌曲

莎韻養的豬被平地漢人買走了，因為不捨而追出的莎韻，行進中唱了這一首 Sayonara 歌曲（21'15"），似乎在為熟悉的朋友送行。

3　原住民舞曲[20]

為了送別被徵召的三名青年，部落特別舉辦營火晚會，族人用「日語」載歌載舞，唱出原住民舞曲（28'00"）歡送青年。

4　臺灣軍之歌

當被徵召的青年們要出發時，眾人皆高喊：「萬歲！萬歲！」並唱起〈臺灣軍之歌〉（51'58"）：

> 太平洋的天遙遠閃耀的南十字星／黑潮沉靜地流過椰子島風浪
> 衝破赤道線／睜眼怒視在南方／保護我們的正是臺灣軍／啊～

19　〔日〕西條八十：《西條八十全集 9 歌謠‧民謠II》（東京：國都刊行會，1996年），
　　頁43。

20　林美如認為此原住民歌舞在影片中找了櫻社的賽德克族演出（歷史上則是宜蘭的泰
　　雅族），因此這個歌舞場景展現了賽德克族的音樂特徵——卡農。《日治時期國策電
　　影《莎韻之鐘》之歌曲與配樂》，頁105。

威嚴的臺灣軍／歷史流芳五十年　鎮守島嶼不畏懼／繼承仙逝皇族的精神在這蓬萊島／立下功勳在南方／保護我們的正是臺灣軍／啊～威嚴的臺灣軍[21]

5　海行兮

在戰時體制下，連老人家都出來工作，莎韻心有所感，也甚覺與有榮焉，影片連結遠方教室日籍女教師音樂課裡的孩童，一起吟唱著〈海行兮〉（55'25"）：「願為水中浮屍／山行兮　願為草下腐屍／大君身邊死　義無反顧。」[22]

6　莎韻之歌

莎韻買了一群鵝回來後，並再度吟唱〈莎韻之歌〉（58'25"），孩童則幫忙照顧嬰兒。不久後，莎韻收到武田老師的徵召令，立即跑去告知正在耕種的族人們。

7　原住民舞曲

當晚，部落為武田老師舉辦歡送會，場中高掛起「祝賀武田正樹君出征」。三面關東旗，眾人圍繞營火唱跳歌舞，此原住民舞曲（1：05'02"）和第3次出現的舞曲旋律是一樣的，武田老師則在屋內與一群人飲酒聊天。

8　傳統吟詩

莎韻發現下雨了，建議武田老師盡快出發，村井部長便吟詩（1：05'58"）送別：「今日君將行　歸期未可知／為報皇君恩　易水

21　林美如：《日治時期國策電影《莎韻之鐘》之歌曲與配樂》，頁155。
22　林美如：《日治時期國策電影《莎韻之鐘》之歌曲與配樂》，頁156。

送客寒……」[23]接著，武田老師就在眾人高喊「萬歲」的歡呼聲之下離開。

9　臺灣軍之歌

　　眾人歡送武田老師離開時，高喊：「萬歲！萬歲！」再度唱起〈臺灣軍之歌〉（1：07'50"）。此時歌曲主音卻是莎韻，可見影片在彰顯少女莎韻之內心情緒波動，這也說明莎韻最後堅持追出為武田送行。

10　莎韻之鐘

　　大雨中因木板無法承受河水沖擊而滑動，莎韻不幸地墜落湍急河中。武田老師等人發現後回頭尋找，莎韻卻已消失無蹤。隔天，在村井部長帶領下，部落族人則拿著莎韻的牌位，排成兩列走在小路上為莎韻送行。眾人唱起〈莎韻之鐘〉主題曲：

> 嵐吹きまく峰ふもと（狂風暴雨吹山麓）
> 流れ危ふき丸木橋（獨木橋下水流急）
> 渡るは誰ぞ　うるはし乙女（何人過橋？秀麗小姑娘啊！）
> 紅きくちびる　ああ　サヨン（紅脣美姿，啊——啊——莎韻）
> 晴の戦に出でたまふ（正大光明將出征）
> 雄々し師の君　なつかしや（英勇吾師懷念深）
> 担ふ荷物に　歌さえ朗ら（背負行囊歌聲亮）
> 雨はふるふる　ああ　サヨン（瀟瀟大雨止不住，啊——啊——莎韻）

---

23 林美如：《日治時期國策電影《莎韻之鐘》之歌曲與配樂》，頁156。

散るや嵐に　花一枝（狂風吹落花一枝）

消えて哀しき水けむり（哀哉消逝水煙中）

蕃社の森に小鳥は啼けど（蕃社森林鳥照啼）

なぜに帰らぬ　ああ　サヨン（為何妳不歸？啊——啊——莎韻）

清き乙女の真心を（清秀少女心真誠）

誰か涙に偲ばざる（誰能忘卻淚滿面）

南の島のたそがれ深く（深深黃昏罩南島）

鐘は鳴るゝゝ　ああ　サヨン（鐘聲響又響，啊——啊——莎韻）[24]

　　影片最後是一群平日跟著莎韻遊玩的部落孩童們跑到湖邊大喊：「莎韻！莎韻！⋯⋯」而遠方山巒傳來幾聲鐘響，似乎是跟孩子們回應著。

　　扣除重複出現的〈原住民舞曲〉和〈臺灣軍之歌〉，《サヨンの鐘》電影中出現了8首歌曲或音樂。據林美如研究，主要歌曲有〈莎韻之歌〉、〈臺灣軍之歌〉和〈莎韻之鐘〉三首。〈莎韻之歌〉1、2出現的劇情頗為相似，都是莎韻帶著動物走回蕃社路上；〈臺灣軍之歌〉在影片中出現兩次，也都是為了歡送被徵召者而唱的。至於〈莎韻之鐘〉由西條八十作詞，古賀政男作曲，奧山貞吉編曲，由渡邊濱子演唱，於1941年10月在日本發行，臺灣則是在《臺灣日日新報》1941年10月28日出現唱片發賣的廣告。整部電影配樂在三郎回來此劇情前多以配樂為主，到了第一次徵召後開始則以歌曲佔多數。配樂的樂段結構，多數都是搭著電影劇情轉折而轉換樂段的。[25]

24　〔日〕西條八十：《西條八十全集 9 歌謠・民謠II》，頁126；譯文引自林克孝：《找路：月光・沙韻・Klesan》（臺北：遠流出版事業公司，2010年），頁32。

25　林美如：《日治時期國策電影《莎韻之鐘》之歌曲與配樂》，頁77-78。按：林美如論文中還提到一首〈山的合唱〉同樣由西條八十作詞，古賀政男作曲，在《西條八十全集9 歌謠・民謠II》提到這部電影有這一首插入歌，但最後並未在電影中聽到，其因為何待查，頁79-80。

　　《サヨンの鐘》電影歌曲音樂主要傳達電影劇情意涵，透過配樂歌曲的安插，讓閱聽人可以更容易進入影片故事。不過，這部電影的拍攝本來就有其國策意圖與政治考量，因此在原住民舞曲的族群音樂「錯置」使用，強化「皇民意向」歌曲，也多少讓電影出現刻意斧鑿的痕跡。但電影主題曲〈莎韻之鐘〉雖然是1941年底才在《臺灣日日新報》刊出唱片廣告，但其實1941年9月10日晚上於臺北市公會堂舉辦的「莎韻之夜」，臺灣打字員（タイピスト）協會員齊唱此曲、三浦環也獨唱此曲；而佐塚佐和子從1941年8月開始，陸續在臺灣各地演唱，其中一首演唱歌曲便是〈莎韻之鐘〉，如其當年9月24日到埔里國民學校即有演唱此曲，隔年11月5-6日到宜蘭公會堂也有演唱此曲。[26]換言之，主題曲〈莎韻之鐘〉在1941年後的臺灣，應該是常常可以聽到了。

三　廈語片[27]《紗蓉》及其電影歌曲

　　1950年代中期，香港邵氏兄弟電影公司逐漸調整電影製作朝「本地意識」發展時，我們可以發現其重回粵語片本行，並讓粵語片或華

---

26 見〈佐塚佐和子孃錦衣歸鄉　埔里で絕讚さる〉，《臺灣日日新報》，第4版，1941年9月29日；〈佐塚孃一行公演來月五、六日宜蘭で〉。《臺灣日日新報》，第4版，1941年10月30日。

27 所謂的「廈語片」，指的是1947年至1966年左右以「廈門語」（閩南語）發音的影片，其資金多來自東南亞，在香港拍攝，技術、人才來自中國、臺灣，而電影最後則在東南亞市場播放。蒲鋒將香港廈語片的發展分成「雛形期」、「蓬勃期」和「熾熱期」，時間約在1954年至1961年之間，參考蒲鋒：〈細說從頭：廈語影業的基本面貌及影片特色〉，文章收錄於吳君玉編：《香港廈語電影訪蹤》（香港：香港電影資料館，2012年），頁36-43。但筆者認為廈語片的分期應該可分成「萌芽期」（1947-1954）、「發展期」（1954-1957）、「蓬勃期」（1957-1960）和「沒落期」（1960-1966），關於廈語片的興起與發展，可參考黃文車：《易地並聲：新加坡閩南語歌謠與廈語影音的在地發展（1900-2015）》（高雄：春暉出版社，2017年1月），頁146-154。

圖四　《紗蓉珍貴歌集》封面

語片的拍攝充滿在地風情與色彩。有趣的是，1956年邵氏公司開拍第一部廈門語電影，[28]其目標在於福建籍的東南亞僑民。可見以粵語片起家的邵氏並不以粵語電影為滿足，東南亞華人方言群中最大的福建方言群，當然是邵氏公司經營方言電影必須開拓的另一片市場。

香港廈語片真正發展的光景大約是從1954年後到1961年此近十年時間，據筆者觀察1958年由香港自由華利聯合影業公司推出的廈語片《紗蓉》，正好是香港廈語片發展的「蓬勃期」（1957-1960），這個時期的廈語片風潮紅火，據方舟的〈廈語影片忽然如火如荼〉記載：

> 今年邵氏為適應馬來亞和新加坡的邵氏轄下戲院市場的需要，決定在一九五九年度內，拍攝廈語片十四部，……與邵氏同時計畫拍攝大量廈語片的，還有一個台、港、星三地的聯合機構，集中鉅資百萬，將於今年度在港拍製廈語片二十部。光藝是潮商影片巨頭，最近除大量拍粵語片外，也同時在籌拍廈語片。此外國泰機構也正具體準備拍攝……照目前的實際情形看來，馬來亞與新加坡的廈語片暢銷……加以菲律賓群島華僑，對於廈語片需要又日多。台灣方面，觀眾也極需要廈語片……[29]

由是來看，廈語片因各地需求量大、銷路市場廣，誘使諸多大型電影

28 《南國電影》第6期（1958年5月），頁31。

29 方舟：〈廈語影片忽然如火如荼〉，《新生晚報》，香港，1959年2月17日。

公司加入戰場，星馬地區的邵氏和國泰亦然，也就因此推波助瀾廈語片在東南亞新馬地區的蓬勃盛況。

（一）《紗蓉》電影本事

原本是推動皇民教育、呼應國策運動的《サヨンの鐘》，經過15年後到了新馬地區。1958年由香港聯合影業推出的廈語片《紗蓉》仍然是為「紀念偉大的女性紗蓉而拍攝」，但宣傳卻變成了「廈門話歌唱舞蹈愛情香豔驚險鉅片」。[30]廈語片《紗蓉》由熊光導演，主要演員有葉綠、鍾林、胡敏、一鴻，影片內容如下：

> 山地青年田隆與紗蓉為一對標準情侶，戲水行獵，形影不離。紗蓉之寡母失明，田隆時常照顧。有阿敏者，性蕩，營酒肆，私戀田，苦不得入。會水電工程人員黃技師等一行人入山勘測，招山地女青年料理膳食，紗蓉欣然應募，因與田稍疏而生誤會。旋黃技師為毒蛇所傷，紗因諳療法，為黃吮傷敷藥，被阿敏撞見，趁機撥弄，田隆聞悉後妒火如焚，紗為釋疑，辭卻勘測隊職務以博田歡。是日，勘測隊入深山工作，忽颱風來襲，村人紛紛議救，以田矯健，舉其往援，田餘怒未息，堅拒。紗蓉不忍諸人陷危險，奮勇往救，田愛紗心切，尾隨暗助。紗引勘測隊脫險歸，皆大歡，對紗尤多讚譽。田睹狀，愛恨交織，無以自解，反轉赴阿敏肆中狂飲。敏大喜，殷勤款待；田大醉，仍不忘紗，酩酊中誤敏為紗，敏怒將其逐出。
> 紗不以眾譽為喜，而憂懼田之誤會，翌日訪田解釋，詎田夜出

---

30 引自《紗蓉珍貴歌集》，Tiger Press免費贈印，未署時間。按：感謝蘇章愷老師提供《紗蓉珍貴歌集》珍藏。

未歸，正向田父告辭，阿敏突來告聞獵戶言田已奔向恐怖之「鬼谷」。紗得悉後，痛如刀割，憤捫阿敏，兩女終互毆。田已失終，無歸來希望，阿敏獵物已失，結束酒肆，黯然離去。田父失子，憂慮成疾。紗款待湯藥代行子職，旋徵集令到，無法交付田，二人深以為憂。適紗弟雄至，帶來田所獲之物證實田仍生存於鬼谷中。紗大喜，仍不畏險阻，懷徵集令在鬼谷尋之。歷經艱險，憑空谷傳音，紗終於引出田隆，二人隔山望見，舊情復燃，急急奔前，詎紗失足墜崖下。田趕至，紗將徵集令交於田手，僅言我愛你！即含笑逝於田懷。

流年似水，田退伍歸來，倚立橋頭，望悠悠流水，往事如煙，不能自己。（引自《紗蓉珍貴歌集》）

從《紗蓉珍貴歌集》的電影本事發現，這部廈語片的劇情和1943年宣揚皇民國策的《サヨンの鐘》真有天壤之別。《紗蓉》故事只保留原住民少女「紗蓉」和軍隊徵集令兩個元素，其他大部分的情節幾乎全在傳統通俗故事題材中可見，例如男女三角戀情問題、主角失蹤、貞節女代夫（男）奉養親人、鬼谷、男女主角破除萬難終於重見等等，但最後紗蓉「失足墜崖」，和サヨン墜河同屬悲戚結局，《サヨンの鐘》在孩童呼喊「莎韻」聲響中做結；不過《紗蓉》仍交代退伍歸來的田隆獨自面對悠悠流水時的惆悵無奈，此更有著倫理悲情片中「物是人非」之滄桑結局！

筆者過去研究發現：發展期的廈語片內容主題大多取材或改編於傳統戲曲及民間故事，並且製片及觀眾多偏好女性苦難議題，例如《李三娘》電影戲橋廣告語所言：「推磨汲水，柴房產子。受盡折磨，慘不忍睹。哀飢受寒，苦盡甘來。苦不堪言，大快人心。」而

《蓮花庵》的廣告語是「熱淚凝成，看了保證痛哭」等。[31]1957年之後，雖有大量的時裝片出現，電影內容也有以文藝、驚悚、歌唱、奇情等主題列入目錄者，然而實際分析，時裝戲不離「倫理悲劇」和「愛情」（喜劇、悲劇）兩大主題。如果我們對照《紗蓉珍貴歌集》內的文宣所言：「荒原爭情愛‧懸崖奪芳心！颱風襲山地‧碧血染峻嶺！」而封底文字更寫道：

　　　颱風猛襲　　山洪暴發　　雷電交加　　風雲變色
　　　地飛風砂　　旋橋斷裂　　山嶽崩潰　　峭壁碎身

言及「場場驚險、處處緊張」，並說「包你未曾看過這麼偉大的廈語片」，宣傳文字期待以「山地」、「香豔」、「歌舞」、「愛情」等浮誇噱頭召喚觀眾買票捧場，不過票房似乎未甚理想。目前《紗蓉》影片無法看到，筆者數年前於新加坡進行海外移地研究時得見《紗蓉珍貴歌集》，意外購得《紗蓉》黑膠唱片，如此更能進行電影本事與《紗蓉》電影歌曲之比較研究。

（二）《紗蓉》電影歌曲

　　《紗蓉珍貴歌集》提到本部電影講述原住民青年田隆與紗蓉相互愛慕故事，有歌聲嘹亮、熱情奔放的山地姑娘，也有英勇威武、一往情深的高原青年，影片深入山地拍攝，並有「山地民謠插曲多首」。《紗蓉珍貴歌集》中錄有同名主題曲〈紗蓉〉二首，由曾與小艷秋拍攝《瘋女十八年》的鍾瑛主唱，另有插曲〈悲戀舞曲〉、〈月夜舞曲〉

---

31 黃文車：《易地並聲：新加坡閩南語歌謠與廈語影音的在地發展（1900-2015）》，頁149。

圖五　《紗蓉》45轉黑膠唱片封面

等共四首福建（閩南語）歌曲，都是由臺灣的陳達儒[32]作詞、周藍萍[33]編曲，其中〈月夜舞曲〉更是由臺灣紅星紀露霞主唱。對照中藝推出的45轉 CY-101《紗蓉》黑膠唱片，該部電影全部插曲應該就是這四首福建歌曲。

我們發現《紗蓉》電影雖以廈語片為名，並由香港自由華利聯合影業公司出品，但劇情的山地議題、詞曲作者和演唱者都是來自臺

---

32 陳達儒（1917-1992），原名陳發生，臺灣知名作詞家。出生於臺北市艋舺新起町（今臺北市萬華區），就讀公學校時期，曾習漢文訓詁三年。1930年代，臺語流行歌曲逐漸風靡臺灣，在勝利唱片公司文藝部部長張福興的推薦下，進入唱片公司擔任歌詞創作。此時期，陳達儒寫下〈女兒經〉、〈夜來香〉等五首詞，獲當時有「歌人醫師」之稱的林清月肯定，詞交由蘇桐、陳秋霖兩人譜曲。此後，勝利唱片公司將近三分之二的歌曲都由陳作詞。代表作有〈白牡丹〉、〈心酸酸〉與〈悲戀的酒杯〉等作。參考「臺灣流行音樂維基館」，，網址：http://www.tpmw.org.tw/index.php/%E9%99%B3%E9%81%94%E5%84%92，下載時間：2020年10月20日。

33 周藍萍（1926-1971），原名「楊小谷」，據沈冬調查研究發現周藍萍應是湖南湘鄉人。周藍萍出生成長於中國大陸，嶄露頭角於臺灣，最終在香港引領風騷，成為國際級的音樂家。1949年曾參與萬象電影公司《阿里山風雲》擔任原住民韋爾一角的演出，1952年11月進入中國廣播公司音樂組，擔任特約歌詠指導、特約作曲專員：〈綠島小夜曲〉就是在那個時期完成的。1962年6月前往香港加入邵氏電影公司，短短十個月間即以黃梅調《梁山泊與祝英台》揚眉吐氣，1963年連續獲得第十屆亞太影展、第二屆金馬獎最佳音樂，順勢帶動黃梅調風潮。爾後，周藍萍作曲配樂應接不暇，例如《七仙女》、《花木蘭》、《黑森林》、《山歌姻緣》、《狀元及第》，乃至《大醉俠》、《路客與刀客》等武俠片配樂接出自其手。1968年的《水上人家》和1969年的《路客與刀客》連續獲得兩屆金馬獎最佳音樂殊榮。1971年5月抱病為邵氏電影《紅鬍子》配樂，最後遽然辭世，得年僅46歲。參考沈冬主編：《寶島回想曲——周藍萍與四海唱片》（臺北：臺大圖書館，2013年4月），頁22-27。

灣，推測本部影片和臺灣影業應該有一定的合作關係。原來1955年中影接受美援，同時國民黨中央又授意擴增設備，其遂成為一間有資格接受其他單位請求「代拍」的電影公司。當時有「愛國華僑」美譽的黃卓漢，以自家「自由公司」名義由港來臺拍片，其挑選兩個邊陲地帶為主要故事地點及豐富歌舞想像故事為題材，透過代拍完成了《山地姑娘》（中影代拍，1955）和《遙遠的愛》（中製場代拍，後來改名《馬車夫之戀》，1956）兩部電影。[34]然而這個「自由公司」其實也就是1958年以香港自由華利聯合影業公司推出廈語片《紗蓉》的幕後公司，因此《紗蓉》或許也是這樣代拍而成的電影，其本身也就兼具「臺語片」和「廈語片」的身份了。當然，這三部影片的插曲和配樂，多出自這位國際級音樂家周藍萍之手。

　　《紗蓉珍貴歌集》中的四首電影歌曲皆由陳達儒作詞、周藍萍編曲，其中電影同名主題曲〈紗蓉〉歌詞如下：

> 高山美麗好風景，處女心純情，可憐出世呆環境，作工為家庭，
> 甘心渡苦守清淨，希望青春好前程，無疑情海起風湧啊紗蓉！
> 颱風暴雨吹橋頂，洪水流不停。無惜自己的生命，搶救行進
> 前，雖然輕弱的女性，見義勇為願犧牲，偉大的女性，見義勇
> 為願犧牲，偉大精神人尊敬啊紗蓉！
> 行到談情半山嶺傷心思念兄，忽然發現君人影，悲喜叫出聲，
> 可比雲開見月夜，為情受難天國行，含恨千古在山野啊紗蓉！

這首歌以 D 調4/4板譜曲，旋律悲涼。透過歌詞內容可以發現與電影本事所載多可配合，不過颱風暴雨吹襲橋頂、紗蓉搶救的畫面卻也可

34　參考沈冬主編：《寶島回想曲——周藍萍與四海唱片》，頁92。

略微補充電影敘事。至於另外一首由紀露霞主唱的〈月夜舞曲〉歌詞
如下：

> 我是山地小姑娘、小姑娘，月照柳樹景清幽、景清幽。
> 妹妹跳舞哥來唱、哥來唱，大家逍遙、大家逍遙月夜遊。
> 啊～～山地逍遙，好自由！好自由！
> 我是山地小姑娘、小姑娘，拜月祈禱早豐收、早豐收。
> 大家跳舞手攜手、手攜手，求神消災、求神消災解憂遊。
> 啊～～山地快樂，好自由！好自由！
> 我是山地小姑娘、小姑娘，每日勞動在山場、在山場。
> 可愛小鳥做朋友、做朋友，紅花綠草、紅花綠草報春秋。
> 啊～～山地良景，好自由！好自由！
> 我是山地小姑娘、小姑娘，日出而作日落休、日落休。
> 手來織布心暗想、心暗想，希望與哥、希望與哥結鴛鴦。
> 啊～～山地青春，好自由！好自由！

這首〈月夜舞曲〉採用 Eb 調2/4板，節奏輕快，相對於另外較為悲情
的〈紗蓉〉和〈悲戀舞曲〉，正好形成互補。仔細聆聽〈月夜舞曲〉
的旋律，其實就是後來非常著名的華語歌曲〈姑娘十八一朵花〉。
1955年《山地姑娘》電影中周藍萍改編〈蕃社の娘〉（蕃社姑娘）做
出〈我是山地小姑娘〉，內容描寫「拜月祈禱收成好」、「哥是山地大
英雄」、「自古英雄美人配」、「妹與哥哥節鴛鴦」等，對照上述的〈月
夜舞曲〉，如第二段的「拜月祈禱早豐收、早豐收」，第四段的「希望
與哥、希望與哥結鴛鴦」等，可以確定1958年《紗蓉》電影配樂〈月
夜舞曲〉應是由〈我是山地小姑娘〉轉變而來。當然，1959年香港百
代唱片公司推出由莊奴作詞、周藍萍編曲的〈姑娘十八一朵花〉在流

行音樂圈造成轟動，後來1960年文夏又將之改編成臺語歌〈十八姑娘〉，甚至1966年柳生將原曲改填成粵語歌〈姑娘十八似花嬌〉等，都說明了周藍萍的編曲功力甚獲肯定。不過這首由紀露霞主唱的〈月夜舞曲〉一直都未受流行樂界重視，想必和《紗蓉》電影無法觀看，以及《紗蓉》唱片難尋以致歌曲逐漸湮沒，今日得以重見，著實令人喜悅！

爾後，在四海唱片的《四海歌曲精華》第二集中收錄兩首周藍萍改編自日語的作品，A2〈月光小夜曲〉和B4〈我是山地小姑娘〉。這兩首歌曲其實就是《サヨンの鐘》電影配樂〈サヨンの歌〉（莎韻之歌），以及〈蕃社の娘〉（蕃社姑娘），如此來看，在電影音樂與流行歌曲的發展光譜上，似乎可見〈サヨンの歌〉動人旋律之影響性。1960年完成的〈月光小夜曲〉以月光比喻愛情，唱出女子在屋裡對男子愛意感到害羞、緊張之心情，經過1962年首次灌錄此歌的張清真歌唱專輯《一曲寄情郎》，後來由紫薇翻唱後更是大為流行，於是在那個特殊的年代裡，華語版的〈月光小夜曲〉也就逐漸光蔽他曲了。

由此可見，《紗蓉》電影本事和《サヨンの鐘》電影幾乎完全不同，其原因應是時代環境不同，片商在顧及東南亞華人市場及當時廈語片的風格取向，刻意重新改寫「莎韻記憶」，透過新奇噱頭宣傳來自臺灣山地的愛情香豔故事，這幾乎完全是市場取向與商業考量下的成果。至於《紗蓉》電影主題曲來自周藍萍改編自日人古賀政男的〈サヨンの歌〉（莎韻之歌），後來又將之改編成華語歌〈月光小夜曲〉，倒是可見〈莎韻之歌〉的旋律魅力，但這改編過程中，從日人對於原住民少女的錯置想像，並賦予其愛國形象之美；到了〈紗蓉〉以閩南語唱出淒涼的原住民男女愛情故事，同樣是從漢人角度對於原住民進行錯置發想；直至最後的〈月光小夜曲〉跳脫了電影、族群、政治等歷史包袱，純粹從愛情著力，果然造成轟動。

　　從〈サヨンの歌〉到〈紗蓉〉和〈月光小夜曲〉，同樣的音樂旋律經過不同時代與歷史背景下的改編及翻唱（Cover），我們可以發現音樂的轉譯傳唱與跨域傳播的現象，從日語歌曲〈サヨンの歌〉的愛國意象，翻唱轉譯成〈紗蓉〉後變成東南亞華人方言群對於臺灣山地族群的集體記憶，最後的〈月光小夜曲〉則在紫薇等人的翻唱傳播中，變成大中華地區華人的時代流行記憶歌曲。由此可知，音樂也是一種集體記憶，如同賈克・阿達利所言：「聽者各以不同的節奏錄下他們從中塑成的個人化、特殊化的意義，一種秩序與系譜的集體記憶，言語與社會樂譜的貯存所。」[35]其實我們熟知的閩南語歌謠歌曲或華語音樂都是如此，再經過轉譯翻唱與跨域傳播後，不同的音樂文本也就從不同時空秩序與歷史環境中「創生」出在地歌曲與文化記憶了。

四　結語

　　二戰結束後，「莎韻之鐘」的故事明顯地減少在公開場合傳唱的機會，[36]並在「中國化」政策與中華意識形態下，也改編為廈語電影《紗蓉》、電影歌曲〈紗蓉〉和華語流行歌曲〈月光小夜曲〉等衍生性文本，某個程度而言也被轉譯和翻唱成另一種意識形態的宣傳工具，以及流行文化中可供消費的商品。

　　在眾多「莎韻之鐘」的相關研究中，主要以《莎韻之鐘》電影研

---

35 〔法〕賈克・阿達利（Jacques Attalic）著，宋素鳳、翁桂堂譯：《噪音：音樂的政治經濟學》（臺北：時報文化企業出版公司，1995年），頁10。

36 按：電影中莎韻的故鄉「流興」部落，自戰後徹底被遷移至平地的金岳村與澳花村之後，造成其族群傳統的生活、文化和認同根源逐漸喪失，而由長谷川清總督所贈予的「莎韻之鐘」及日治時期的「紀念碑」也遭到嚴重破壞。霍嘉萱：《「莎韻之鐘」事件的影像歷史再現及文化意義——以《莎韻之鐘》與《不一樣的月光：尋找沙韻》為例》，頁134-135。

究為大宗，例如1994年2月，由當時行政院文建會與國家電影資料館合辦的「原影展」系列座談會，便廣邀電影學者討論《莎韻之鐘》的內涵，數篇論文則收錄於《電影欣賞》（第12卷3期），爾後相關電影拍攝或研究者更有人在。2007年11月24日國立臺北教育大學在宜蘭南澳高中舉辦：「莎韻之鐘」文化與歷史國際學術研討會，亞洲各國學者或事件見證人也受邀參與本次會議，形成戰後臺灣學術界對於「莎韻記憶」的重新檢討與審視。

　　然而在歷史、政治或時代背後，電影歌曲其實具有強大的傳播功能，而音樂旋律的轉譯與翻唱，更能讓不同時空的閱聽人彼此對話與交流。1993年8月3日，日本 NHK 電視臺放映〈聽見虛幻之歌——莎韻之鐘〉，讓日本人和臺灣人重新認識莎韻的事蹟。2004年澎恰恰則以〈莎韻之歌〉原曲填詞為成為臺語歌〈莎詠〉。如此來看，每個時代都在對音樂歌曲文本進行翻唱轉譯工作，並藉以形成當時代的文化記憶，或許就如揚‧阿斯曼提到的：「記憶總是由一個活生生的群體支撐，它反映的是現實與過去之間千絲萬縷的聯繫，它是實用的，因此容易受到操縱，記憶最重要的功能之一是能夠強化群體意識。」[37]因此，當電影歌曲音樂也成為一個時代的文化記憶時，想必透過電影歌曲的翻唱與傳播，更能讓我們去思考與觀察一個時代或某個社群如何去建構與強化集體意識，並進而形成那個時代、社群的自我論述與記憶。

37　〔德〕揚‧阿斯曼：《文化記憶：早期高級文化中的文字、回憶和政治身份》（北京：北京大學出版社，2015年5月），頁376。

參考文獻

一　專書著作

〔日〕川瀨健一著、李常傳譯：《台灣電影饗宴：百年導覽》，臺北：
　　　南天書局，2002年。

〔日〕西條八十：《西條八十全集 9 歌謠・民謠 II》，東京：國都刊行
　　　會，1996年。

〔德〕揚・阿斯曼：《文化記憶：早期高級文化中的文字、回憶和政
　　　治身份》，北京：北京大學出版社，2015年5月。

〔法〕賈克・阿達利（Jacques Attalic）著，宋素鳳、翁桂堂譯：《噪
　　　音：音樂的政治經濟學》，臺北：時報文化企業出版公司，
　　　1995年。

沈　　冬主編：《寶島回想曲──周藍萍與四海唱片》，臺北：國立臺灣
　　　大學圖書館，2013年4月。

林克孝：《找路：月光・沙韻・Klesan》，臺北：遠流出版事業公司，
　　　2010年。

周婉窈：《海行兮的年代──日本殖民統治末期臺灣史論集》，臺北：
　　　允晨文化實業公司，2003年。

黃文車：《易地並聲：新加坡閩南語歌謠與廈語影音的在地發展
　　　（1900-2015）》，高雄：春暉出版社，2017年1月。

二　單篇文章

〔日〕下村作次郎：〈「サヨンの鐘」物語の生成と流布過程に関する
　　　実証的研究〉，《天理台湾学会年報》第10期，2001年3月，
　　　頁155-172。

〔日〕下村作次郎：〈各種『サヨンの鐘』の檢討──劇本‧小說二
　　　　冊‧シナリオ‧教科書〉，《中国文化研究》第19期，2002
　　　　年，頁1-18。

不著撰人：〈リヨヘン　松山虔三攝影〉，《民俗臺灣》第4卷第9期，
　　　　1944年9月1日，頁40。

田玉文：〈鐘響五十年：從《沙鴛之鐘》談影像原住民〉，《電影欣
　　　　賞》第12卷3期，1994年，頁15-22。

楊　悅：〈打著特殊標記的光影──從「滿映」看國策電影宣傳〉，
　　　　《電影評介》第387期，2009年，頁12。

溫浩邦：〈歷史生產的多重性：罷工、莎韻與歷史詮釋〉，《宜蘭文
　　　　獻》第20卷，1996年，頁3-23。

葉雅玲：〈原住民女性身分認同與（被）書寫的變貌──從沙鴛、綢
　　　　仔絲萊渥到利格拉樂‧阿𡠄〉，《文學新鑰》第2期，2004
　　　　年，頁91-105。

廖秀娟：〈真杉靜枝「リオン‧ハヨンの谿」「ことづけ」論──白百
　　　　合を手がかりとして〉，《台大日本語文研究》第35期，2018
　　　　年6月，頁33-55。

趙民、陸曄：〈文化身份的生成與再造：從《沙鴛之鐘》到《月光小
　　　　夜曲》〉，《新聞大學》2007年第1期（總第91期），頁116-121

三　學位論文

林美如：《日治時期國策電影《莎韻之鐘》之歌曲與配樂》，臺北：臺
　　　　灣大學音樂研究所，2014年1月1日，頁1-170。

霍嘉萱：《「莎韻之鐘」事件的影像歷史再現及文化意義──以《莎韻
　　　　之鐘》與《不一樣的月光尋找沙韻》為例》，臺北：國立政
　　　　治大學傳播碩士學位學程碩士學位論文，2018年6月。

四　其他資料

《紗蓉珍貴歌集》，Tiger Press 免費贈印，未署時間。

《紗蓉》45轉 CY-101黑膠唱片，中藝，未署時間。

蘇軾文學中的莊子身影

簡光明

國立屏東大學中國語文學系特聘教授

摘要

　　《莊子》一書，洸洋恣肆，多元又深刻，受到中國歷代文士的喜好，在這些文學家中，蘇軾文學作品受到莊子思想的影響，最受到研究者的重視。林希逸指出，蘇軾一生文字，只從《莊子》悟入；蘇轍〈亡兄子瞻端明墓誌銘〉則說，蘇軾初讀《莊子》自謂得其心。本論文以蘇軾〈莊子祠堂記〉、〈水調歌頭〉、〈赤壁賦〉與〈和庚戌歲九月中於西田獲早稻〉為例，說明蘇軾的文學作品在創作手法與思想上，所觀察到莊子的身影。《莊子》思想為蘇軾創作的資源，在蘇軾的詩、詞、文、賦之中，都能看到引用《莊子》典故與文句，轉化莊子思想，蘇軾面對長期貶謫的生活，能夠適應，從而有曠達的精神，莊子思想的影響發揮重要的作用。

關鍵詞：蘇軾、莊子、莊子祠堂記、水調歌頭、赤壁賦

一　前言

　　在先秦思想家中，莊子對於中國文學發展的影響最為深遠。清人林雲銘說：「古今能文之士，有不讀《莊子》乎？既讀，有不贊其神奇工妙者乎？」[1]《莊子》一書，洸洋恣肆，寓言的表達方式既多元又深刻，閱讀《莊子》可以吸收為文的方法，能文的士人不可不讀；閱讀之後，自然會「贊其神奇精妙」，在思想與創作上難免受到影響。賈誼、司馬遷、阮籍、嵇康、陸機、陶淵明、劉勰、李白、韓愈、柳宗元、司空圖、王安石、蘇軾、吳承恩、馮夢龍、曹雪芹、劉熙載、龔自珍等著名的文學家，在其自述或作品中，都可以觀察到他們受到莊子思想的影響。[2]黃錦鋐〈莊子的文學〉說：「莊子給予後世文學的最大影響，不在文學的形式，而是在於文學的靈魂，當我們看到後世偉大的文學家與思想家，寫下他光芒萬丈的不朽巨著時，誰能知道那就是莊子思想的化身呢？」[3]

　　蘇軾的文學，不論文學的形式還是文學的靈魂，都能夠看到莊子的身影，清代劉熙載《藝概》說：「詩以出於《騷》者為正，以出於《莊》者為變，少陵純乎《騷》，太白在《莊》、《騷》間，東坡則出於《莊》者十之八九。」[4]林希逸則進一步說：「東坡一生文字，只從此（《莊子》）悟入。」[5]莊子思想影響東坡一生的文學創作，也就是說，

1　〔清〕林雲銘：《莊子因‧序》（臺北：廣文書局，1968年），頁1。
2　陸欽：〈莊周在我國文學史上的影響〉，《莊周思想研究》（鄭州：河南人民出版社，1983年）。陸欽說：「蘇軾詩文揮灑自如，奔騰豪放，想像奇特，誇張巧妙，既有一瀉千里之勢，又有文理自然之美，無不滲透莊周文風特點。他的作品大量引用《莊子》寓言和警句。他筆下的老農、村姑、幼童、漁人、船夫，都淳樸可親，田園風光頗有泥土氣息。這和莊周作品的人物、景色，格調相近。」
3　黃錦鋐：《莊子》（臺北：臺灣商務印書館，1999年），頁149。
4　〔清〕劉熙載：《藝概》（臺北：金楓出版公司，1986年），頁98。
5　見〔宋〕林希逸：《莊子口義‧發題》（臺北：弘道文化事業公司，1971年）。

不論詩、詞、文、賦，蘇軾都從《莊子》得到啟發。[6]

蘇轍〈亡兄子瞻端明墓誌銘〉最能說明此一觀點：

> （蘇軾）少與轍皆師先君，初好賈誼、陸贄書，論古今治亂，
> 不為空言。既而讀《莊子》，喟然歎曰：「吾昔有見於中，口未
> 能言，今見《莊子》，得吾心矣。」[7]

賈誼與陸贄的書「論古今治亂，不為空言」，科舉考試，難免要考生「論古今治亂」，年輕的蘇軾讀此二人的書，有助於考試取得好成績。等蘇軾讀到《莊子》，有很深地感慨，所謂「吾昔有見，口未能言」，說明蘇軾年紀輕，有許多觀點還不知道如何表達，「今見是書，得吾心矣」則說明蘇軾對於《莊子》有非常深刻的理解，深刻的程度就像是莊子幫蘇軾講出心裡想說的話。正因為《莊子》得蘇軾之心，等到蘇軾年紀漸長，「口」已經能夠「言」其所「見」，那些蘇軾與《莊子》相同的觀點就會以不同的文學形式出現。[8]根據陶白〈蘇軾論莊子〉的統計，蘇軾詩集中引用《莊子》的典故，大約三百六十餘處，遍及內外雜篇，可見蘇軾「不僅熟讀《莊子》，而且是深刻理解莊周的，所以運用自如，有如探取口袋中最心愛又是最熟悉的東西一

6　蘇軾文學作品中，有的直接引用莊子文辭，有的用自己的文詞表達莊子的思想，有的轉化莊子的文辭而賦予新的意涵，有的運用莊子文法寫作，有的學習莊子寓言的表達方式。詳見簡光明：〈蘇軾與莊子〉，收入中國古典文學研究會編：《古典文學》（臺北：臺灣學生書局，1997年），第14集，頁249-274。

7　〔宋〕蘇轍著，曾棗莊、馬德富校點：《欒城集》（上海：上海古籍出版社，1987年），下冊，頁1421。

8　王叔岷說：「《莊子》一書之義蘊，循環無端，著而不著，最難了解；然亦不難了解。性情與莊子近，則展卷一讀，如獲我心；性情與莊子不近，則誦之終生，亦扞格不入。」見《莊子校詮》（臺北：中央研究院歷史語言研究所，1988年），下冊，頁1415。蘇軾與莊子的性情相近，故能一讀《莊子》而「如獲我心」。

樣。」[9]蘇軾的詞、文、賦引用《莊子》典故與思想之處甚多，在蘇軾的文學中，能夠看到莊子的身影。[10]

二　蘇軾〈莊子祠堂記〉與莊子寓言表達手法

《莊子・天下》說莊周「以天下為沈濁，不可與莊語。以卮言為曼衍，以重言為真，以寓言為廣。」〈寓言〉也說：「寓言十九」，司馬遷《史記・老莊申韓列傳》說莊子：「著書十餘萬言，大抵率寓言也。」可見莊子最善於用寓言來表達思想。所謂「寓言」，即「言在此而意在彼」，如果本文的情境是一個故事，「言」就是故事裡的小故事，「意」是所要表達的思想，因此，寓言就是藉某類人事的活動或自然萬物，以譬喻、弦外之音、寄托等方式表達作者的思想。小故事不是直接陳述思想，而是用寄寓的方式，因此就必須越過小故事的表面意義去了解作者所寄寓的內涵與寓意。

〈外物〉中，莊子表達氣憤的方式，就是透過寓言來表達：

> 莊周家貧，故往貸粟於監河侯。監河侯曰：「諾，我將得邑金，將貸子三百金，可乎？」莊周忿然作色曰：「周昨來，有中道而呼者。周顧視車轍中，有鮒魚焉。周問之曰：『鮒魚來！子何為者耶？』對曰：『我，東海之波臣也。君豈有斗升之水而活我哉？』周曰：『諾，我且南游吳越之王，激西江之水而迎子，可乎？』鮒魚忿然作色曰：『吾失我常與，我無所

9　陶白根據康熙年間文蔚堂版本《蘇東坡詩集注》分析蘇東坡引用《莊子》所得的結果，見陶白：〈蘇軾論莊子〉，《江海學刊》1985年第3期。

10　有關莊子身影的意涵，可參考丁旭輝：《台灣現代詩中的老莊身影與道家美學實踐》（高雄：春暉出版社，2010年）。

處。我得斗升之水然活耳。君乃言此，曾不如早索我於枯魚之肆！』」[11]

在本則寓言中，鮒魚向莊子求水正如莊子向監河侯借粟，「鮒魚」對應莊子（向監河侯借粟者），「莊子」（與魚對話者）對應監河侯，「斗升之水」對應粟，「西江之水」對應三百金，「南游吳越之王」對應「得邑金」，鮒魚「忿然作色」對應莊子「忿然作色」，莊子想要藉此表達：一條魚只要斗升之水就可以活命，不需要整條西江水，等莊子遊說吳越之王再引西江水來，鮒魚早就死掉被賣到魚市場去了，同樣的道理，莊子只要一些粟穀就可以活命，用不著三百金，等監河侯得邑金再借莊子三百斤，莊子早就餓死進墳墓了。[12]

蘇軾〈莊子祠堂記〉採用寓言的表達方式，就是效法莊子：

> 謹按《史記》：「莊子與梁惠王、齊宣王同時，其學無所不窺，然要本歸於老子之言。故其著書十餘萬言，大抵率寓言也。作〈漁父〉、〈盜跖〉、〈胠篋〉以詆訿孔子之徒，以明老子之術。」此知莊子之粗者，予以為莊子蓋助孔子者，要不可以為法耳。楚公子微服出亡而門者難之，其僕操箠而罵曰：隸也不力，門者出之。事固有倒行而逆施者，以僕為不愛公子則不可。故莊子之言皆實予而文不予，陽擠而陰助之，其正言蓋無幾也。至於詆訿孔子，未嘗不微見其意。[13]

楚公子出亡，不想被認出來，因此裝扮成僕隸，而僕人則扮主人。僕

---

11 郭慶藩：《莊子集釋》（臺北：華正書局，1989年），頁924。

12 簡光明：〈閱讀《莊子》的方法〉，《中國語文》第566期（2004年8月），頁50-54。

13 〔宋〕蘇軾著，孔凡禮點校：《蘇軾文集》（北京：中華書局，1986年），頁347。

人扮演當時的身份是主人，主人要有主人的威嚴才能取信於門者，於是操箠而罵楚公子所扮的僕隸，以便讓門者不會認出楚公子的身份。

若依照莊子寓言的表意方式，可以將蘇軾〈莊子祠堂記〉中「楚公子微服出亡」寓言中「言」（故事）與「意」（思想）的關係作聯結：僕人操箠打罵公子，是倒行逆施的事情；莊子詆訾孔子，也是倒行逆施的事情。僕人操箠打罵公子，是為了助公子；莊子詆訾孔子，也是為了助孔子。「以僕為不愛公子，則不可；以為事公子之法，亦不可」的言外之意，其實就是：以莊子為不愛孔子，則不可；以莊子詆訾孔子為事孔子之法，亦不可。[14]由此可見，蘇軾完全能夠了解莊子寓言的表達手法，並能運用在〈莊子祠堂記〉裡。

三 蘇軾〈水調歌頭〉與莊子安命精神

莊子面對人生的困境與難題，能夠從自然的觀點去思考，從而能夠安時處順，應物而不傷。〈至樂〉說：

> 莊子妻死，惠子弔之，莊子則方箕踞鼓盆而歌。惠子曰：「與人居，長子老身，死不哭亦足矣，又鼓盆而歌，不亦甚乎！」莊子曰：「不然。是其始死也，我獨何能無概然！察其始而本無生，非徒無生也而本無形，非徒無形也而本無氣。雜乎芒芴之間，變而有氣，氣變而有形，形變而有生，今又變而之死，是相與為春秋冬夏四時行也。人且偃然寢於巨室，而我噭噭然隨而哭之，自以為不通乎命，故止也。」[15]

---

14 簡光明：〈蘇軾〈莊子祠堂記〉「楚公子微服出亡」寓言試解〉，《諸子學刊》第二輯（2009年6月），頁231-242。

15 郭慶藩：《莊子集釋》，頁614-615。

莊子遭遇妻子死亡，難免感觸哀傷而哭。經過思考生命的變化，「氣變而有形，形變而有生，今又變而之死，是相與為春秋冬夏四時行也」，生死就像四季的循環，死亡是自然循環的一環，有了這樣的領悟，所以停止哭泣，鼓盆而歌。

蘇軾的詞一向被歸為豪放詞派，呈現曠達的精神，而曠達正來自於莊子從自然的觀點去思考的啟發，〈水調歌頭〉云：

> 明月幾時有？把酒問青天。不知天上宮闕，今夕是何年。我欲乘風歸去，又恐瓊樓玉宇，高處不勝寒。起舞弄清影，何似在人間。
> 轉朱閣，低綺戶，照無眠。不應有恨，何事長向別時圓？人有悲歡離合，月有陰晴圓缺，此事古難全。但願人長久，千里共嬋娟。[16]

蘇軾在中秋的夜晚，人事不圓滿，兄弟離別無法團圓，難免有恨。思考人的悲歡離合正如月的陰晴圓缺，是自然不過的情況，有這樣的領悟，所以發現不應該有恨，心境轉為「但願人長久，千里共嬋娟」。

莊周經過的歷程為：夫妻「死別」——慨然（哭）——領悟：死生為自然循環（氣—形—生—死—氣）——不哭（哭，不通乎命，故止）——安時處順（鼓盆而歌）。蘇軾經過的歷程是：兄弟「生離」——有恨：何事長向別時圓——領悟：人有悲歡離合，月有陰晴圓缺，此事古難全。——不應有恨——曠達（但願人長久，千里共嬋娟）。

人生在世，難免遭遇生離死別，困頓挫折，若能放寬視野，從自

---

16 〔宋〕蘇軾：《蘇軾詞集》（上海：上海古籍出版社，2017年）。

然的規律與人事變化的常態來看，或許能像莊子與蘇東坡一樣，具有曠達的心胸，走出悲傷與怨恨。[17]

四　蘇軾〈赤壁賦〉與莊子多元觀物法

看待世界，如果只用單一視角，往往看不到全貌；看待萬物，如果只用單一的價值觀，常常容易忽略多元的價值，如此一來，很容易讓自己陷入困境，從而精神疲困。莊子不喜歡以單一視角觀察萬物，而常以不同的視角來看萬物。〈德充符〉說：

> 自其異者視之，肝膽楚越也；自其同者視之，則物與我皆一也。[18]

若從差異的方面來看，肝與膽的差異就像楚國與越國文化差異那麼大，如果從相同的方面，萬物一體，我與物也就一體了。莊子〈秋水〉有更豐富的觀物視角：

> 以道觀之，物無貴賤；以物觀之，自貴而相賤；以俗觀之，貴賤不在己。以差觀之，因其所大而大之，則萬物莫不大；因其所小而小之，則萬物莫不小；知天地之為稊米也，知豪末之為丘山也，則差數睹矣。以功觀之，因其所有而有之，則萬物莫不有；因其所無而無之，則萬物莫不無；知東西之相反而不可以相無，則功分定矣。以趣觀之，因其所然而然之，則萬物莫

17　簡光明：〈《莊子》與文學的對讀〉，收入蔡璧名：《解愛：重返莊子與詩歌經典，在愛裏獲得重生》（臺北：天下雜誌出版社，2020年）。

18　郭慶藩：《莊子集釋》，頁190。

不然；因其所非而非之，則萬物莫不非；知堯、桀之自然而相
非，則趣操睹矣。[19]

〈德充符〉只是分別「自其異者視之」與「自其同者視之」，〈秋水〉
更進一步就「以道觀之」、「以物觀之」、「以俗觀之」、「以差觀之」、
「以功觀之」、「以趣觀之」，用以彰顯用單一視角或單一價值觀來看
待萬物，會讓自己陷入有蓬之心，找不到人生的價值與生命的出口，
只有用不同的觀物之法，才能對現象與本質、變動與不變、差異與相
同……有完整的理解，才能跳出困境，自在逍遙。

　　歷代文學評論家常常指出蘇軾篇章與莊子思想的關聯，具體說明
蘇軾受到莊子的影響，其中〈赤壁賦〉常被提及的一篇。謝枋得《文
章軌範》認為〈赤壁賦〉的文法與莊子相同，卻無一字相似，「非超
然之才，絕倫之識，不能為也」[20]。蘇軾〈赤壁賦〉說：

　　蘇子曰：「客亦知夫水與月乎？逝者如斯，而未嘗往也；盈虛
　　者如彼，而卒莫消長也。蓋將自其變者而觀之，則天地曾不能
　　以一瞬；自其不變者而觀之，則物與我皆無盡也，而又何羨
　　乎！且夫天地之間，物各有主，苟非吾之所有，雖一毫而莫
　　取。惟江上之清風，與山間之明月，耳得之而為聲，目遇之而
　　成色，取之無禁，用之不竭。是造物者之無盡藏也，而吾與子
　　之所共適。」[21]

《老子》說：「有物混成，先天地生，寂兮寥兮，獨立而不改，周行

19　郭慶藩：《莊子集釋》，頁577-578。
20　引自黃錦鋐：〈莊子之文學〉，《莊子其及文學》（臺北：東大圖書公司，1984年）。
21　〔宋〕蘇軾著，孔凡禮點校：《蘇軾文集》，頁5。

而不殆，可以為天下母。吾不知其名，字之曰道，強為之名曰大，大曰逝，逝曰遠，遠曰反。」（〈二十五章〉）[22]道的運行是「周行而不殆」，周行是循環，由逝而遠而返正是循環。蘇軾從「水」與「月」分別說明其「變」與「不變」，水從天而降，落到地面，流進海裡，蒸發之後又回到天空，再落到地面，水是流動的，循環的規律卻是不變的；月亮從圓而缺而圓，就現象而言是變動的，就循環的規律而言是不變的。因此「自其變者而觀之」與「自其不變者而觀之」，才能了解現象與本質。從變的觀點來看，天地隨時在變動；從不變的觀點來看，人與物的生生死死維持天地的穩定循環，天地無盡，人與物也就無盡。蘇軾從「變」與「不變」的方面看，「變」者「異」，「不變」者「同」，可見其淵源應該來自莊子從〈德充符〉「異」與「同」的方面看。

　　車若水則認為從〈赤壁賦〉可以看得出來「東坡是莊子來，人學不得。」[23]林西仲《古文析義》說：「熟讀前後〈赤壁〉，勝讀《南華》一部。」[24]都點出蘇軾〈赤壁賦〉與莊子思想的密切關係。林西仲的講法，稍嫌過度彰顯〈赤壁賦〉的價值，未能正視《莊子》內容的豐富。

五　蘇軾〈和庚戌歲九月中於西田獲早稻〉與莊子齊物思想

　　在莊子看來，天地萬物的生活環境、味覺感受與美感品味各不相同，沒有辦法用單一的標準去要求不同物種，《莊子・齊物論》說：

22　王淮：《老子探義》（臺北：臺灣商務印書館，1985年），頁104。
23　見王水照選注：《蘇軾選集》（臺北：萬卷樓圖書公司，1991年）頁36。
24　林西仲：《古文析義》，引自《莊子資料彙編》（北京：中華書局，1994年）。

> 民濕寢則腰疾偏死，鰍然乎哉？木處則惴慄恂懼，猨猴然乎
> 哉？三者孰知正處？民食芻豢，麋鹿食薦，蝍蛆甘帶，鴟鴉耆
> 鼠，四者孰知正味？猿猵狙以為雌，麋與鹿交，鰍與魚遊。毛
> 嬙麗姬，人之所美也；魚見之深入，鳥見之高飛，麋鹿見之決
> 驟，四者孰知天下之正色哉？[25]

人類、鰍魚與猨猴的居住環境不同，各以自己的方式過生活，沒有所
謂「正處」；人類吃肉，麋鹿吃草，蝍蛆吃蛇，烏鴉吃老鼠，人類、
麋鹿、蝍蛆與鴟鴉各有不同的飲食喜好，沒有所謂「正味」；同樣的
道理，人類、魚、鳥與麋鹿各有不同的美的感受，人類的美女毛嬙麗
姬，在其他三種動物看來並不美，所以能躲多遠就躲多遠。若要以人
類的生活為標準，要求泥鰍與猿猴住到房屋裡，要求麋鹿、蝍蛆與烏
鴉把人類可口的味道作為標準，要求魚、鳥與鹿欣賞西施的美麗，那
是不相應而且沒有必要的。既然沒有單一的絕對的標準，最好的方式
就是平等看待各自的生活方式與美的感受。

萬物不應該用單一的標準去衡量，同樣的道理，各種物論也無法
用單一立場去評斷，《莊子‧齊物論》說：

> 既使我與若辯矣，若勝我，我不若勝，若果是也？我果非也
> 邪？我勝若，若不吾勝，我果是也？而果非也邪？其或是也，
> 其或非也邪？其俱是也，其俱非也邪？我與若不能相知也，則
> 人固受其黮闇。吾誰使正之？使同乎若者正之，既與若同矣，
> 惡能正之！使同乎我者正之，既同乎我矣，惡能正之！使異乎
> 我與若者正之，既異乎我與若矣，惡能正之！使同乎我與若者

---

25 郭慶藩：《莊子集釋》，頁93。

正之，既同乎我與若矣，惡能正之！[26]

　　所有的是非都來自於各自不同的立場，以此為是，以彼為非，沒有辦法找到一個大家都能信服的絕對立場當作標準，去訂正其他的立場。所以最適合的處理方式是讓各種言論能夠和諧地存在。

　　蘇軾對飲食充滿熱情，飲食則在其仕途之中，發揮重要的功能，即便是貶謫的困頓，莊子齊物思想讓蘇軾的心境能夠有所轉換，可以有超然的精神。蘇軾〈聞子由瘦〉說：「土人頓頓食藷芋，薦以薰鼠燒蝙蝠。舊聞蜜唧嘗嘔吐，稍近蝦蟆緣習俗。……人言天下無正味，蝍蛆未遽賢麋鹿。」[27]所謂「人言」的人指的就是莊子，蘇軾對於貶謫之地的飲食，剛開始時，不容易接受，甚至「嘗嘔吐」，後來慢慢融入在地生活，也就能安於當地飲食。

　　蘇軾〈和庚戌歲九月中於西田獲早稻〉說：

　　　蓬頭三獠奴，誰謂願且端。晨興灑掃罷，飽食不自安。願治此圃畦，少資主遊觀。晝功不自覺，夜氣乃潛還。早韭欲爭春，晚菘先破寒。人間無正味，美好出艱難。早知農圃樂，豈有非意幹。尚恨不持鋤，未免騂我顏。此心苟未降，何適不間關。休去復歇去，菜食何所嘆。[28]

大江南北飲食習慣殊異，個人味覺品味標準不同，沒有所謂「正味」。所謂「人間無正味，美好出艱難」，可見真正美好的味道，都是

26　郭慶藩：《莊子集釋》，頁93。
27　〔宋〕蘇軾著，孔凡禮點校：《蘇軾詩集》，頁2123。
28　〔宋〕蘇軾著，孔凡禮點校：《蘇軾詩集》，頁2166。

從艱難的生活中淬鍊出來的，蘇軾生活的改變與內在的調適以及心境轉化有著莊子的身影。

六　結語

　　蘇軾〈莊子祠堂記〉以「楚公子微服出亡」寓言呼應莊子寓言的表達手法，寓言是「言在此而意在彼」，透過言與意、彼與此之間的連結，表達莊子詆訾孔子雖不可以為法，其用意則在助孔子。〈水調歌頭〉裡，看到月圓，想到自己被貶謫（人事不圓滿），兄弟無法團圓，本來有恨，從自然的規律來看，「人有悲歡離合，月有陰晴圓缺，此事古難全」，從而能跳出個人情緒曠達地面對不圓滿與無法團圓，這與莊子妻死，從悲傷痛哭，經過生死循環的領悟，最後了悟生死，鼓盆而歌，有異曲同工之妙。〈赤壁賦〉裡，從不變的觀點來看待自然，人與物都是無盡，也就不必羨慕天地的長久，這是莊子從「自其同者視之」的觀點了解萬物為一的體現。〈和庚戌歲九月中於西田獲早稻〉中，所謂「人間無正味，美好出艱難」，蘇軾生活艱難，已經能夠隨遇而安，享受飲食的美好，正如莊子〈齊物論〉論正處、正味、正色，既然沒有單一的標準，那就讓萬物各自在自己的生活中發現美好。這類的例子相當多，在蘇軾的文學作品中，我們很容易可以觀察到莊子的身影。

　　蘇軾自從讀《莊子》而覺得該書常說出自己口未能言的見解，就結下不解之緣，《莊子》的思想與寓言的表達手法就成為蘇軾創作的資源，在其詩、詞、文、賦之中，都能看到引用《莊子》典故與文句，轉化莊子思想，因此面對長期貶謫的生活，能夠適應，從而有曠達的精神。

參考文獻

〔宋〕林希逸：《莊子口義》，臺北：弘道文化事業公司，1971年。

〔宋〕蘇轍著，曾棗莊、馬德富校點：《欒城集》下冊，上海：上海
　　　古籍出版社，1987年。

〔宋〕蘇軾著，孔凡禮點校：《蘇軾文集》，北京：中華書局，1986
　　　年，頁347。

〔清〕劉熙載：《藝概》，臺北：金楓出版公司，1986年，頁98。

〔清〕林雲銘：《莊子因》，臺北：廣文書局，1968年，頁1。

丁旭輝：《台灣現代詩中的老莊身影與道家美學實踐》，高雄：春暉出
　　　版社，2010年。

王　淮：《老子探義》，臺北：臺灣商務印書館，1985年。

王叔岷：《莊子校詮》下冊，臺北：中央研究院歷史語言研究所，
　　　1988年。

王水照選注：《蘇軾選集》，臺北：萬卷樓圖書公司，1991年。

林西仲：《古文析義》，引自《莊子資料彙編》，北京：中華書局，
　　　1994年。

陸　欽：〈莊周在我國文學史上的影響〉，《莊周思想研究》，鄭州：河
　　　南人民出版社，1983年。

陶　白：〈蘇軾論莊子〉，《江海學刊》1985年第3期。

郭慶藩：《莊子集釋》，臺北：華正書局，1989年。

黃錦鋐：《莊子》，臺北：臺灣商務印書館，1999年。

黃錦鋐：〈莊子之文學〉，《莊子其及文學》，臺北：東大圖書公司，
　　　1984年。

簡光明：〈蘇軾與莊子〉，收入中國古典文學研究會編：《古典文學》
　　　第14集，臺北：臺灣學生書局，1997年。

簡光明：〈蘇軾〈莊子祠堂記〉「楚公子微服出亡」寓言試解〉，《諸子
　　　　學刊》第二輯，2009年6月，頁231-242。

簡光明：〈閱讀《莊子》的方法〉，《中國語文》第566期，2004年8月，
　　　　頁50-54。

簡光明：〈《莊子》與文學的對讀〉，收入蔡璧名《解愛：重返莊子與詩
　　　　歌經典，在愛裏獲得重生》，臺北：天下雜誌出版社，2020年。

晚明爭奇文學的出版與傳播
——以龍谷大學所藏《茶酒爭奇》為討論核心

鐘文伶[*]

國立屏東大學中國語文學系助理教授

摘要

《茶酒爭奇》為晚明天啟年間（1621-1627）建陽萃慶堂所出版，全書為兩卷，第一卷以茶酒爭勝小說為主體，卷末收錄雜劇一種；第二卷輯錄中國歷代文人所寫的茶酒詩文，書中收錄了詩歌、小說、雜劇與制舉文，展現明代書籍的多樣性。明中葉以降書坊具備商業色彩，文人與書坊的合作模式日益成熟，《茶酒爭奇》的作者為書坊文人，《茶酒爭奇》的茶酒爭勝小說雖承繼唐〈茶酒論〉之敘事結構，作者卻在小說中加入奏、判與八股文等制舉文，說明其讀者以場屋文人為主，在提供休閒娛樂之餘，又能學習科考寫作規範，可視為商業出版與科舉考試文化結合下的產物，反映出明代商業出版的射利傾向。

江戶時期（1603-1867）是明清小說創作最盛之時，晚明建陽書林出版的小說、日用類書大量傳入日本。萃慶堂《茶酒爭奇》於江戶時期傳入日本，今藏於龍谷大學寫字臺文庫中，保存完善、體例完

---

[*] 本文為109年度科技部專題計畫「日本龍谷大學所藏稀見本《茶酒爭奇》研究——兼論《種松堂慶壽茶酒大會》雜劇藝術特色」部分研究成果，計畫編號「MOST 109-2410-H-153-029-」。

整，附有內封頁、鈐印、作者與出版堂號等資訊。龍谷本《茶酒爭奇》最初為淨土真宗本願寺派法主的私人藏書，第21代法主明如上人將歷任法主藏書捐贈給龍谷大學，該書收入大宮圖書館的寫字臺文庫。本文考察晚明《茶酒爭奇》的體例、編輯手法，從書坊出版風格、文人職業等角度，觀察其版式與成書動機，瞭解該書為明代出版文化下的產物，並與海外傳播相聯繫，認識《茶酒爭奇》在江戶時期的接受現象。

關鍵詞：爭奇文學、茶酒論、朱永昌、萃慶堂、江戶時期

一 前言

晚明隨著商品經濟的發達，以書坊為主體的出版進入高潮。以爭奇命名的文學作品在明代相當流行，萬曆年間（1573-1620）有《四六爭奇》、《尺牘爭奇》等書，較為知名的是天啟年間（1621-1627）建陽書林萃慶堂所出版的七種爭奇，分別是《花鳥爭奇》、《山水爭奇》、《風月爭奇》、《童婉爭奇》、《蔬果爭奇》、《梅雪爭奇》及《茶酒爭奇》，這七部作品形式特殊，分為兩卷或三卷，第一卷以兩物相爭嘲小說為主體，其他卷數收錄與主題相關之歷代詩文，研究者將其命名為「爭奇小說」或「爭奇文學」。

關於爭奇文學之研究，吳聖昔、潘建國、戚世雋、金文京與朱鳳玉等人皆有所論述，學者除了探究晚明七種爭奇的作者及其生平事蹟，[1]也對爭奇文體的源流、藝術特色進行研討。[2]金文京在〈東亞爭奇文學初探〉對「爭奇文學」有所定義，詳細介紹中國及東亞爭奇文學的發展概況：

---

1 吳聖昔：〈鄧志謨鄉里、字號、生平探考——《鄧志謨考論》之一〉，《明清小說研究》第2期（1992年），頁143-156；吳聖昔：〈鄧志謨經歷、家境、卒年探考〉，《明清小說研究》第3期（1993年），頁89-103；〔日〕金文京：〈晚明小說、類書作家鄧志謨生平初探〉，收入辜美高、黃霖主編：《明代小說面面觀——明代小說國際學術研討會論文集》（上海：學林出版社，2002年），頁318-329。

2 討論爭奇文學內涵與藝術形式之論文，可參見吳聖昔：〈論鄧志謨的遊戲小說〉第2期（1996年），頁184-196；潘建國：〈明鄧志謨「爭奇小說」探源〉，《上海師範大學學報》（社會科學版）第31卷2期（2002年3月），頁95-102；〔日〕金文京：〈東亞爭奇文學初探〉，收入張伯偉編：《域外漢籍研究集刊》第二輯（北京：中華書局，2006年），頁320；戚世雋：〈鄧志謨「爭奇」系列作品的文體研究——兼論古代戲劇與小說的文體分野〉，《文學遺產》第4期（2008年），頁107-116；朱鳳玉：〈從議論、爭奇到相襃：爭奇文學發展與演變研究發凡〉，收入中央文史研究館：《慶賀饒宗頤先生95華誕敦煌學國際學術研討會論文集》（北京：中華書局，2012年），頁910-917、朱鳳玉：〈三教論衡與唐代爭奇型文學〉，《敦煌研究》第135期（2012年6月），頁80-86。

　　　有學者以為是把用途上屬於同類卻性質相對的兩種東西拿來比
　　較，多數用擬人手法，各逞其能，爭論媲美，最後由第三者介
　　入判定優劣（大部分是平分秋色）的遊戲性文學作品。[3]

金文京認為「爭奇文學」是一種藉由彼此問答、各逞其能的文學類
型，此類作品深受講唱文學影響。爭奇文學除了出現在敦煌變文、通
俗文學、鄧志謨的作品中，在東亞的漢文小說都能看見蹤跡。[4]朱鳳
玉除了探究爭奇文學的源頭，以為爭奇文學近源唐代三教論衡、佛教
議論，下探明清爭奇小說、笑話，也發現其傳播範圍廣泛，對日本、
越南等漢字文化圈影響甚深。[5]

　　江戶時期（1603-1867）是中日書籍交流最頻繁的時期，晚明建陽
書林出版的七種爭奇東渡日本後受到矚目，至今日本藏有不少明代的
爭奇文本，又以國立公文書館內閣文庫與龍谷大學的藏本較為齊全。
龍谷大學大宮圖書館內有六種萃慶堂本爭奇文本，分別為《花鳥爭
奇》、《風月爭奇》、《童婉爭奇》、《蔬果爭奇》、《梅雪爭奇》與《茶酒
爭奇》，其中《茶酒爭奇》一種在日本他處未見，是為稀見本，該書存
放在大宮圖書館寫字臺文庫內，索書號為「920.8/28-W/6」。最早發現
龍谷大學藏有《茶酒爭奇》者為金文京[6]，然檢視潘建國[7]、黃仕忠[8]、

3　〔日〕金文京：〈東亞爭奇文學初探〉，頁3。

4　〔日〕金文京：〈東亞爭奇文學初探〉，頁1119。

5　朱鳳玉：〈從越南漢文小說看爭奇文學在漢字文化圈的發展〉，《成大中文學報》第38
　　期（2012年9月），頁67。

6　關於龍谷本《茶酒爭奇》之發現，金文京於〈《童婉爭奇》與晚明兩性文化〉曾提及
　　其在龍谷大學發現《茶酒爭奇》等六種爭奇，參見〔日〕金文京：〈《童婉爭奇》與
　　晚明兩性文化〉，收入張宏生主編：《明清文學與性別研究》（南京：江蘇古籍出版
　　社，2002年），頁328。

7　潘建國：〈晚明七種爭奇小說的作者與版本〉，《文學遺產》第4期（2007年），頁78-
　　88。

陳旭東[9]等人研究皆未發現該藏本。爭奇文本早年散藏於海內外圖書機構中，朱傳譽曾將日本內閣文庫所藏之《花鳥爭奇》、《山水爭奇》、《風月爭奇》、《童婉爭奇》、《蔬果爭奇》與《梅雪爭奇》等六種集結成冊出版。[10]由於內閣文庫獨缺《茶酒爭奇》一種，致使該書未有景印本，早期研究者難以一窺全貌。[11]相較於其他六種爭奇文學，《茶酒爭奇》的存本更為稀少，在中國有明刻本兩種，分別藏於中國國家圖書館（簡稱中國國圖本）與北京首都圖書館（簡稱首都本），然此二種「其內封頁均已殘佚」[12]，文字有所脫漏，出版書坊與作者資訊付之闕如。相較於中國國圖本與首都本，龍谷本體例完善、字體清晰，更有內封頁、鈐印、作者與出版堂號等資訊，能彌補其他版本之不足，因此龍谷本的研究極具意義。

　　天啟年間出版之《茶酒爭奇》分為二卷，第一卷以茶酒爭勝小說為主體，卷尾附錄《種松堂慶壽茶酒筵宴大會》雜劇一種；第二卷收錄歷代文人所寫之茶酒詩文。兩物相爭故事在敦煌遺文中已現蹤跡，唐人〈茶酒論〉描述茶酒爭勝，後由水調停紛爭，歷來對茶酒相爭之研究成果甚夥，[13]學者將此種「兩物相爭嘲」、「第三者評斷」之故事稱

8　黃仕忠：〈江戶時期東渡的中國戲曲文獻考〉，《文學遺產》2期（2009年4月），頁56-63。

9　陳旭東：〈鄧志謨著述知見錄〉，《福建師範大學學報》（哲學社會科學版）第4期（2012年），頁132-139。

10　政治大學古典小說研究中心主編：《明清善本小說叢刊》（臺北：天一出版社，1985年）。

11　近年龍谷大學將圖書館珍貴文物進行數位化計畫，並將晚明萃慶堂六種爭奇之書影公開於網站，以供查詢使用。

12　潘建國：〈晚明七種爭奇小說的作者與版本〉，頁85。

13　有關〈茶酒論〉研究已累積豐碩成果，論者或從社會文化角度探討〈茶酒論〉與茶、酒文化關連者，如徐淳、川崎シチコ、吳家闕等人，參見徐淳：〈敦煌寫本「茶酒論」與唐人的飲茶飲酒〉，《揚州師院學報》第2期（1987年10月），頁60-65；〔日〕川崎シチコ：〈王敷撰「茶酒論」と敦煌に生活する人〉，《中國哲學文學科紀要》第

為「爭奇文學」，[14]包含〈孔子項託相問書〉、〈晏子賦〉、〈燕子賦〉、〈茶酒論〉等都屬於爭奇作品。前人在考察晚明萃慶堂《茶酒爭奇》時，大多追溯其本源，爬梳其與敦煌遺文〈茶酒論〉、佛經文學、唐論議之間的關聯，[15]或聚焦分析爭勝小說的藝術性與表演性。[16]然觀察《茶酒爭奇》除了有兩物爭勝的小說情節，也收錄奏、判、詩、賦、雜劇等文體，學者對書中博收眾體的現象感到不解，卻未有專文討論之。晚明隨著商品經濟繁榮，日益壯大的市民階級，對印刷品造成一定的影響，七種爭奇為建陽余氏書坊刊刻，商業化出版是否對書籍內涵及選編策略有所影響？都是值得探討的議題。此外，前人對《茶酒爭奇》的研究較少，故本文以龍谷大學所藏《茶酒爭奇》為研

5號（1996年3月），頁13-30；吳家闔：〈敦煌遺書「茶酒論」與茶文化內涵的探索〉，《農業考古》第2期（2009年），頁18-24。亦有論者指出〈茶酒論〉蘊含佛教與三教論衡思想，如張瑞芬闡述〈四獸因緣〉、〈茶酒論〉與佛經故事的關連，參見張瑞芬：〈敦煌寫本「四獸因緣」、「茶酒論」與佛經故事的關係〉，《興大中文學報》第6期（1993年1月），頁225-237；張清泉、劉惠萍則援引佛道資料等，論述唐代三教融合背景與〈茶酒論〉旨趣，參見張清泉：〈「茶酒論」與唐代的三教講論〉，《國文學誌》第2期（1998年6月），頁145-168；劉惠萍：〈敦煌寫本「茶酒論」與唐代三教融合思想〉，《中國古典文學研究》第5期（2001年6月），頁77-94。論者或從茶文化加以分析，進一步聯繫與中、晚唐佛教之關係，參見林珍瑩：〈從敦煌「茶酒論」談茶文化與中晚唐佛教的關係〉，《中國文化月刊》第246期（2000年9月），頁31-43。或從政治、宗教到娛樂看三教論衡的轉化，及三教論衡對唐代爭奇文學的促進，參見朱鳳玉：〈三教論衡與唐代爭奇型文學〉，頁80-86。以上對〈茶酒論〉研究從形式、內容到文學、社會學與宗教，呈現出豐富多元的觀點，對本計畫提供良好的研究基礎。

14 〔日〕金文京：〈東亞爭奇文學初探〉，收入張伯偉主編：《域外漢籍研究集刊》第二輯（北京：中華書局，2006年），頁3。

15 潘建國：〈明鄧志謨爭奇小說探源〉，《上海師範大學學報》（哲學社會科學版）第2期（2002年3月），頁95-102；張瑞芬：〈敦煌寫本「四獸因緣」、「茶酒論」與佛經故事的關係〉，頁225-237；朱鳳玉：〈從越南漢文小說看爭奇文學在漢字文化圈的發展〉，頁67-92。

16 戚世雋：〈鄧志謨「爭奇」系列作品的文體研究——兼論古代戲劇與小說的文體分野〉，頁114。

究底本，試圖將《茶酒爭奇》與晚明書坊、出版文化進行連結，希冀藉由對龍谷本《茶酒爭奇》之考察，瞭解其版式、內涵，觀察商業出版下對晚明小說所產生的影響，以及該書在海外傳播之情形。

二　《茶酒爭奇》的版式與成書動機

（一）版本與版式

　　晚明是中國商業出版質量兼具的高峰期，書坊為了促進書籍銷售，往往以精良版式與編輯手法吸引讀者注意。福建建陽地區是晚明出版中心，私家書坊發展極盛，集編輯、出版、發行銷售為一體，[17]各家書坊為了推銷自家商品，通過多元的編排方式來行銷商品，從書籍的題名、卷數，包含輔助說明如序文、凡例、牌記、版畫、題署等，都帶有廣告意識及宣傳目的。[18]「版式」是指整個版面規格，包括行款、書口、闌邊、版節、版心等特徵，各書坊出版的書籍版式相對固定，只要掌握版式特點，就能釐清出版單位，[19]也可通過版式、序文與插圖等，瞭解其成書動機與出版策略。

　　《茶酒爭奇》現存明刻本與明萃慶堂本兩種版本，北京首都圖書館與中國國家圖書館的《茶酒爭奇》藏本為明刻本，龍谷大學大宮圖書館所藏為天啟年間萃慶堂出版之文本，為比較三者間的異同，列表如下（詳見表一）。綜觀《茶酒爭奇》龍谷本、首都本與中國國圖本之版式，皆為全書兩卷，半葉六行，每行二十字、無魚尾、白口、插圖五幅。首都圖書館有爭奇小說四種，分別為《茶酒爭奇》、《風月爭

17　戚福康：《中國古代書坊研究》（北京：商務印書館，2007年），頁114-117、182-187。

18　程國賦：《明代書坊與小說研究》（北京：中華書局，2008年），頁325-331。

19　孫崇濤：《戲曲文獻學》（太原：山西教育出版社，2008年），頁203-204。

奇》、《蔬果爭奇》、《梅雪爭奇》，每種三冊，共十二冊，其中《風月爭奇》、《蔬果爭奇》、《梅雪爭奇》三種的內封頁完好無缺，只有《茶酒爭奇》內封頁已散佚。[20]中國國圖本《茶酒爭奇》則缺失了內封頁與序文。龍谷本《茶酒爭奇》依序為內封頁、序文、目錄、插圖、第一卷、插圖、劇本、插圖、第二卷，書中另有兩枚「寫字臺藏書」鈐印與索書號，說明其館藏地點，相較之下龍谷本的體例與保存狀態為最佳。

表一　《茶酒爭奇》各版本比較

茶酒爭奇	首都圖書館（明刻本）	中國國家圖書館（明刻本）	龍谷大學大宮圖書館（明萃慶堂本）
內封頁	無	無	有
內封頁題署	無	無	「天馬山人著」、「萃慶堂繡梓」
序	〈茶酒爭奇紀言〉	無	〈茶酒爭奇紀言〉
序文署名	「天啟甲子嘉平一日莆中天馬主人鮮民子朱永昌書于黛嶂齋頭」	無	「天啟甲子嘉平一日莆中天馬主人鮮民子朱永昌書于黛嶂齋頭」
目次	茶酒爭奇目錄	茶酒爭奇目錄	茶酒爭奇目錄
第一卷署名	未署名	未署名	未署名
第一卷	描述茶酒相爭故事附《種松堂慶壽茶酒筵宴大會》雜劇	描述茶酒相爭故事附《種松堂慶壽茶酒筵宴大會》雜劇	描述茶酒相爭故事附《種松堂慶壽茶酒筵宴大會》雜劇
第二卷署名	未署名	未署名	未署名

---

20 潘建國：〈晚明七種爭奇小說的作者與版本〉，頁80。

茶酒爭奇	首都圖書館 （明刻本）	中國國家圖書館 （明刻本）	龍谷大學大宮圖書館 （明萃慶堂本）
第二卷	與茶酒相關歷代詩文	與茶酒相關歷代詩文	與茶酒相關歷代詩文
全書插圖	五幅	五幅	五幅
備註	半葉六行，每行二十字 無魚尾 白口	半葉六行，每行二十字 無魚尾 白口	半葉六行，每行二十字 無魚尾 白口 有藏書印與索書號

　　觀察龍谷本《茶酒爭奇》內封頁的題署，扉頁上由右到左，分別為「天馬山人著」、「茶酒爭奇」、「萃慶堂繡梓」等字樣，提供了出版資訊與作者資訊，亦有宣告版權與行銷的意味，此是龍谷本與其他二種最大的差異所在。《茶酒爭奇》最初由福建建陽萃慶堂刊刻，龍谷本內扉頁上註明「萃慶堂繡梓」，中國國圖本與首都本無內封頁和牌記，只知是明刻本，因此龍谷本是今存所知較古的版本。

　　關於《茶酒爭奇》的作者歸屬，過去此書被視為鄧志謨的作品，如鄭振鐸[21]、石昌渝[22]、吳聖昔[23]、金文京[24]等人研究以為七種爭奇為鄧志謨所作。然潘建國〈晚明七種爭奇小說的作者與版本〉一文對《茶酒爭奇》作者考之甚詳，潘建國根據首都本《茶酒爭奇》序文署名、

---

21 鄭振鐸：《中國古代木刻畫史略》（上海：上海書店出版社，2006年）。

22 石昌渝主編：《中國古代小說總目》（山西：太原出版社，2004年）。

23 吳聖昔：〈論鄧志謨的遊戲小說〉，頁184-196。

24 金文京於2006年〈東亞爭奇文學初探〉提出《茶酒爭奇》體制與其他六種稍有不同：「是否鄧志謨之筆，姑可存疑。」參見〔日〕金文京：〈東亞爭奇文學初探〉，頁7。稍後金文京2009年發表之〈晚明文人鄧志謨的創作活動：兼論其爭奇文學的來源及傳播〉把《茶酒爭奇》在內的七種爭奇歸為鄧志謨所作，詳見〔日〕金文京：〈晚明文人鄧志謨的創作活動：兼論其爭奇文學的來源及傳播〉，頁298。筆者以2009年後出之文章作為依據。

「永昌」（鳥篆陽文）、「天馬居士」（陽文）鈐印及其他相關資料，確認《茶酒爭奇》作者為「天馬主人朱永昌」。[25]龍谷本有序文與內封頁，內封頁與序文的題字可互為佐證，在龍谷本內封頁中有「天馬山人著」字樣，序文則有「天馬主人鮮民子朱永昌」等署名，序文另有鈐印「永昌」（鳥篆陽文）、「天馬居士」（陽文），兩者相互對照，從內封頁作者「天馬山人」、序文署名「天馬主人」、「朱永昌」及鈐印「永昌」、「天馬居士」來看，「天馬山人」、「天馬主人」、「天馬居士」（鈐印）與「永昌」（鈐印）應為同一人。龍谷本內封頁提供更多證據，印證該書作者的身分、名號與刊刻書坊「萃慶堂」，補足中國國圖本與首都本的闕漏，也印證潘建國對《茶酒爭奇》作者身分之考述。

（二）成書動機

《茶酒爭奇》作者朱永昌的生平難以詳考，僅知潘建國從朱永昌曾為余昌宗的《藝林尋到源頭》寫序與評閱《是路錄》等資料，以及朱氏自署「天馬朱永昌」、「莆中天馬主人」、「天馬居士」等名號，考證出「天馬」即福建莆田的天馬山，[26]得出朱永昌為明代福建興化府莆田人，[27]為長期服務於建陽余氏書坊的文人，與鄧志謨隸屬於同一個出版集團。[28]

余氏家族是建陽最大的刻書世家，葉德輝《書林清話》云：「夫宋刻書之盛，首推閩中，而閩中尤以建安為最，建安尤以余氏為

---

25 潘建國：〈晚明七種爭奇小說的作者與版本〉，頁85。

26 《興化府莆田縣志》卷一「輿地」載：「天馬山，在城西三里，自龜山發脈而來，其形腰陷首昂如馬，山之東麓即鳳凰山。」參見〔清〕廖必琦等修纂：《興化府莆田縣志》（臺北：成文出版社，1968年）。

27 潘建國：〈晚明七種爭奇小說的作者與版本〉，頁82-85。

28 潘建國：〈晚明七種爭奇小說的作者與版本〉，頁86-87。

最。」[29]明中後期建陽書坊經營模式以家族為單位，出版七種爭奇的萃慶堂當時由余泗泉所主持，余泗泉又名余彰德，[30]生有余應良（繼泉、道綱）、余應虬（陟瞻、猶龍、道寬）二子，[31]父子三人皆在家族書坊中服務。[32]建陽位於福建山區，與江西省相鄰，隨著出版市場的擴張，書坊在招募文人時吸引不少福建、江西籍的文人，江西籍者如鄧志謨、朱星祚，福建籍者有吳還初、朱永昌等人。[33]大木康指出明代小說家多為中下階層文人，[34]因久困場屋、科舉不第，於是放棄舉業，加上出版業能獲得經濟利益與社會效應，促使不少文人投身於出版業。[35]這些受雇於書坊的文人，形成一個文人群落，有一定的學識、才華，彼此相互合作，也與書坊主維持著良好的互動，[36]鄧志謨、朱永昌都屬於這樣的文人。江西文人鄧志謨在出版《古事苑》與《花鳥爭奇》時，書中序文由東家余應虬所寫。朱永昌也與余氏家族長期有合作關係，《茶酒爭奇》序文提到「余受知于鮑叔廿載，感戴

---

29 〔清〕葉德輝：《書林清話》（北京：中華書局，1957年），頁85。

30 陳旭東在〈明代建陽刻書家余彰德、余泗泉即同一人考〉指出《書林余氏重修宗譜》誤將余彰德、余泗泉載為父子。該宗譜為余氏後人重修於光緒年間，期間或有失載、誤載者。參見陳旭東：〈明代建陽刻書家余彰德、余泗泉即同一人考〉，《明清小說研究》第3期（2007年），頁215-218。

31 潘建國：〈加拿大英屬哥倫比亞大學亞洲圖書館藏明刊孤本《蟬吟稿》考略〉，《文獻季刊》第2期（2012年4月），頁64。

32 肖東發：〈建陽余氏刻書考略〉，收錄於洪榮華主編：《歷代刻書概況》（上海：印刷工業出版社，1991年），頁90-104。

33 王輝：《明代中後期福建建陽刊雜誌型戲曲選本研究》（浙江：浙江師範大學中國古代文學系碩士論文，2012年5月），頁20。

34 〔日〕大木康：〈明末における白話小說の作者と読者について——磯部彰氏の所說に寄せて〉，《明代史研究》第12期（1984年3月），頁1-15；〔美〕周紹明：《書籍的社會史——中華帝國晚期的書籍與士人文化》（北京：北京大學出版社，2009年）。

35 關於明代士人經濟的貧困化，可參見劉曉東：《明代士人生存狀態研究》（長春：吉林文史出版社，2002年），頁52-55。

36 程國賦：《明代書坊與小說研究》（北京：中華書局，2008年），頁83-85。

無極」，可見朱永昌十分感激書坊主的提攜之恩。

　　由於明代出版業競爭激烈，書坊常利用書序介紹作者、創作緣起與內容特色，有時也用來抬高書坊身價。萃慶堂刊刻的七種爭奇都有一篇書序，講述成書動機與內容特點，《茶酒爭奇》的序文〈茶酒爭奇紀言〉置於目錄之前，記載創作動機、出版原因：

　　　　余輯《茶酒傳》成，有客閱之，問余曰：「古今稱茶酒之聖者，如晉唐嵇阮盧李諸君子，豪爽骯髒，得其興趣風味，故每飲傾斗石，賡歌賦咏，韻叶百千。余[37]閱爾生平，茶無吹鐍之好，酒未能勝一蕉葉。敢爾自為誇詡『吾有風味，吾有興趣』，毋乃誕乎？」答曰：「語云：茶不求精，而壺亦不燥；酒不求醴，而罇亦不空；素琴無弦而常調，短笛無腔而常吹，縱難超越羲皇，亦可匹儔嵇阮。時汲清泉，敲石火，烹驚雷筴以戰睡魔；時酌山醪，以讀《離騷》諸史。檢書燒燭短，看劍引杯長，余習此為趣味也。」客曰：「有云：安得山中千日醉，酩然直到太平時。此言何也？」曰：「彼一時也，世不羲皇，人情谿谷，世界戈兵。誰云天地寬，出門便有礙，《兔爰》詩云『我生之後，尚寐無吪』之謂也。」客曰：「有云：萬事不如杯在手，一年幾見月當頭。此言何也？」曰：「暴風疅霆之日常多，光風霽月之日常少。操莽桓溫，恒接武於世；顏閔冉伯，千古不再見。當夏則苦煩暑，當秋則感凋零，入冬則又苦風寒，熙熙乎豔陽，九十之芳春易度，日月逾邁，苦弗能來，曷如寄趣殍醲，適志一日，即一日受用，何又競逐韃途，怒焉

---

37 首都圖書館的〈茶酒爭奇紀言〉的「余」字原殘缺。首都本也有〈茶酒爭奇紀言〉，內容卻有闕漏字，龍谷本能補足此項缺失。

如擣，徒為造化小兒所簸弄也。瘁甚！癡甚！」客曰：「作此傳何也？」曰：「醉翁志不在酒也。余受知于鮑叔廿載，感戴無極，愧猶伏櫪，未能達涓涘，姑效三祝，寄志於種松堂圖中。然謂《茶酒爭奇》何也？曰：緣有《花鳥》、《山水》、《風月》三傳，聊效顰以續貂尾，任子揶揄弗恤也。」客曰：「子風味與興趣，其在斯乎？」遂哂然而退，困述為紀言。天啟甲子嘉平一日莆中天馬主人鮮民子朱永昌書于黛嶂齋頭。

本篇書序為作者朱永昌自撰，開頭先敘述茶酒的功效與益處，接著說明編撰此書的原因，並寄寓自己的興趣與品味。文中朱永昌提到自己深受鄧志謨影響，七種爭奇中最先出版的是鄧志謨《花鳥爭奇》一書，原是鄧氏無心插柳之作，推出後受到市場歡迎，才有後續的六種作品。朱永昌說自己是「聊效顰以續貂尾」，明代書坊為了不失商機，組織其他文人推出仿作，此種行為在商業出版中本屬常態。[38]從序文中不僅可以知道這批作品的出版原因，亦能探究作者、書坊主與其他書坊文人的交集。前人多以為七種爭奇皆為鄧志謨所作，《茶酒爭奇》為兩卷，與其他六種爭奇卷數不同，若比較卷數、序文與選文編排手法，便可知七種爭奇非出自同一人之手。

　　書序除了能闡明寫作動機、思想旨趣，也可觀察作者的人際交遊網絡。明代中葉以降書坊為了應付蓬勃發展的出版市場，遂組織一支專業的編輯隊伍，職業作家在書坊主的組織下創作小說、編輯圖書，也與書坊主互動頻繁，朱永昌在書序提到「余受知于鮑叔廿載」，可知他與書坊主認識長達二十年，又云「姑效三祝，寄志於種松堂圖中」，「寄志於種松堂圖中」句呼應《茶酒爭奇》的《種松堂慶壽茶酒

---

38 潘建國：〈晚明七種爭奇小說的作者與版本〉，頁82-85。

筵宴大會》之雜劇與插圖。《種松堂慶壽茶酒筵宴大會》為祝壽題材
之雜劇，劇作前有一組「雙頁連式」的版畫，左葉插圖繪有南極仙翁
手捧壽字，右葉為八仙祝壽圖，兩幅版畫構圖精細，線條流暢繁複，
明清時期流行以演劇為壽星祝壽，劇作常搬演仙佛降臨下界祝壽之情
節，南極仙翁與八仙都隱含吉祥喜慶之意，有可能是適逢書坊主之壽
誕，朱永昌以此劇與插圖表達祝賀之意。

三　《茶酒爭奇》與晚明出版文化

　　明代出版業臻於成熟，不論是刊刻技術、產品開發、宣傳營銷，
都顯現出書坊主對市場的適應性。[39]萃慶堂鑴刻的七種爭奇匯聚詩
文、小說於一書，在探究作者與書坊主的出版意圖時，從書籍內文與
所收篇目進行探究，更能具體的認識書籍特色，以及書商心目中潛在
的讀者。《茶酒爭奇》分為兩卷，第一卷輯錄小說、雜劇劇本、制舉
文，第二卷輯錄歷代文人所撰寫的茶酒作品，茲將目錄篇名羅列如
下。（詳見表二）

表二　《茶酒爭奇・目錄》一覽表

第一卷	茶敘述源流、酒敘述源流、上官子醉夢、茶酒共爭辯、茶酒私奏本、水火二官判、茶四書文章、酒四書文章、茶集曲牌名、酒集曲牌名、水火總斷判、慶壽茶酒
第二卷	茶山歌（李白、袁高、杜牧）、雙井茶（歐陽修）、茶嶺（韋處厚）、過陸羽茶井（王元之）、咏茶（黃魯直、丁謂、鄭遇、蔡伯堅、高季閣）、竹間自採茶（柳宗元）、送陸鴻漸栖霞寺採茶（皇甫冉）、陸鴻漸採茶相遇（皇甫冉）、和章岷從事鬭茶歌（范希文）、西山蘭若試茶歌（盧仝）、試茶詩（林和靖）、煎茶歌（蘇軾）、煎

---

39 戚福康：《中國古代書坊研究》，頁166-174。

第二卷	茶調（蘇軾）、與孟郊洛北野泉上煎茶（劉史）、峽中煎茶（鄭若愚）、煎茶（呂居仁）、咏煎茶（党懷英）、睡後煎茶（白樂天）、嬌女煎茶（左思、李南金）、觀湯（沙門福全）、問太冶長老乞桃水茶（蘇軾）、進茶表（丁謂）、送龍茶與許道士（歐陽修）、長孫宅與郎上茶會（錢起）、贈晁無咎（黃魯）、嘗新茶（顏潛菴）、嘗新茶呈俞（歐陽修二首）、和梅公儀嘗茶（歐陽修）、謝孟諫議寄新茶（盧仝）、謝賜鳳茶表（范希文）、謝木舍人送講筵茶（楊慎）、謝僧人寄茶（李咸用）、謝惠茶（周愛蓮）、謝故人寄新茶（曹鄴）、史恭甫遠致陽羨茶惠山泉（王寵）、茶塢（皮日休、陸龜蒙）、茶人（皮日休、陸龜蒙）、茶筍（皮日休、陸龜蒙）、茶籝（皮日休、陸龜蒙）、茶舍（皮日休、陸龜蒙）、茶竈（皮日休、陸龜蒙）、茶焙（皮日休、陸龜蒙）、茶鼎（皮日休、陸龜蒙）、茶甌（皮日休、陸龜蒙）、煑茶（皮日休、陸龜蒙）、覓茶（張晉彥二首）、焙籠法式、酒德頌（劉伶）、酒功讚（白居易）、醉鄉記（王績）、與曹操書（孔融）、醉吟先生傳（白居易）、短歌行（曹孟德）、與兄子秀書（陳暄）、酒中十詠序（皮日休）、田飲引（朱异）、獨酌謠（沈炯）、酒中八仙歌（杜甫）、合酒詩并序（羅大经）、月下傳杯（楊誠斋）、襄陽短歌（雷思霈）、將進酒（李白李浩二首）、月下獨酌（李白三首）、湖中對酒（張渭）、擬良宴會（陸士衡）、飲酒（秦少游、顏殷膺）、飲酒（陶淵明二首）、飲酒（白居易四首）、咏酒（李嶠、周愛蓮）、何處難忘酒（白居易）、與客空腹飲（白居易）、對酒（張率）、對酒（張見正二首）、對酒（賈至二首）、獨酌（李白）、持螯（畢卓）、飲酒（杜牧之、孔融）、載酒（陶淵明）、勸酒（白居易、孟郊）、勸酒（李敬方、武磎）、酌酒（王摩詰）、山中對酌（李白）、賜魏絳（王績）、將進酒（田汝成）、謝酒（顏潛菴）、謝送酒（杜子美）、謝餉花酒（陳堯佐）、寫懷（高駢二首）、題傳舍（高駢）、客別酒主人（高駢）、送新豐主人（儲光羲）、客中行（李白）、張顛（李順）、飲酒口號（秦少游）、酒星（陸龜蒙）、酒泉（陸龜蒙）、酒蒭（皮日休、陸龜蒙）、酒床（皮日休、陸龜蒙）、酒壚（皮日休、陸龜蒙）、酒旗（陸龜蒙）、酒樽（陸龜蒙）、賦匏瓠（鄭審）、碧筩飲（張伯雨）、紅玉盃（陳眾

第二卷	仲）、酒樓（陳眾仲）、酒城（陸龜蒙）、酒鄉（陸龜蒙）、看釀酒（王蹟）、賦得酒渴愛江清（韋莊）、待酒不至（李白）、崇酒相慰（王寵）、戲酒人（雷思霈二首）、醉後賦、醉筆（于國寶）、醉後口號（劉裔）、江淮醉吟（許碏）、醉中作（張說、李太素）、中酒（張子興）、醉吟（陸務）、醉態（法明師）、戲聯醉語（劉伶）、醒後（劉思南）、謝醉（崔櫓）、止酒賦（辛幼安二首）、惡客（二首次元公）、酒德歌（趙整）、惡客（黃庭堅）

　　《茶酒爭奇‧目錄》第一卷清楚記載茶酒爭勝的敘事結構：「茶敘述源流、酒敘述源流、上官子醉夢、茶酒共爭辯、茶酒私奏本、水火二官判、茶四書文章、酒四書文章、茶集曲牌名、酒集曲牌名、水火總斷判、慶壽茶酒」。《茶酒爭奇》第一卷以茶酒相爭嘲的小說為主體，開頭先言茶與酒的種類、產地與功效，說明「茶酒誠天下之至重，日用之至常」，是為引言的部分；第二部分寫書生入夢，河東人氏上官四知某日宴請朋友，席間客人爭論茶酒優劣，開啟兩方之爭端。上官生入睡後夢見茶神、酒神一爭高低，雙方陣營派出人馬次第出陣、彼此攻訐，茶方先後派出茶神陸羽、草魁、武夷、建安、茶董、酪奴出戰，酒眾則派出酒神杜康、青州從事、麻姑、麴生、酒顛、平原督郵迎戰，雙方忿忿不過，由酪奴與督郵各修奏本，狀告水火二官。水火二官對雙方無故爭競大怒，命酪奴將四書集成茶文章一篇，命督郵將四書集成酒文章一篇，之後又令酪奴將曲牌名串聯作茶意一篇，命督郵將曲牌名串合寫酒意一篇。水火二官憫其文章情趣可愛，作出判詞，罰二人到凡間監督假茶與假酒；最後為上官生醒後發現為南柯一夢，將夢中茶酒爭辯、考校事記錄下來以傳世。

　　前人指出晚明七種爭奇小說可溯源唐代〈茶酒論〉、三教論講，[40]

---

40 潘建國：〈明鄧志謨爭奇小說探源〉，頁95-102；金文京：〈東亞爭奇文學初探〉，頁3-20；朱鳳玉：〈從越南漢文小說看爭奇文學在漢字文化圈的發展〉，頁67-92。

茶酒相爭故事最早見於敦煌寫本〈茶酒論〉。〈茶酒論〉約一千二百字，現存六個寫本，[41]結構分成三大部分，第一部分為引言，從「竊見神農曾嘗百草」至「強者先飾一門」，以「暫問茶之與酒，兩個誰有功勛？」，說明茶、酒為了尊卑、地位，一爭高下；第二部分「茶乃出來言曰」至「不知水在旁邊」，茶、酒各以韻文形式彼此攻訐，為詰難部分；最後是「水為茶酒曰」至「永世不害茶顛酒風」，由第三者出面調停，為結局部分。[42]歷來研究者以為唐人〈茶酒論〉寄寓三教論衡思想，呈現出以茶喻佛、以酒喻道、以水喻儒的三教思想。[43]唐代佛道二教爭論中，唐宗室姓李，故以同為道教之祖的老子為祖，朝中舉行釋奠時以道教為首，引起佛教徒不滿。茶與酒相爭辯、比尊卑，由「水」說明誰也無法離開水，調停了這場爭論，正是儒家提倡的中和之道。[44]這類以兩者爭尊卑、大小，第三者調合的故事，正是典型的爭奇作品，除了敦煌寫本，宋殘本《新雕文酒清話》「眉眼爭強故事」、明《晁氏寶文堂書目》的〈梅杏爭春〉，晚明《茶酒爭奇》……等都能見其蹤跡。[45]這一類故事使用擬人法，描述茶、酒各自吹捧，詰難對方，後由第三者調停，趣味性十足。除了漢地有兩物爭勝故事流傳，藏族等少數民族也有相關故事，如17世紀末藏族的

---

41 〈茶酒論〉現存六個寫本，英藏二卷、法藏四卷，編號為P.2718、P.3910、P.2972、P.2875、S.5774、S.406等，以度藏於法國巴黎國立圖書館的P.2718較為完整。關於〈茶酒論〉的創作年代與形式，可參見朱鳳玉：〈三教論衡與唐代爭奇型文學〉，頁84-85。

42 潘建國：〈明鄧志謨爭奇小說探源〉，頁95。

43 參見張清泉：〈「茶酒論」與唐代的三教講論〉，頁145-168；劉惠萍：〈敦煌寫本「茶酒論」與唐代三教融合思想〉，頁77-94。

44 張清泉：〈《茶酒論》與唐代的三教講論〉，頁145。

45 張鴻勛：〈敦煌故事賦《茶酒論》與爭奇型小說〉，《敦煌研究》第1卷18期（1989年2月），頁66-73。

《茶酒仙女》[46]，都可清楚看到「茶酒相爭故事」文本的流傳脈絡。

　　《茶酒爭奇》第一卷的茶酒爭勝小說情節與唐人〈茶酒論〉結構相似，晚明爭勝小說開頭先言茶酒的種類、源流與功效，是為引言；第二部分寫書生入夢，見茶酒相互攻訐、自誇己功；第三部分為水火二官對雙方的考評與調停過程。只不過〈茶酒論〉以第三方調停紛爭作為結局，《茶酒爭奇》還安排一小段情節，描述書生夢醒後記錄此事，撰寫茶酒慶壽雜劇以傳世。

　　晚明《茶酒爭奇》的茶酒爭勝情節雖承襲敦煌寫本而來，然細察兩者情節發展與旨趣卻有顯著不同。首先晚明茶酒間的互嘲爭勝，非僅由茶、酒二神展開論戰，而是雙方各自派出隊友，採車輪戰、攻防方式進行論辯，增添場面的熱鬧性與精采性。（詳見表三）其次，比較〈茶酒論〉與《茶酒爭奇》的調停過程，〈茶酒論〉僅由水出面調停，晚明小說則派出水、火二官，並且加入考校茶、酒的情節。水火二官對雙方的考校項目之一便是以八股文進行評判，水火二官要求酪奴將四書集成茶文章一篇，要求督郵將四書集成酒文章一篇。八股文是明、清科舉考試規定的應考文體，有其固定格式：由破題、承題、起講、入題、起股、中股、後股、束股八部分組成。只是傳統八股文題目一律使用《五經》、《四書》原文，《茶酒爭奇》卻以「茶」、「酒」出題，並且在茶文章與酒文章的原文旁，加上小注「破、破承、起講、落題、起股、中股、末股、束股」。在小說中插入八股文作為考評項目，可知作者朱永昌是位擅長八股文的書坊文人，小說鎖定的受眾以文人、考生為主，文中既有炫耀作者文采與才學的意味，也帶有服務場屋文人的目的性。

---

46 朗吉：〈敦煌漢文卷子「茶酒論」與藏文「茶酒仙女」的比較研究〉，《敦煌學輯刊》第1期（1986年1月），頁64-68；張鴻勛：《敦煌故事賦〈茶酒論〉與爭奇型小說》，頁66-73。

　　明代中後期學校與科舉發達，《明史》云：「科舉必由學校，而學校起家可不由科舉。」[47]隨著求學人數激增，顧亭午提到明末全國生員已「不下五十萬人」[48]，面對日益龐大的士人群體，出於商業考量，書坊出版各類考試用書。明代科考分成童試、鄉試、會試、殿試四種，考試著重經義，以四書五經為主，據《明史》所載：明代鄉試、會試考三場，第一場考四書義、經義；第二場考論一道、詔誥表內科一道、判語五條；第三場考經史時務策五道；殿試只考策問一種。[49]制舉用書除了四書、五經、講章與八股文本外，坊間充斥各類文選、類書、通史、策試彙編等，科舉考試對明代出版業起到舉足輕重的作用。[50]以《茶酒爭奇》小說情節為例，隨著茶、酒雙方人馬爭論的白熱化，加入奏本、判語、八股文等文體，這是唐宋茶酒相爭小說所沒有的。因此，晚明七種爭奇並非單純模仿唐人兩物相爭故事，而是明代商業出版文化下的產物。

表三　《茶酒爭奇》茶酒相爭小說結構表

次　　序	內　　　　　容
出陣戰將	茶神陸羽──酒神杜康 草　　魁──青州從事 武　　夷──麻　　姑 建　　安──麴　　生 茶　　董──酒　　顛 酪　　奴──平原督郵

47　〔清〕張廷玉等撰：《明史》（北京：中華書局，1974年），頁1675。

48　〔清〕顧炎武：《顧亭林詩文集》（北京：中華書局，1974年），第21頁。

49　〔清〕張廷玉等撰：《明史》，頁1694-1695。

50　沈俊平：《舉業津梁：明中葉以後坊刻制舉用書的生產與流通》（臺北：臺灣學生書局，2009），頁359-451。

次　　序	內　　　容
奏　　本	有
第　三　方	水、火二官
考校方式	酪奴將四書集成茶文章一篇 督郵將四書集成酒文章一篇 酪奴將曲牌名串合成茶意一篇 督郵將曲牌名串合成酒意一篇
結　　果	火水二官全曰：「自天地開闢以來，有茶有酒，不可缺一，人莫不飲食也，鮮能知味也，是未得飲食之正也。第你二人無故爭競，本當重罪，因念禮豢所關，情趣可愛，姑恕之。各回本職以候召用，仍著酪奴徃人間，查做假茶，騙人射利者，仍著督郵徃人間查做假酒酸酒，害人射利者，許不時奏進提究，輕者流配，重者解入無間地獄。 說罷，水火二官鳴鼓退堂，酪奴、督郵各拱手而去，上官方醒然覺也，不知東方之既白，因起而錄夢中始末，以為傳奇行於世。

明代書坊以射利為主，並未局限刊刻某種書籍，萬曆到崇禎年間曾出現一批合刊本小說集，分別是《國色天香》、《繡谷春容》、《萬錦情林》、《新刻增補全相燕居筆記》、《重刻增補燕居筆記》、《增補批點圖像燕居筆記》，這類合輯小說多由金陵、建場書坊刊行，書中收錄才子佳人類小說，並匯集詩詞、制舉文、尺牘等不同文類，陳益源、陳明緻、程國賦、林雅玲曾針對這批合刊本小說集有一系列探究，[51]指

---

51 相關研究參見陳益源：《元明中篇傳奇小說研究》（臺北：學峰文化，1997年）；程國賦：〈論明代坊刊小說選本的類型及興盛原因〉，《文藝理論研究》第3期（2008年5月），頁78-85；陳明緻：〈晚明中篇小說合集現象研究〉（臺北：政治大學中國文學碩士論文，2009年）；林雅玲：〈琳琳琅琅，用世媚俗——晚明合刊本傳奇小說集選編策略探析〉，《高雄師大國文學報》第20期（2014年7月），頁1-26、林雅玲：〈晚明六種合刊本傳奇小說集編輯出版現象析論〉，《高雄師大國文學報》第23期（2016年1月），頁31-68。

出合刊本小說蒐羅各類文章，似打算通過多元文體吸引更多讀者，可視為競爭激烈出版市場下的產物。林雅玲透過書中收錄篇目進行考察，指出其讀者群鎖定文人、書院學生、一般小說愛好者與女性讀者，說明時人對此類合刊本的接受情形。[52]若觀察七種爭奇的編輯策略，與合刊本小說集的編纂精神相通，收錄的文體林林總總，書中以小說為主體，涵蓋了奏、疏、判、狀等制舉文，以及詩詞歌賦、尺牘等文類。不同的是晚明合刊集以收錄才子佳人小說為主，版式以上、下兩欄或三欄呈現，一欄收錄傳奇小說，另一欄為詩詞韻文或制舉文；《茶酒爭奇》則不分欄，分為二卷，卷上以茶、酒相爭的小說為主，不收才子佳人故事，卷下則為歷代文人所寫的茶酒詩文。林雅玲也指出合刊小說的特殊編排形式，是為了「便利讀者同步閱讀小說、各體文兩種以上不同的材料」，[53]滿足考生應試與破煩解悶的兩種需求，[54]七種爭奇的欄位與合刊小說集不同，然選文同樣有廣蒐各類文體之特點，加上《茶酒爭奇》與《萬錦情林》等書同為建陽書坊出版的產物，兩者出版策略可說是精神相通。

　　以晚明《國色天香》、《萬錦情林》、《新刻增補全相燕居筆記》等合刊集來說，所服務的讀者為場屋中人，在匯編才子佳人小說之餘，亦選入科考舉業文。[55]爭奇小說與這類合刊小說的性質相仿，出版年代也不遠，從選文內容、出版取向來觀察《茶酒爭奇》，可知其讀者群以文人、生員為主，卷上茶酒爭勝小說妙趣橫生，在小說中插入判語、奏本、八股文為作者杜撰，不選入古人佳作與時人的範文，則說

---

52 林雅玲：〈琳琳琅琅，用世媚俗——晚明合刊本傳奇小說集選編策略探析〉，頁4-5；
　　林雅玲：〈晚明六種合刊本傳奇小說集編輯出版現象析論〉，頁33-65。

53 林雅玲：〈琳琳琅琅，用世媚俗——晚明合刊本傳奇小說集選編策略探析〉，頁7。

54 林雅玲：〈《國色天香》、《萬錦情林》合刊本傳奇小說集類書化現象研究〉，《中國學術年刊》第34期（2012年3月），頁165-195。

55 林雅玲：〈晚明六種合刊本傳奇小說集編輯出版現象析論〉，頁35。

明該書的娛樂取向，主要是為生員、讀書人提供一休閒活動，在解悶之餘又能學習制舉文的寫作規範。

　　很明顯的，不論是合刊本小說或《茶酒爭奇》，這兩類文集是書商因應消費市場所推出的商品，從內容來看應是為生員、讀書人準備，書中針對生難字詞或冷僻典故，多有夾注或註解現象。即使《茶酒爭奇》受眾以文人、生員為主，書中為何有制舉文、詩詞歌賦，也有通俗小說、劇曲？此乃明中葉以降已有大量的考試用書出版，如四書、五經義的《四書大全》、《四書備遺》、《四書諸家辨》，其他備考用的文選亦頗具規模，如成化年間《皇明文衡》分為三十八體，[56]隆慶年間《皇明文範》收制、誥各類文體六十八卷，[57]這類科考用書無不精益求精，各種文體類型齊備，《茶酒爭奇》自然不敵此類專門備試的用書。因此，《茶酒爭奇》兼覽不同文類，有小說體、劇本、詩歌，亦雜收書、疏、狀、判等文體，不似其他專門舉業用書，應是為了拓展更多的讀者群，以期滿足多種不同的閱讀口味。

　　此外，《茶酒爭奇》與合刊集小說的編輯手法精神相通，並非單純巧合，而是和書坊出版風格、受眾取向密切相關。晚明合刊小說集有三本是由建陽余氏書坊增補刊刻，如余象斗雙峰堂的《萬錦情林》、余泗泉萃慶堂的《新刻增補全相燕居筆記》與余公仁的《增補批點圖像燕居筆記》，[58]戚福康指出晚明同姓家族書坊業十分發達，他們共同合作、相互交流，也彼此競爭。[59]由余泗泉主持的萃慶堂以出版舉業用書、小說、類書為主，《茶酒爭奇》中穿插制舉文章、應用

56　〔明〕程敏政輯：《皇明文衡》，《四部叢刊初編》（臺北：臺灣商務印書館，1967年），頁3-27。

57　〔明〕張時徹輯：《皇明文範》，《四庫全書存目叢書》（臺南：莊嚴文化事業公司，1997年），集部三零二～三零三卷，頁208-209。

58　林雅玲：〈琳琳琅琅，用世媚俗──晚明合刊本傳奇小說集選編策略探析〉，頁6。

59　戚福康：《中國古代書坊研究》，頁182-187。

文，亦收錄消遣解悶的小說與戲曲作品，應與萃慶堂的經營策略與鎖定客群有關。

由上，晚明《茶酒爭奇》卷上茶酒爭勝故事對唐〈茶酒論〉有所承繼，然從其成書旨趣、收錄文體與編排手法來看，深受晚明商業出版與書坊經營策略影響，因此《茶酒爭奇》是商業出版與科舉考試結合下的產物，其內容具有時代的意涵。

四　《茶酒爭奇》在日流傳情形

爭奇類文學在明代相當流行，作為一種彼此爭辯的文學類型，不僅在中國境內傳播，連漢字文化圈都深受影響。[60]日本江戶時期（1603-1867）正是明清小說創作最盛之時，明代建陽書林坊刻本生產趨於繁盛，所出版的通俗文學如小說、日用類書大量傳入日本。江戶時期幕府為杜絕基督教思想，於寬永七年（1630）實施鎖國，對外僅開放長崎港。[61]載著漢籍的唐船入港後須先呈報「齎來書目」，[62]經過「書物改役」檢查書籍內容，由幕府、官府、地方官員優先取得書籍，[63]剩餘之書估價後交給批發商購買，流入江戶、京都各地書商手中。[64]在17至18世紀中國輸往日本的唐船以江浙、廣東、福建等地為

---

60 朱鳳玉：〈從越南漢文小說看爭奇文學在漢字文化圈的發展〉，頁67。

61 羅莞翎：〈江戶時期明清艷情小說之傳入及其閱讀性質——以《如意君傳》和刻本、通俗本、考證本為例〉，《漢學研究》35卷4期（2017年12月），頁243。

62 〔日〕大庭脩：《江戶時代における唐船持渡書の研究》（吹田：關西大學東西學術研究所），1967年），頁64-70；〔日〕大庭脩：《江戶時代における中國文化受容の研究》（京都：同朋舍，1984年），頁110-117。

63 〔日〕大庭脩：《江戶時代における唐船持渡書の研究》，頁71-86。

64 〔日〕大庭脩：《江戶時代における唐船持渡書の研究》，頁95-97；〔日〕大庭脩：《江戶時代における中國文化受容の研究》，頁147-149。

主，[65]七種爭奇為福建建陽萃慶堂所刊刻，在江戶時期藉由商船輸往日本，至今日本仍保存許多建陽余氏家族所出版之坊刻本。

本文以龍谷大學大宮圖書館所藏《茶酒爭奇》為討論核心，龍谷大學除了有萃慶堂刊刻的《茶酒爭奇》，也有《花鳥爭奇》、《童婉爭奇》、《風月爭奇》、《蔬果爭奇》、《梅雪爭奇》五種，七種之中僅缺《山水爭奇》一種。為何龍谷大學有如此多的爭奇文本呢？龍谷大學為淨土真宗本願寺派（俗稱西本願寺）下的佛教大學，創建於江戶寬永16年（1639），前身為第十三代法主良如上人所成立培育僧侶之學寮，於大正十一年（1922）改稱為龍谷大學。[66]淨土真宗本願寺派歷史悠久，由親鸞上人（1173-1263）於鎌倉時代成立，到第8代法主蓮如上人時發揚光大，戰國時代因簡明教義使信徒激增，擁有雄厚財力與僧兵，第11代法主顯如上人曾與織田信長發生石山本願寺之戰長達十年，在天皇斡旋下和解。天正十九年（1591）在豐臣秀吉的幫忙下，寺基落腳在今日西本願寺京都之所在地，也是龍谷大學的所在地。[67]西本願寺的精神在實踐「真俗二諦一貫」思想，認為佛教信仰應積極融入國家與社會生活。[68]在面對教團危機與近代化過程中，引進近代學校制度培養人才、慈善事業、佈教等入世事業，才有今天日

---

65 〔日〕大庭脩著、徐世虹譯：《江戶時代日中秘話》（北京：中華書局，1997年），頁24-25。

66 慈怡主編：《佛光大辭典》（北京：北京圖書館出版社，1990年），頁6380。

67 第11代法主顯如去世後發生繼承權紛爭，其子教如與准如爭立，豐臣秀吉立准如為法主，後稱「淨土真宗本願寺派」，簡稱「本願寺派」，所據地為京都西本願寺；1602年教如得到德川家康支助，另建新教團，是為東本願寺派，又稱大谷派。關於淨土真宗本願寺派之沿革及歷史，可參考〔日〕武田鏡村：《石山本願寺之戰：織田信長與顯如的十年戰爭》（北京：社會科學文獻出版社，2018年）。

68 〔日〕花山信勝：〈日本佛教の實踐〉，《南瀛佛教》20卷12號（1942年12月），頁2-7。資料來源參閱臺灣佛教史料庫，網址：http://buddhistinformatics.ddbc.edu.tw/Taiwan.buddhism/tb/ny/index.php?i=ny20-12，檢索日期：2024年1月20日。

本最大的本願寺教團。[69]

　　江戶時期本願寺派勢力龐大，歷代法主重視僧侶的教育問題外，也廣蒐漢籍，展現個人的向學態度與知識涵養。寫字臺文庫為第20代法主廣如上人（1798-1871）成立，歷代法主的藏書數量十分龐大，早期常因他人借閱而遺失，廣如上人決定整理前人蒐藏並成立文庫。衣若蘭曾指出18至19世紀書籍藉由餽贈、借閱、集體閱讀而流傳，[70]從寫字臺文庫成立的原因，可看出江戶時期爭奇文本的讀者群與流通方式。書庫於安政三年（1856）竣工，廣如將其命名為「寫字臺」，21代法主明如上人（1850-1903）將文庫內三萬冊藏書捐贈給龍谷大學，至今「寫字臺文庫」的匾額仍懸掛在圖書館內。[71]《茶酒爭奇》便收錄在此批藏書之中，從文庫成立時間來看，六種爭奇最遲至江戶晚期就被收藏。但《時空を超えたメッセージ——龍谷の至宝》[72]與《本願寺宗主の向學：写字臺文庫を中心にして》[73]並未說明六種爭奇取得的管道與時間，因此《茶酒爭奇》具體的收藏時間有待進一步查考。

　　龍谷大學以豐富的佛教典藏著稱，擁有如此多的晚明爭奇文本，除了與歷代法主的閱讀、收藏有關之外，也和爭奇文體的源流——佛教文學與唐論議密切相關。七種爭奇小說以「爭」為主題，兩兩爭勝

---

69 〔日〕柴田幹夫：〈大谷光瑞研究の実情と課題〉，收入柴田幹夫主編：《大谷光瑞とアジア：知られざるアジア主義者の軌跡》（東京：勉誠出版社，2010年），頁4。

70 衣若蘭：〈才女史評越扶桑——和刻本李晚芳《讀史管見》的出版與流傳〉，《臺大歷史學報》第55期（2015年6月），頁204。

71 〔日〕龍谷大學大宮圖書館編：《本願寺宗主の向学：写字臺文庫を中心にして》（京都：龍谷大學圖書館，2014年），頁1-3。

72 〔日〕龍谷大學創立380周年記念書籍編集委員会主編：《時空を超えたメッセージ——龍谷の至宝》（京都：法藏館，2019年）。

73 〔日〕龍谷大學大宮圖書館編：《本願寺宗主の向学：写字臺文庫を中心にして》（京都：龍谷大學圖書館，2014年）。

故事具備詰難議論的色彩，[74]前人也指出與佛教活動、佛經文學有著深厚淵源。[75]前文提到晚明《茶酒爭奇》可溯源於敦煌寫本〈茶酒論〉，七種爭奇因朝貢、貿易與文化交流等因素東傳，對江戶時期的漢學造成一定程度之影響。江戶時期因鎖國政策，域外漢籍輸入國內需經過內容審查，由幕府、官員優先取得，之後才是佛寺或書院購入，當時進口的漢籍所費不貲，一般人並不容易取得，龍谷本六種爭奇應是書商將佛教相關書籍販售給西本願寺。金文京研究指出「日本爭奇文學自從最早的空海《三教指歸》以至《精進魚類物語》等『異類軍記物』作品，絕大多數都和佛教有密不可分的關係。而敦煌的《茶酒論》及《燕子賦》也都是寺院中抄寫的。」[76]金文京認為日本的爭奇文學與佛教論爭有所聯繫，爭奇系列作品早期在寺院內傳播、流通，可追溯到空海（774-835）的《三教指歸》，以及沙門蘭叔玄秀於天正四年（1576）以漢字寫下《酒茶論》。日本除了有漢字所寫之爭奇文學仿作，亦有以假名體所寫之作品，如《酒茶論》、《酒餅論》、《酒飯論》……等作品。[77]畑有紀發現江戶晚期有多篇清酒（酒）與餅（和菓子）相爭嘲的文學作品，皆是描述雙方爭勝、第三方介入仲裁的故事，畑有紀認為酒餅系列作品深受唐〈茶酒論〉、晚明七種爭奇所影響。[78]茶酒、酒飯系列在江戶晚期流傳甚廣，更以咄本、繪卷、黃表紙、戲文等形式出版，可見受到大眾之歡迎，不少學者提到茶酒故事

74　〔日〕金文京：〈東亞爭奇文學初探〉，頁3。

75　如潘建國從佛教論辯活動舉出許多例證，論證晚明爭奇文體與佛教的關聯性，參見潘建國：〈明鄧志謨爭奇小說探源〉，頁95-102；朱鳳玉也以為晚明爭奇文學與佛經文學密切相關，朱鳳玉：〈從議論、爭奇到相襃：爭奇文學發展與演變研究發凡〉，頁910-917。

76　〔日〕金文京：〈東亞爭奇文學初探〉，頁16。

77　〔日〕金文京：〈東亞爭奇文學初探〉，頁11-16。

78　〔日〕畑有紀：〈「酒餅論」をめぐる江戶後期の酒と菓子〉，頁4。

在域外傳播時，都保留晚明七種爭奇影響日本文學的可能性。[79]

此外，七種爭奇除收錄兩物相爭的爭勝小說，書中兼覽各類文體，輯錄了大量與主題相關的歷代詩歌，如《茶酒爭奇》第二卷輯錄中國文人所寫的茶酒主題詩文。唐詩在江戶時期流行，由中國傳入的詩選集在當時受到矚目，只不過傳入的漢籍入手比較困難，因此有不少漢籍在江戶時期被重印翻刻。如明人李攀龍（1514-1570）所編的《唐詩選》東渡後，[80]在寶曆（1751-1763）到寬政（1789-1800）年間多次重製出版，還推出可在會議、旅行、散步攜帶的手持本，由此可看出中國詩歌在日本的流行程度。[81]觀察《茶酒爭奇》第二卷所收錄之詩歌，以唐宋文人所寫之茶酒作品為主（詳見表二），頗符應當時的流行趨勢，不論是書中所收之小說、雜劇，還是茶酒詩賦，皆是日人學習中國文化、佛教文學的最佳讀本，這也是《茶酒爭奇》與其他爭奇文本在江戶時期受到青睞及收藏之因。

五　結語

《茶酒爭奇》為晚明天啟年間（1621-1627）建陽萃慶堂所出版，全書為兩卷，第一卷以茶酒爭勝小說為主體，第二卷輯錄中國歷代茶酒為主題的詩文，書中雜收小說、詩歌、雜劇與制舉文，展現明代書籍的多樣性。《茶酒爭奇》最初由建陽余氏書坊所刊刻，作者「天馬主人」朱永昌為書坊文人，與余氏書坊合作多年且關係密切，從〈茶

---

79 詳見〔日〕畑有紀：〈「酒餅論」をめぐる江戶後期の酒と菓子〉，頁4；〔日〕金文京：〈東亞爭奇文學初探〉，頁11-16；朱鳳玉：〈三教論衡與唐代爭奇型文學〉，頁84。

80 〔日〕大庭脩：《江戶時代における唐船持渡書の研究》，頁10、246。

81 〔日〕松浦章：〈江戶時代唐船齎來の『唐詩選』とその再版本〉，《或問》第31號（2017年），頁1、10-13。

酒爭奇紀言〉可窺之一二。《茶酒爭奇》第一卷的茶酒爭勝小說雖承襲唐〈茶酒論〉「兩物相嘲」、「第三方評定」的敘事結構,作者朱永昌卻加入奏、判與八股文等制舉文,乃因其服務對象以場屋文人為主,在消遣之餘又能學習制舉文的寫作規範,說明本書是明代商業出版與科舉文化下的產物。

本文除了整理《茶酒爭奇》的版式、體例,梳理了《茶酒爭奇》對敦煌文學的承繼與發展,也從文人身分、出版文化等角度出發,通過對《茶酒爭奇》的編選策略進行考察,觀察書坊的出版意圖及讀者定位,瞭解其在江戶時期的流播。晚明七種爭奇因朝貢、貿易與文化交流等因素於江戶時期東傳,當時幕府實施鎖國政策,輸入的漢籍需經過審查,由幕府、官員、佛寺或書院優先取得書籍。龍谷大學今存有萃慶堂刊刻《茶酒爭奇》為稀見本,龍谷大學創建於江戶時期,前身為淨土真宗本願寺派所建立之學寮,時值晚明出版業勃興之際,建陽坊刻本大量輸往日本,由於《茶酒爭奇》與敦煌〈茶酒論〉、佛經文學有著深厚淵源,早期傳入日本的〈茶酒論〉與爭奇文學都在寺院內流播,加上全書輯錄大量茶酒詩歌與各類文體,成為日人學習中國文化與佛教文學的最佳讀本。龍谷本《茶酒爭奇》最初為淨土真宗本願寺派法主之私人藏書,第21代法主明如上人將歷任法主藏書捐贈給龍谷大學,該書輾轉收入大宮圖書館的寫字臺文庫。是以,本文從龍谷本《茶酒爭奇》之淵源、體例與收藏情形加以考察,不僅瞭解《茶酒爭奇》在江戶時期的接受現象,也成為觀察晚明爭奇文學發展的重要內容。

參考文獻

一　古籍

〔明〕天馬山人：《茶酒爭奇》，日本龍谷大學圖書館藏。

〔明〕程敏政輯：《皇明文衡》，收入《四部叢刊初編》，臺北：臺灣
　　　　商務印書館，1967年。

〔明〕張時徹輯：《皇明文範》，收入《四庫全書存目叢書》集部第三
　　　　零二～三零三卷，臺南：莊嚴文化市業公司，1997年。

〔清〕葉德輝：《書林清話》，北京：中華書局，1957年。

〔清〕張廷玉等撰：《明史》，北京：中華書局，1974年。

〔清〕顧炎武：《顧亭林詩文集》，北京：中華書局，1974年。

〔清〕廖必琦等修纂：《興化府莆田縣志》，臺北：成文出版社，1968年。

二　近人論著

王　勇：《書物の中日交流史》，東京：國際文化工房，2005年。

王　勇：《東亞座標中的書籍之路研究》，北京：中國書籍出版社，
　　　　2012年。

王　輝：〈明代中後期福建建陽刊雜誌型戲曲選本研究〉，杭州：浙江
　　　　師範大學中國古代文學系碩士論文，2012年。

石昌渝主編：《中國古代小說總目》，山西：太原出版社，2004年。

朱鳳玉：〈從越南漢文小說看爭奇文學在漢字文化圈的發展〉，《成大
　　　　中文學報》第38期，2012年9月。

朱鳳玉：〈從議論、爭奇到相褒：爭奇文學發展與演變研究發凡〉，收
　　　　入中央文史研究館編：《慶賀饒宗頤先生95華誕敦煌學國際
　　　　學術研討會論文集》，北京：中華書局，2012年。

朱鳳玉：〈三教論衡與唐代爭奇型文學〉，《敦煌研究》第135期，2012年。

衣若蘭：〈才女史評越扶桑——和刻本李晚芳《讀史管見》的出版與
　　　　流傳〉，《臺大歷史學報》第55期，2015年6月。

吳家闓：〈敦煌遺書「茶酒論」與茶文化內涵的探索〉，《農業考古》
　　　　第2期，2009年。

吳聖昔：〈鄧志謨鄉里、字號、生平探考——《鄧志謨考論》之一〉，
　　　　《明清小說研究》第2期，1992年。

吳聖昔：〈鄧志謨經歷、家境、卒年探考〉，《明清小說研究》第3期，
　　　　1993年。

吳聖昔：〈論鄧志謨的遊戲小說〉，《明清小說研究》第2期，1996年。

杜信孚：《明代版刻綜錄》，揚州：江蘇廣陵古籍刻印社，1983年。

沈俊平：《舉業津梁：明中葉以後坊刻制舉用書的生產與流通》，臺
　　　　北：臺灣學生書局，2009年。

肖東發：〈建陽余氏刻書考略〉，收入洪榮華主編：《歷代刻書概況》，
　　　　上海：印刷工業出版社，1991年。

周頤白：《中國戲曲史發展史綱要》，上海：上海古籍出版社，1979年。

林珍瑩：〈從敦煌「茶酒論」談茶文化與中晚唐佛教的關係〉，《中國
　　　　文化月刊》第246期，2000年9月。

林雅玲：〈《國色天香》、《萬錦情林》合刊本傳奇類書化現象研究〉，
　　　　《中國學術年刊》第34期，2012年3月。

林雅玲：〈琳琳琅琅，用世媚俗——晚明合刊本傳奇小說集選編策略
　　　　探析〉，《高雄師大國文學報》第20期，2014年7月。

林雅玲：〈晚明六種合刊本傳奇小說集編輯出版現象析論〉，《高雄師
　　　　大國文學報》第23期，2016年1月。

孫崇濤：《戲曲文獻學》，太原：山西教育出版社，2008年。

徐　淳：〈敦煌寫本「茶酒論」與唐人的飲茶飲酒〉，《揚州師院學
　　　　報》第2期，1987年10月。

朗　　吉：〈敦煌漢文卷子「茶酒論」與藏文「茶酒仙女」的比較研
　　　　　究〉，《敦煌學輯刊》第1期，1986年1月。

張清泉：〈「茶酒論」與唐代的三教講論〉，《國文學誌》第2期，1998
　　　　　年6月。張瑞芬：〈敦煌寫本「四獸因緣」、「茶酒論」與佛經
　　　　　故事的關係〉，《興大中文學報》第6期，1993年1月。

張鴻勛：〈敦煌故事賦《茶酒論》與爭奇型小說〉，《敦煌研究》第1卷
　　　　　18期，1989年2月。

戚世雋：〈鄧志謨「爭奇」系列作品的文體研究──兼論古代戲劇與
　　　　　小說的文體分野〉，《文學遺產》第4期，2008年。

戚福康：《中國古代書坊研究》，北京：商務印書館，2007年。

陳旭東：〈鄧志謨著述知見錄〉，《福建師範大學學報》（哲學社會科學
　　　　　版）第4期，2012年。

陳旭東：〈明代建陽刻書家余彰德、余泗泉即同一人考〉，《明清小說
　　　　　研究》第3期，2007年。

陳明緻：〈晚明中篇小說合集現象研究〉，臺北：政治大學中國文學碩
　　　　　士論文，2009年。

陳益源：《元明中篇傳奇小說研究》，臺北：學峰文化事業有限公司，
　　　　　1997年。

程國賦：《明代書坊與小說研究》，北京：中華書局，2008年。

程國賦：〈論明代坊刊小說選本的類型及興盛原因〉，《文藝理論研
　　　　　究》第3期，2008年5月。

黃仕忠：〈江戶時期東渡的中國戲曲文獻考〉，《文學遺產》2期，2009
　　　　　年4月。

慈　　怡主編：《佛光大辭典》，北京：北京圖書館出版社，1990年。

劉曉東：《明代士人生存狀態研究》，長春：吉林文史出版社，2002年。

劉惠萍：〈敦煌寫本「茶酒論」與唐代三教融合思想〉，《中國古典文
　　　　　學研究》第5期，2001年6月。

潘建國：〈明鄧志謨「爭奇小說」探源〉，《上海師範大學學報》（社會科學版）第31卷2期，2002年3月。

潘建國：〈晚明七種爭奇小說的作者與版本〉，《文學遺產》第4期，2007年。

潘建國：〈加拿大英屬哥倫大學亞洲圖書館藏明刊孤本《蟬吟稿》考略〉，《文獻季刊》第2期，2012年4月。

羅莞翎：〈江戶時期明清艷情小說之傳入及其閱讀性質——以《如意君傳》和刻本、通俗本、考證本為例〉，《漢學研究》35卷4期，2017年12月。

〔日〕大木康：〈明末における白話小說の作者と読者について——磯部彰氏の所説に寄せて〉，《明代史研究》12期，1984年3月。

〔日〕大庭脩：《江戶時代における唐船持渡書の研究》，吹田：關西大學東西學術研究所，1967年。

〔日〕大庭脩：《江戶時代における中国文化受容の研究》，京都：同朋舍，1984年。

〔日〕大庭脩、徐世虹譯：《江戶時代日中秘話》，北京：中華書局，1997年。

〔日〕川崎シチコ：〈王敷撰「茶酒論」と敦煌に生活する人〉，《中國哲學文學科紀要》第5號，1996年3月。

〔日〕金文京：〈《童婉爭奇》與晚明兩性文化〉，收入張宏生主編：《明清文學與性別研究》，南京：江蘇古籍出版社，2002年。

〔日〕金文京：〈晚明小說、類書作家鄧志謨生平初探〉，收入辜美高、黃霖主編：《明代小說面面觀——明代小說國際學術研討會論文集》，上海：學林出版社，2002年。

〔日〕金文京：〈東亞爭奇文學初探〉，收入張伯偉編：《域外漢籍研究集刊》第二輯，北京：中華書局，2006年。

〔日〕金文京：〈晚明文人鄧志謨的創作活動：兼論其爭奇文學的來源及傳播〉，收入王璦玲、胡曉真主編：《經典轉化與明清敘事文學》，臺北：聯經出版社，2009年。

〔美〕周紹明：《書籍的社會史——中華帝國晚期的書籍與士人文化》，北京：北京大學出版社，2009年。

〔日〕松浦章：〈江戶時代唐船齎來の『唐詩選』とその再版本〉，《或問》第31號，2017年。

〔日〕花山信勝：〈日本佛教の實踐〉，《南瀛佛教》20卷12期，1942年12月。

〔日〕武田鏡村：《石山本願寺之戰：織田信長與顯如的十年戰爭》，北京：社會科學文獻出版社，2018年。

〔日〕畑有紀：〈「酒餅論」をめぐる江戶後期の酒と菓子〉，收入畑有紀：《財団法人たばこ総合研究センター助成研究報告》，東京：たばこ総合研究センター，2014年。

〔日〕柴田幹夫：〈大谷光瑞研究の実情と課題〉，收入柴田幹夫主編：《大谷光瑞とアジア：知られざるアジア主義者の軌跡》，東京：勉誠出版社，2010年。

〔日〕龍谷大學大宮圖書館編：《本願寺宗主の向学：写字臺文庫を中心にして》，京都：龍谷大學圖書館，2014年。

〔日〕龍谷大學創立380周年記念書籍編集委員会主編：《時空を超えたメッセージ——龍谷の至宝》，京都：法藏館，2019年。

三　網路資源

臺灣佛教史料庫，網址：http://buddhistinformatics.ddbc.edu.tw/taiwan。

〔日〕龍谷大學圖書館，網址 https://da.library.ryukoku.ac.jp/view/190542/5。

〔日〕國立公文書館內閣文庫，網址 https://www.digital.archives.go.jp/
DAS/meta/listPhoto?LANG=default&BID=F1000000000000102
847&ID=&TYPE=。

學術論文集叢書 1500038

名古屋大學・屏東大學文化交流學術會議論文集 第一輯

主　　編　黃文車

著　　者　丸尾誠、田村加代子、
　　　　　林秀蓉、杉村泰、郝文文、
　　　　　陳志峰、勝川裕子、黃文車、
　　　　　簡光明、鐘文伶

責任編輯　林以邠

特約校對　謝宜庭

發 行 人　林慶彰

總 經 理　梁錦興

總 編 輯　張晏瑞

編 輯 所　萬卷樓圖書股份有限公司
　　　　　臺北市羅斯福路二段 41 號 6 樓之 3
　　　　　電話 (02)23216565
　　　　　傳真 (02)23218698

發　　行　萬卷樓圖書股份有限公司
　　　　　臺北市羅斯福路二段 41 號 6 樓之 3
　　　　　電話 (02)23216565
　　　　　傳真 (02)23218698
　　　　　電郵 SERVICE@WANJUAN.COM.TW

香港經銷　香港聯合書刊物流有限公司
　　　　　電話 (852)21502100
　　　　　傳真 (852)23560735

ISBN 978-626-386-114-5

2024 年 5 月初版一刷

定價：新臺幣 360 元

如何購買本書：

1. 轉帳購書，請透過以下帳戶
   合作金庫銀行 古亭分行
   戶名：萬卷樓圖書股份有限公司
   帳號：0877717092596

2. 網路購書，請透過萬卷樓網站
   網址 WWW.WANJUAN.COM.TW

大量購書，請直接聯繫我們，將有專人為您服務。客服：(02)23216565 分機 610

如有缺頁、破損或裝訂錯誤，請寄回更換

國家圖書館出版品預行編目資料

名古屋大學・屏東大學文化交流學術會議論文集. 第一輯/丸尾誠, 田村加代子, 林秀蓉, 杉村泰, 郝文文, 陳志峰, 勝川裕子, 黃文車, 簡光明, 鐘文伶著；黃文車主編. -- 初版. -- 臺北市：萬卷樓圖書股份有限公司, 2024.05
　　面；　　公分. -- (學術論文集叢書 ；1500038)
ISBN 978-626-386-114-5(平裝)

1.CST: 中國文學 2.CST: 日本文學 3.CST: 學術交流 4.CST: 文集

820.7　　　　　　　　　　　　113006902